귀화서,
마지막 꽃을 지킵니다

김선미
장편소설

귀화서,
마지막 꽃을
지킵니다

목차

사혼화, 죽은 자의 꽃

'안녕하세요, 고마리 님. 삼산전자에서 진행한 신규직원 공개 채용에 지원해주셔서 대단히 감사합니다. 귀하의 우수한 역량에도 불구하고 제한된 선발 인원 등의 사유로 불합격하셨음을 안내드립니다. 좋은 소식 전해드리지 못해 유감스럽게 생각하며 더 좋은 기회에, 더 좋은 자리에서 함께할 수 있기를 진심으로 바라겠습니다. 감사합니다. 삼산전자 HR팀 드림'

77번째 불합격 통보다. 통보조차 없어 혹시, 라는 희망으로 가슴 졸인 곳까지 합하면 족히 100군데 넘게 지원했고, 서류 전형을 통과하지 못했다. 면접도 못 본 것이다. 대학 졸업장만 손에 쥐면 어떻게든 취업 문이 열릴 거라 믿고 한 해씩 걸러 휴학하며 등록금을 벌었건만. 마리는 여전히 취업 준비생 신분을 벗어날 날이 아득하기만 했다.

"아직 교대 안 했네."

말쑥하게 차려입은 정혜가 편의점 안을 둘러보고 카운터 앞에 섰다. 마리가 황급히 편의점 조끼 주머니에 핸드폰을 넣고 돌아섰다.

"오! 우리 직장인! 어서 와. 밖에 춥지?"

마리는 아무 일 없다는 듯 밝은 목소리로 정혜를 반겼다.

정혜는 최근 공기업 취업에 성공했다. 고등학교 때부터 잘될 거라고 서로 위로하며 힘이 되어주던 사이라, 마리는 정혜의 취업이 자기 일처럼 기뻤다. 친구가 노력에 대한 보상을 받은 것 같았고 나도 언젠가는, 하는 희망도 품을 수 있었다.

"사장, 아직 안 온 거지? 아무래도 나한테 복수한답시고 오늘 펑크낼 것 같은데."

정혜가 입사 턱을 내겠다고 해서 마리는 일주일 전부

터 아르바이트들의 시간을 모두 조정해둔 참이다. 마리와 정혜는 같은 편의점에서 1년을 일했다. 공기업 입사일이 결정되어 정혜가 그만둔다고 하자 사장은 새로운 사람을 구할 때까지 나와달라고 요구했다. 사람을 못 구하면 입사하더라도 퇴근 후에 일해달라고. 정혜가 딱 잘라 거절하자 사장은 한동안 마리에게까지 퉁명스럽게 대했다.

마리가 전화를 걸자 수화기 너머에서 자다 깬 듯한 목소리가 들려왔다. 사장은 감기에 걸린 것 같다며, 오늘은 교대하기 어렵겠다고 말했다.

"원래라면 지금 사장님이 일하실 시간이잖아요. 사장님 사정으로 저는 이제 긴급 교대를 해야 하는 거고요. ……원래 제 근무 시간이었던 건 알죠. 근데 저는 미리 사장님께 양해를 구했고 사장님이 오케이하신 건데, 다시 사장님 사정으로 제가 일하게 되는 거니까 긴급 교대 요청을 받은 게 되는 거죠. 약속대로 시급 두 배로 쳐주세요."

사장이 긴급한 사정을 이유로 잦은 교대 요청을 해와서 알바 3개월 차에 마리가 내세운 조건이다. 긴급 교대는 무조건 시급 두 배. 사장과 짧은 협상을 마친 마리가 전화를 끊고 어깨를 으쓱하자 정혜가 엄지를 들어 올렸다.

"암튼 고마리 생활력은 인정해줘야 해. 사장이 머리 쓴 걸 뒤집어 시급을 올려버리네."

"미안. 일부러 약속 잡고 온 건데, 어쩌냐."

"약속 안 지킨 사장 탓이지. 대신 입사 턱은 이따 포장마차 떡볶이로 퉁 치는 거다."

정혜가 싱긋 웃고는 카운터 안으로 들어오더니 한 달 전까지 본인이 사용했던 편의점 조끼를 입었다. 마리는 함께 밥값 아껴가며 열심히 노력한 정혜에게 입사 턱을 이유로 비싼 음식을 얻어먹고 싶지 않았기에 차라리 잘되었다고 생각했다.

손님이 없는 틈틈이 입사한 공기업의 복지와 동료 평가를 쏟아내던 정혜가 어느 순간부터 취업 노하우를 하나씩 풀기 시작했다. 아직 취업하지 못한 마리를 배려하느라고 의식적으로 대화 소재를 바꾼 듯했다. 마리는 정혜의 기분을 망치고 싶지 않아 갓 취업한 직장에 대한 불만에는 평소보다 더 열심히 호응했지만, 이미 지원했다가 떨어진 회사들의 취업 노하우를 듣고 있자니 가슴이 짓눌린 듯 답답해졌다. 텀블러에 든 물만 들이켜며 적당히 맞장구치는 마리의 마음을 정혜는 곧 눈치챘다.

"어휴, 나 진짜 주책이다. 괜히 속 뒤집는 말만 늘어놓고 있네. 내가 먼저 취업 문턱 넘은 게 양심에 찔린달까. 노력한 걸로 치면 나보다 네가 먼저 알바 인생과 우아하게 작별 인사했어야 하잖아. 월세 보증금도 떨어져가지 않아? 알바 하나 더 해야 하는 거지?"

혼자 사는 마리의 주머니 사정을 잘 아는지라 정혜는 먼저 취업에 성공한 걸 죄지은 것처럼 미안해했다. 마리는 얼마 남지 않은 통장 잔고를 떠올렸다가 이내 생각을 떨쳐냈다.

"나 악바리인 거 알지? 벌써 알바 하나 더 구해놨지. 그러니까 걱정하지 마."

"역시 개근상의 아이콘답네. 아, 맞다. 그 소식 들었어? 이번에 귀화서도 채용한대."

마리가 어깨를 움찔하며 포스기를 살펴보는 척했다. 오늘 매출이 꽤 된다며 억지웃음을 짓고 있던 마리와 정혜의 눈이 마주쳤다. 입가에 경련이 이는 마리를 보고 정혜가 푸하하, 하고 크게 웃음을 터뜨렸다.

"그러지 말고 이번에야말로 귀화서에 지원해 봐. 너, 사혼화 볼 수 있잖아."

마리가 사혼화死魂花를 처음 본 것은 일곱 살 때였다.

길가에는 줄기부터 잎사귀까지 환한 빛에 둘러싸인 꽃이 소담스레 피어 있었다. 마리는 빛나는 꽃을 본 순간 처음에는 별이라고 생각했다. 하늘에 살던 별이 땅으로 내려온 거라고. 건드리면 영롱한 빛이 가루가 되어 부서져 내릴 것만 같았다. 이상하게도 꽃이 마리를 부르는 듯한 기분이 들어 저도 모르게 꽃을 향해 손을 뻗었다.

"만져선 안 돼."

엄마가 마리의 작은 손을 붙잡았다.

"엄마, 별이 예쁘게 빛나."

"저건 별이 아니야. 사혼화란다."

"사혼화가 뭔데?"

"죽은 자의 영혼이 깃든 꽃을 사혼화라고 부른단다. 그러니 죽은 자의 꽃인 사혼화를 함부로 만져서는 안 돼."

빛나는 꽃이 보이면 엄마는 늘 같은 당부를 했다. 죽은 자의 꽃을 건드려 그들의 안식을 방해해서는 안 된다고. 그 후 마리는 엄마 품에 안겨 몇 번이고 사혼화에 대해 듣고는 했다.

"영혼이 어떻게 꽃이 될 수 있어?"

"옛날 옛적부터 사람은 죽으면 땅에 묻혔어. 시간이 흘러 육신이 흩어지고 사라져도 땅에는 영혼이 남았지. 인간의 영혼은 살아생전 기억으로 단단히 뭉친 탓에 쉬이 사라지지 않거든. 그래서 땅을 다스리는 지신地神이 땅 밑에 홀로 남은 영혼을 가엾이 여겨 인간을 도와주기로 한 거야. 영혼이 깃들 몸체를 꽃으로 내어준 거지. 그렇게 꽃에 영혼이 깃들어 피어나기 시작했단다. 영혼이 깃든 꽃은 죽은 자가 생전에 가장 소중히 여겼던 한 사람만이 찾을 수 있어. 그러니 아름답더라도 죽은 자의 영혼이 서린 사혼화는 절대 건드리면 안 돼. 사혼화는 마지막으로 한 번 더 사랑하는 사람을 만나겠다는 죽은 자의 의지가 담긴 꽃이니까."

죽은 자의 영혼이 깃들어 피어났다는 꽃이 바람에 흔

들리고 있었다. 마치 생전에 소중했던 이를 애타게 부르
는 것처럼.

"살고 죽는 게 참 애처롭지?"

그로부터 10년이 지나 마리가 중학교를 졸업하던 날,
엄마가 꽃다발 든 졸업생들을 바라보며 문득 말했다. 그
날 그 길가에서 네가 사혼화를 볼 수 있다는 걸 알게 되
었을 때 조금 슬펐다고. 너도 나처럼 애처로운 것들의
이야기를 듣고 살 운명이구나 싶어 안쓰러웠다고. 그렇
지만 그 서글픈 운명을 값지게 여겨달라며 엄마는 빙긋
웃었다.

엄마가 돌아가시기 두 달 전의 일이었다.

사혼화는 죽은 자의 꽃이기에 죽은 자와 인연이 깊은
한 사람만이 볼 수 있다. 다만 죽은 자와 인연의 끈이 닿
지 않았어도 사혼화를 알아볼 수 있는 능력을 지닌 사
람들도 존재했다. 마리와 엄마처럼.

사혼화를 알아보는 건 뛰어난 음감을 가졌거나 미각
이 출중하게 발달한 사람처럼, 흔하지 않을 뿐 절대적
인 능력은 아니다. 굳이 자랑할 필요 없는 능력 정도. 누

군가에게 내세우려고 해도 그저 남들에게는 보이지 않는 빛나는 꽃을 볼 수 있는 것뿐이니까. 그런데도 마리는 엄마의 당부로 사혼화를 본다는 사실을 철저하게 숨겨왔다. 사혼화를 본다는 이유만으로 어릴 적 무당 취급을 당한 엄마가 딸만큼은 불필요한 오해를 받지 않았으면 하는 마음에 비밀을 지키게 한 것이다. 엄마가 돌아가신 뒤에는 나름의 사정으로 단 한 번을 제외하고 마리가 나서서 말한 적은 없었다.

"1학년 때 우연히 물류 창고 화재 현장을 지나다가 네가 꽃들을 하나씩 들여다보고 있는 걸 봤어. 그때 화재로 희생된 분들의 사혼화를 대부분 찾았다고 들었어. 네가 찾아드린 거 맞지?"

마리는 숨겨둔 과거를 정혜가 정확하게 알고 있는 것에 우선 놀랐다. 정혜와는 고등학교 2학년 때 친구가 되었으니 그 일이 있던 1학년 때는 서로 모르는 사이라고 생각했다. 그런데 마리와 달리 정혜는 그 일로 마리를 이미 알고 있었던 것이다. 마리는 당황한 나머지 목소리가 떨려서 나왔다.

"그때부터 알고 있었는데 왜 지금에서야 말하는 거야?"

"오해는 마. 너희 부모님이 물류 창고 화재로 돌아가 셨는데 그 상처를 건드리지 않고 아는 척할 자신이 없 어서 모른 척했던 거야. 다른 사람한테 네가 사혼화를 본다고 말한 적도 없어. 그래도 계속 안다고 말해야 하 나 고민하긴 했어. 특히 우리 할머니 돌아가셨을 때."

정혜는 어릴 적부터 할머니 손에 자라서 할머니와 정 이 두터웠다. 마리 부모님이 돌아가셨다는 사실을 안 후 로는 종종 마리에게 반찬을 싸주시던 인자한 분이었다. 정혜 할머니는 긴 투병 생활 끝에 재작년에 암으로 돌 아가셨다.

"우리 할머니가 병원에 오래 계셨잖아. 가족들도 할머 니 연세가 적지 않으시니 암을 이겨내긴 어렵다고 봐서 할머니 죽음을 받아들일 채비를 천천히 해나갔거든. 근 데 막상 돌아가시고 나니까 그동안 한 준비는 서류 절 차를 마친 것이었을 뿐 마음은 아무런 대비를 안 했던 것 같아. 마음 한구석에선 영영 헤어질 거라는 사실을 믿고 싶지 않았나 봐. 할머니가 병원에 계신 동안 천천 히 죽음으로 끌려가는 모습만 옆에서 지켜본 거였어. 정 말 바보 같지?"

정혜의 눈에 눈물이 그렁그렁하게 맺혔다. 마리도 소중한 가족을 잃었기에 정혜가 느끼는 상실감이 무엇인지 알았다. 소중했던 사람이 차지하고 있던 마음의 자리는 평생에 걸쳐도 채워지지 않으리라는 것도. 가슴 한쪽을 영원히 비워둔 채 살아야 한다는 걸 인정하고 난 뒤 마리가 깨달은 건 하나였다.

"사랑하는 사람과의 이별을 준비하는 시간은 아무리 길어도 충분하지 않은 법이잖아. 할머니가 돌아가실 걸 알고 준비해왔다고 해도 죽음을 받아들일 만큼 넉넉한 시간은 아니었을 거야. 소중한 사람과의 시간은 늘 부족한 법이니까."

정혜가 눈가를 티슈로 누르며 눈물을 닦아냈다.

"우리 할머니, 하늘에서 잘 지내고 계실까?"

"당연하지. 아주 편한 곳에 딱 자리 잡으시곤 우리 손녀가 좋은 곳에 취직해서 이제 밥값을 스스로 벌고 사네, 하시면서 기특하게 내려다보고 계실걸."

"마리 너라면 그렇게 말할 줄 알았어. 우리 할머니, 내가 투정 부릴 때마다 원하는 회사에 취직할 거라고 늘 응원해주셨는데. 내가 취업에 성공한 것도 보지 못하고 돌아가셔서 그런가 요즘 할머니가 많이 생각났어. 그러다 귀화서가 채용 공고를 낸 걸 봤거든. 오늘은 꼭 너한테 말해야겠다고 벼르고 온 거야. 마리야, 나처럼 사혼화를 찾고 싶어도 찾을 수 없는 사람들의 마음을 가장 잘 이해하는 사람이 귀화서 적임자잖아. 넌 귀화서에 들어가면 틀림없이 잘할 거야. 그러니까 이번엔 놓치지 말고 꼭 귀화서에 지원해 봐."

정혜와 헤어진 마리는 집으로 향하는 버스에 서서 손잡이를 붙잡고 생각에 빠졌다. 생각은 반지하 원룸에 도착할 때까지 이어졌다. 침대에 벌렁 드러눕자 스프링이 삐걱댔다. 천장 얼룩이 정혜의 얼굴로 변했다.

귀화서에 지원해보라고 한 후 정혜가 들려준 말은 의외의 내용이었다. 정혜는 할머니의 사혼화를 찾고 싶었다고 했다. 하지만 아버지가 반대해 결국 시도조차 해보지 못했다고. 아버지는 쓸데없는 일에 시간 낭비하지 말고 정혜가 취업 준비에 전념하길 바랐다.

정혜는 돌아가신 할머니의 영혼을 다시 만날 기회가 있는데도 취업 타령만 하는 아버지를 이해할 수 없어 할머니에 대한 마음마저 의심했었다. 그러다 시간이 흐르고 곰곰이 생각하다보니 아버지가 사혼화를 찾을 수 없다고 확신하는 이유 또한 어느 정도 납득할 수 있었다. 할머니의 사혼화는 대체 어디에 피었을까. 자신이 할머니의 사혼화를 볼 수 있는 한 사람이 맞을까. 할머니의 사혼화에 대한 단서가 없다는 막막함과 찾지 못하면 시간을 버린다는 초조함이 정혜를 주저앉혔다. 정혜는 할머니의 사혼화를 찾아볼 시도조차 해보지 못하고 포기한 게 내내 아쉬웠다고 했다.

마리는 할머니의 사혼화를 찾고 싶어 한 정혜도, 찾지 못할 거라고 단정 지은 정혜의 아버지도 이해되었다. 사혼화는 죽은 자의 영혼을 만나는 기적을 일으키지만, 기적이 누구에게나 찾아오지 않듯 사혼화도 매우 찾기 어렵다. 그 까닭은 바로 사혼화가 꽃이라는 점 때문이다.

꽃은 식물의 생장 법칙을 따른다. 사혼화도 식물이므로 누군가 죽었다고 하여 곧바로 영혼이 꽃으로 피어나지는 않는다. 사혼화는 피는 시기가 정해져 있지도 않다. 봄에 사망했다고 봄꽃인 사혼화가 피는 게 아니라는 의미이다. 계절마다 피는 꽃이 다르고, 종류 또한 무수히 많다. 그런 조건을 알고도 돌아가신 분의 사혼화가 피어나길 기다리는 건 생각보다 어려운 일이다. 엄청난 인내심과 찾을 수 있다는 믿음을 가져야 한다.

더욱이 꽃은 피고 진다. 사혼화도 그 소명을 다하기 전까지 폈다가 지길 반복한다. 피어나는 타이밍을 잘 맞추는 등 시기적인 운이 따라주지 않는다면 평생을 헤매도 찾지 못할 수 있다. 더 까다로운 건 사혼화가 피는 지점과 범위 역시 제각각이라는 점이다. 대략 사망 지점으로부터 반경 3킬로미터 안에서 핀다고 알려졌지만, 오차가 넘는 사례도 많았다.

사혼화를 찾는 건 기적과 같은 일. 그렇기에 정혜의 아버지도 생활을 포기하면서까지 사혼화를 찾는 걸 반대할 수밖에 없었던 것이다.

정혜는 사랑하는 할머니를 잃어서 지금도 아파하고 있어. 앞으로도 그리움에 자주 허전해하겠지. 마지막으로 한 번만 더 할머니를 만난다면 하늘에서 잘 지낸다는 확신을 얻고 마음을 놓을 수 있을 텐데.

자신이 함께 찾아주면 정혜도 할머니의 사혼화를 찾을 수 있을지 모른다고 생각하다가 마리는 이내 고개를 저었다. 갓 입사해 적응하느라고 바쁜 시기에 정혜를 위한답시고 천진난만한 제안을 할 수는 없는 노릇이다. 무엇보다 마리 자신도 다른 사람의 추억을 위해 태평하게 시간을 쓸 여유가 없다. 숨만 쉬어도 돈이 나가는 탓에 다음 달이면 월세 보증금도 바닥날 판이다. 취업 준비에 매진하는 동시에 아르바이트를 더 뛰어야만 했다.

마리는 침대에서 미끄러지듯 일어나 냉장고를 열고 사각형 틴케이스를 꺼냈다. 조심스럽게 뚜껑을 열자 겹겹이 쌓아둔 천 위에 시약병 두 개가 가지런히 놓여 있었다. 시약병에는 파란색 액체가 각각 반나마 차 흔들렸다.

시약병 하나를 건드리자 엄마의 기억이 떠올랐다. 다른 시약병에서는 아빠의 기억이 되살아났다. 마리의 몸에 꽃 그림자가 생겼다가 사라졌다.

만약 귀화서에 합격하게 되면 이 안에 든 영혼이 엄마랑 아빠인지 확실하게 알 수 있으려나. 지금 내게 일어난 미스터리한 증상의 원인도 밝힐 수 있을까.

마리는 시약병을 애틋하게 쓰다듬고 다시 냉장고에 넣어두었다. 그러고는 노트북 전원을 켠 뒤 공공기관 채용 사이트에서 귀화서의 공고를 찾아냈다.

귀화서 채용 공고에는 정규직이 아닌 전문 계약직을 채용한다고 되어 있었다. 계약이 끝나면 취업 시장으로 돌아가 취업 문을 다시 두드려야 한다는 의미였다. 마리는 실망감을 누르고 공고를 마저 읽었다.

수행 직무는 사혼화를 찾는 업무 및 유족 위로와 애도식 전반 진행. 학벌, 나이, 성별을 보지 않고 오로지 직무 능력으로 뽑는다고 되어 있었다. 지원 필수 자격은 사혼화를 알아보는 능력. 근무 기간은 2년. 직책은 서기보. 귀화서 내 기숙사 제공. 채용 절차는 서류 전형과 테스트 후 면접 평가. 가점 사항이 적혀 있었지만 이미 눈에 들어오지 않았다. 마리의 시선은 '계약 종료 후 업무 평가에 따라 정규직 전환 가능'하다는 문구에 꽂혀 있었다.

그냥 계약직이 아니잖아. 정규직 전환이 가능한 계약직이야. 열심히 하면 정규직이 될 수 있다는 거잖아. 사혼화를 성실하게 찾으면 업무 평가는 자연스레 좋아질 수밖에 없어. 어떤 아르바이트를 하든 성실성만큼은 인정받은 나라면 가능할지도 몰라. 지원해보자. 기필코 공공기관 정직원이 되어서 평생 안정적으로 살 수 있도록 해보자. 지긋지긋한 반지하를 벗어나보는 거야.

사혼화를 보는 사람 중 어떤 이들은 귀화서 채용에 관심조차 없다. 땡볕에도, 폭우에도, 눈보라에도 쉬지 않고 사혼화를 찾는 고생스러운 일이라는 것을 알기에. 그러나 마리는 그런 노고쯤은 상관없었다. 그동안 귀화 서에 계속 관심이 있었으나 도전하지 못한 건 정작 부 모님의 사혼화를 알아보지 못한 자신이 과연 귀화서에 어울리는 사람일지 의문이었기 때문이다. 그래도 이제 용기를 낼 계기가 생겼다. 귀화서 적임자라는 응원을 받 았으니까.

마리는 열의를 불태우며 노트북 키보드를 두드렸다. 세 시간 뒤에 이력서와 직무 수행 계획서를 채용 담당 자 이메일로 보내고 기지개를 한껏 켰다. 뻣뻣해진 어깨 를 풀며 창문을 열자 시야를 반쯤 가린 시멘트 턱을 넘 어 기분 좋은 바람이 불어왔다.

이제 차분하게 결과를 기다려보자.

정혜의 말처럼 이타적인 이유로 귀화서에 지원한 건 아니다. 밥과 돈, 그리고 쓸모 있는 인간이라는 꼬리표

를 달아줄 소속감이 필요했다. 더하여 오랫동안 궁금해
했던 질문에 답이 생길지도 모른다는 옅은 예감이 마리
를 귀화서로 이끌고 있었다.

二.

꽃이 돌아오는 곳, 귀화서

웅장한 솟을대문 처마에 잣나무로 만든 현판이 걸려 있다. 솟을대문은 닫힌 채였다. 그 앞에서 마리가 고개를 젖히고 현판을 올려다봤다.

귀화서歸花署

조선 시대부터 600여 년간 명맥을 이어온 유서 깊은 기관.

귀화서는 묘지 주변에 핀 사혼화를 꺾어 끓여 마신 미망인이 죽은 남편의 영혼을 만나게 된 일을 계기로 세워졌다고 한다. 미망인에 대한 소문이 퍼지며 사혼화의 존재가 알려지게 된 것이다. 조선은 죽은 자를 잘 돌봐주면 덕이 후한 곳으로 돌아간다고 여겼기에 영혼을 애도하는 관청을 세워 본격적으로 유족을 돕도록 했다. 그곳이 바로 귀화서이다.

귀화서는 사혼화에 관한 전반적인 일을 처리한다. 죽은 자의 영혼이 깃든 사혼화를 찾거나 보관하는 일. 더 나아가 사혼화를 증류하고 영혼을 부르는 의식도 주관한다. 영혼을 애도하는 모든 일을 행하는 이 기관을 마리가 찾아온 이유는……, 드디어 면접을 보게 되어서다.

마리는 면접에 응하기 위해 새벽부터 정장을 차려입고 기차에 올라탔다. 여섯 시간쯤 졸다가 모바일 기차표에 적힌 종착역에서 내려 버스를 두 번 더 갈아탔다. 귀화서 이정표가 붙은 버스 정류장에서 20여 분을 터벅터벅 걸은 뒤에야 담장 너머로 맞배지붕이 엿보이는 커다란 솟을대문 앞에 설 수 있었다.

역사만큼 으리으리하네.

현판을 올려다보며 나무 향을 가슴 깊숙이 들이마셨다. 뭐든 시켜만 주면 열심히 하겠습니다, 하고 외치고 싶은 의욕이 마리의 가슴에서 샘솟았다. 마리는 기세를 올리며 솟을대문을 힘차게 밀었다. 그와 동시에 대문이 안쪽에서 열리며 힘쓸 곳을 잃은 몸이 휘청거렸다. 넘어질 각오로 눈을 질끈 감은 마리를 누군가 재빨리 감싸안아 일으켰다.

마리가 실눈을 살짝 떴을 때, 남자의 말간 얼굴이 코끝에 닿을 듯 가까웠다. 당황한 마리가 버둥대며 남자에게서 떨어졌다. 남자는 귀화서 문양이 수 놓인 작업복 차림이었다.

"놀라시게 하여 죄송합니다. 저는 귀화서의 나문재 사무관입니다. 근처 사는 아이들이 숨바꼭질하면서 문을 닫아뒀다기에 다시 열려고 온 참인데, 밖에 계신 줄 몰랐네요."

귀화서에 오자마자 덤벙대는 모습을 보인 탓에 마리의 얼굴이 새빨개졌다. 설마 면접관은 아닐 거라고 자위하며 도와준 것에 대해 인사하려는 찰나 "사무관님!" 하고 부르는 소리가 들려왔다. 협문을 막 뛰어넘은 앳된 남자가 문재를 향해 힘차게 손을 흔들었다.

"고마리 님이시죠? 저는 서기 윤시호입니다. 면접 안내를 맡아 모시러 왔는데 사무관님께서 저 대신 맞아주셨네요."

한달음에 뛰어온 시호가 가지런한 치아를 드러내며 쉼 없이 말하고는 빙긋 웃었다. 웃는 모습이 무척 자연스러워 마리는 순간적으로 친숙한 느낌마저 들었다.

"면접자셨군요. 실례했습니다. 국장님께서 기다리고 계실 테니 어서 가보세요."

문재가 허리를 숙여 인사하자 시호도 마주 인사했다.

예부터 죽은 자를 애도하는 일을 담당한 기관인 만큼 심성이 좋은 사람을 귀화서에 임명한다더니, 귀화서 직원들은 만나고 헤어지는 순간에도 서로 예의를 다하는구나. 그런데 가만, 사무관님께 아직 감사 인사를 못 했잖아. 인성을 중요하게 보는 집단인데, 설마 면접도 보기 전에 막돼먹었다거나 소심하다는 편견을 심어준 건가.

문재에게 말 걸 타이밍을 놓친 마리는 얼떨결에 시호를 따라가며 면접 때 인성이 올바른 사람이라는 이미지를 주어야겠다고 다짐했다. 합격하게 되면 좀전의 실수를 만회하리라, 주먹을 쥐면서.

새삼스레 다시 긴장이 된 마리는 너른 마당을 가로질러 가며 슬며시 입꼬리를 올리고 웃어보았다. 어색하게 입가가 당기는 느낌이다. 아마도 정혜가 지금 마리의 모습을 봤더라면 또 푸하하, 하고 크게 웃었을 것 같다. 억지로 웃는 건 관두자고 생각하며 마리는 협문으로 다가갔다. 그때 갑자기 누군가가 마리를 부르는 것 같은 기운이 강하게 느껴졌다. 뒤를 돌아본 마리는 저도 모르게 "아!" 하고 감탄사를 흘렸다.

담장을 따라 길쭉하게 지어진 유리 온실. 그 안에서 작은 별 같은 사혼화들이 무수하게 빛나고 있었다. 빛에 눈이 멀어버리더라도 억울하지 않겠다 싶을 만큼 아름다운 모습이었다. 넋 놓고 있는 마리를 발견한 시호가 길을 되돌아와 마리 옆에 섰다.

"예쁘죠? 저곳에서 사혼화를 지키고 있어요."

사혼화를 관리하는 일을 '지킨다'고 표현하는 게 인상적이라 마리는 새삼 시호를 흘끔 보았다. 그러고 보니 1년 전, 귀화서에서 사혼화 관리직을 채용했었다. 직책은 서기. 사혼화를 관리하고 증류하는 일은 귀화서에서 가장 중요한 업무다. 의뢰인들이 귀화서를 찾는 건 사혼화를 증류해 얻은 물 '사혼수'를 마시면 꽃에 깃든 영혼을 만날 수 있기 때문이다. 하지만 사혼화를 찾았다고 해서 아무 때나 쉽게 사혼수를 얻을 수 있는 것은 아니다. 의뢰인의 생각에 따라, 혹은 사정에 따라 당장 증류하기 힘든 케이스들도 있다. 그렇기에 귀화서에 맡겨진 사혼화가 시간이 흘러도 꽃을 피울 수 있게끔 관리하는 건 귀화서의 근간이 되는 일이었다.

작년에 마리는 사혼화를 돌볼 자신이 없어서 지원하지 못했으나 시호를 보니 귀화서가 잘 맞는 사람을 뽑은 것 같다는 생각이 들었다.

"서기님께서는 사혼화를 관리하시나요? 아니면 증류하시는 쪽?"

"사혼화 관리는 전반적으로 제가 맡아 책임지고 있어요. 증류까지 포함해서요. 근데 제가 관리직이라는 걸 용케 알아보셨네요."

작년 채용 공고를 기억한다고 말하기는 겸연쩍어 마리는 "왠지 그래 보여서요."라고 얼버무렸다. 시호가 툭 건드리면 웃는 자동인형처럼 다시 웃었다. 불현듯 마리의 머릿속에 사수가 될지도 모르는 사람에게 잘 보여야겠다는 생각이 스쳤다.

"유리 온실에 있는 사혼화는 모두 의뢰인들이 맡기고

가신 건가요?"

사수의 업무에 관심이 많다는 인상을 풍기기 위해 마리가 눈을 빛내며 물었다. 원래도 올라가 있던 시호의 입매가 질문을 받자 한층 더 올라갔다.

"일부는 의뢰인들이 맡기신 거고, 일부는 저희가 찾아낸 거예요. 사혼화를 찾은 다음에 막상 증류를 앞두고 망설이는 분들이 꽤 계세요. 영혼에게 건넬 마지막 말을 고심하느라 늦어지기도 하고 마지막까지 기회를 남겨두고 싶기도 한 거죠. 그래서 저희가 화분에 고인과 의뢰인 성함을 라벨로 붙여두고 마음의 준비가 될 때까지 관리해드리고 있어요."

상을 치르고도 죽은 이를 잊지 못하는 사람들에게 사혼화는 생生과 사死를 연결하는 최후의 통로였다. 그런만큼 죽은 이와 마지막으로 한 번만 더 소통하고 싶어 하는 사람에게는 무엇과도 바꿀 수 없는 귀중한 기회이기도 했다.

"정성껏 사혼화를 관리하는 곳이 있다는 걸 진즉 알았으면 좋았을 텐데……."

"면접 안내를 맡으며 다양한 면접자들을 만나 뵀어요.

고마리 씨도 귀화서에 들어와야 할 사연이 충분한 것 같으니 부디 힘내서 면접 잘 보세요."

과거 사혼화를 찾았던 날이 떠올라 저도 모르게 중얼거렸던 마리가 잠시 멍해 있다가 현실로 돌아왔다. 사정을 캐묻지 않는 시호가 고마운 동시에 과연 경쟁자가 몇 명이나 면접장으로 들어갔을지 궁금했다. 그렇다고 시호에게 불쑥 물을 수도 없는 처지라 그저 고맙다고 말하고는 부지런히 뒤따라 걸었다.

막 몽우리를 터뜨리기 시작한 꽃들이 가장자리를 차지한 정원 한가운데 한옥이 있었다. 마리가 가지런하게 신발을 벗어두고 대청에 오르자 3월이라기에는 다소 서늘한 냉기가 발바닥에 느껴졌다. 시호가 국장실 문을 두드렸다. 문이 열리고, 반백의 머리를 곱게 쪽진 국장이 화조도 병풍 앞에 위엄있게 앉아 있었다.

"면접자 고마리 씨입니다."

시호가 마리를 소개하고 자기 임무는 다했다는 듯 물러났다. 의자는 없고 방석 하나가 국장의 맞은편에 놓여 있었다.

"만나서 반갑습니다. 저는 귀화서의 국장 송백선입

니다.”

인사를 나눈 뒤 마리가 맞은편 자리에 앉자, 백선이 테이블에 놓인 흰 찻주전자를 들었다. 반대쪽 손으로 찻주전자를 든 손목을 받치고 마리의 도자기 찻잔에 세심하게 차를 따라 주었다. 쌉쌀한 향이 실내에 퍼져갔다.

“긴장을 풀어주는 차예요.”

백선이 찻잔을 감싸 쥐고 깊은숨을 쉬듯 차를 마셨다. 마리도 조심스럽게 찻잔을 입에 댔다. 따뜻한 기운이 온몸으로 퍼지며 굳은 어깨가 풀리는 듯한 기분이 들었다.

“준비되었으면 이제 사혼화를 볼 수 있는지 확인하는 절차를 거쳐 면접을 볼게요. 시작해도 될까요?”

마리는 자세를 바로잡았다. 지금부터가 중요한 시간이다. 백선이 창가에 놓인 화분을 가리키며 사혼화가 보이면 숫자를 말해달라고 했다. 숫자가 붙은 화분은 열 개. 그 가운데 빛나는 꽃은 두 개다. 마리가 정답을 말하자 백선이 고개를 끄덕였다. 사혼화를 보는 확인 절차는 형식적 테스트이니 면접자라면 누구나 맞혔을 확률이 높다.

“직무 계획서에 쓴 귀화서 발전 계획을 구체적으로

설명해주시겠어요?"

귀화서는 현대에 들어 위상이 달라졌다. 사혼화의 존재 자체를 의심하고 의문을 제기하는 사람들이 갈수록 많아지고 있기 때문이다. 죽은 뒤 땅에 묻힌 사람이 사혼화가 되는 거라면, 화장하여 모신 고인들은 어떻게 되는 건가? 지신의 도움이 없으므로 사혼화가 될 수 없는 것 아닌가? 애초에 지신이 존재하긴 하는 건가? 사혼화는 진짜 존재하는가? 영혼을 만났다는 주장은 환영을 본 것이 아닌가? 사람에게 정말 영혼이 있는가? 과학적인 증명이 가능한가?

과학 기술이 발달한 현대 시대에 사혼화를 찾는 건 전통이라는 이름의 미신을 따르는 일로 취급되고 있다. 사혼화를 찾는 것도 시간 낭비라는 인식이 강해졌고 사람들이 찾아오지 않으니 유서 깊은 귀화서도 시대의 변화를 이기지 못하고 순차적으로 폐쇄되어갔다. 이제 귀화서는 전국에 단 한 군데만 남아 있다. 마리는 귀화서의 접근성이 떨어졌다는 걸 전제로 직무 계획을 세웠다.

귀화서에 입사하면 사혼화를 찾은 뒤 안내 팻말을 세워두는 기존 방식을 탈피해 사혼화 사진을 SNS에 업로드하여 일반인이 손쉽게 사혼화를 찾을 수 있도록 한다는 계획이다. 마리가 발표를 마치자 백선이 차를 다시 권했다.

"마리 씨는 사혼화가 왜 핀다고 생각해요?"

"고인은 생을 마감했지만 고인의 영혼은 여전히 현세에 미련이 남아 있기에 꽃으로 피어나는 거라고 생각합니다. 사라지지 않은 그리움이 소중한 사람을 만나고 싶다는 의지로 바뀌어 피는 게 사혼화니까요."

"죽은 자의 미련이 마땅히 끝맺어야 할 세상과의 인연을 역행해 꽃으로 피어날 만큼 가치가 있나요?"

백선의 어투가 미묘하게 변했다. 마리는 두 번째 테스트라는 직감이 왔다.

"제가 사혼화를 본다는 사실을 안 뒤부터 엄마는, 아니, 어머니는 사혼화를 함부로 만지지 말라고 가르치셨어요. 제 손길에 사혼화가 조금이나마 상처 입을까 봐요. 사혼화는 사랑하는 사람을 만나겠다는 애절함으로 피어나는 거라고도 어머니께 배웠어요. 그 마음만으로도 피어날 가치는 충분하다고 생각합니다."

"영혼이 깃든 꽃이라 함부로 다루면 안 된다는 말은

이해했어요. 하지만 그 안에 깃든 영혼이 어떤 사람인지 우리는 영혼을 만나기 전까지 알 수 없어요. 어떤 이의 영혼을 담고 있는지 알지 못한 채로 죽은 자의 영혼을 불러내는 게 과연 옳은 일일까요?"

"꽃으로 피어난 영혼이 어떤 사람인지 저희가 판단할 필요는 없다고 생각합니다. 사람이면 한 번은 사혼화가 될 기회를 얻는 건 지신이 모든 이를 평등하게 생각하고, 존중받아야 할 존재라고 여기기 때문일 테니까요."

"사념은 어떤가요? 영혼으로 불려 나오기 전에 뿌리까지 뽑혀 더는 사혼화로 살지 못하는 영혼이 사념이 되기도 하지요. 사념을 만나면 어떻게 쫓아낼 계획이죠?"

"외람되지만 저는 사념이 위험한 영혼이라고 보지 않습니다. 사랑하는 사람을 만날 기회를 잃은 슬픔과 그리움, 억울함이 쌓여 만들어진 존재라고 생각합니다. 그렇기에 사념을 무작정 쫓아내기보다 사념을 감싸 안고 이해하는 방향에 서서 절충안을 찾는 노력을 해보고 싶습니다."

면접이 끝난 뒤 서울행 기차를 탄 마리는, 그로부터 3주 후에 다시 귀화서로 내려가는 기차를 탔다.

귀화서 2년 계약직 고마리.

최종 합격 통보 메세지를 받은 마리는 반지하 원룸에서 방방 뛰며 기뻐한 뒤에 곧바로 생활인으로 돌아가 집주인에게 방을 빼겠다고 선언했다. 중고 물품 거래 사이트에 가전제품과 가구를 내놓자 짐은 금세 단출해졌다.

배낭 하나만 달랑 메고 기차에 탄 마리는 비로소 여유가 생긴 듯 창밖을 바라봤다. 채용 합격 후 정신없이 주변을 정리하느라고 정혜와 인사도 제대로 나누지 못했다. 정혜에게 잘 내려가고 있다는 메시지를 보낸 뒤 마리는 피로함에 잠이 쏟아져 꾸벅꾸벅 졸았다.

기차역에는 문재가 마중 나와 있었다. 이전에 마주쳤을 때 입고 있던 작업복 차림이 아니라 순간 알아보지 못해 마리는 잠시 허둥댔다. 큰 짐이 없다는데도 부득불 온다기에 더는 말리지 않았는데 문재가 정중한 어투로 입사 축하 인사를 건네자 그제야 그가 직장 상사라는 게 신경 쓰이기 시작했다.

"감사합니다. 앞으로 열심히 하겠습니다."

마리가 아르바이트 첫날마다 그랬듯 90도로 상체를 굽혀 인사하자 문재가 어색해하며 "편하게 해도 돼요." 하고 말한 뒤, 배낭을 대신 들어주었다. 다년간의 사회 경험상 상사 말을 곧이곧대로 들어서는 안 된다는 것을 알고 있는 마리는 귀화서에 가서도 바르게 인사해야겠다고 다짐했다.

문재가 '귀화서'라는 기관명이 랩핑된 픽업트럭 운전석 문을 열었다. 단정한 차림새라 세단을 끌고 왔을 줄 알았는데, 이미지와 어울리지 않는 차종에 마리는 피식 웃음이 나왔다. 픽업트럭을 운전하며 문재가 귀화서에 대해 궁금한 점이 없는지를 물었다. 마리는 합격 통보를 받은 다음부터 제일 궁금했던 것을 질문했다. 바로 귀화서에서 몇 명이 일하는지.

"귀화서는 현재 책임자와 여섯 명의 보좌로 운영되고 있어요. 면접관이셨던 분이 책임자인 국장님이시고요. 부책임자인 과장님, 사혼화를 관리하는 서기님, 사혼화를 찾으러 장기 출장 간 주무관님이 계세요. 귀화서 직원은 아니지만 공양주님도 계시는데요. 공양주님은 의식 때 영혼을 위문하는 음식을 차리는 일을 맡아주고 계세요. 저는 아시다시피 사무관이고 사혼화 연구를 하고 있어요. 서기보님의 사수이기도 하니 앞으로 잘 부탁할게요."

문재는 다정한 눈빛만큼 목소리도 상냥했다.

"저도 잘 부탁드립니다. 제가 꼭 알고 있어야 할 다른 사항들이 있을까요?"

"이제 귀화서 숙소에서 함께 지내게 될 텐데 처음에는 어색하고 불편할 수도 있어요. 아무래도 단체 생활이니까요. 퇴근 후에는 개인 시간을 존중하고 있지만 적응이 안 되면 따로 집을 마련해줄 수도 있으니까 지내다 정 부담되면 편하게 말해줘요."

마리는 부모님이 돌아가신 뒤로 혼자 살아서 오히려 단체 생활에 로망이 있었다. 또한 이런저런 아르바이트로 쌓은 경험 덕에 어디서든 분위기를 맞추는 건 잘할 자신이 있어 문제없을 거라고 자신만만하게 대답했다.

"업무는 각 담당자님이 그때그때 알려주실 거예요. 다만 귀화서 방침 중 아셨으면 하는 게 있는데요. 귀화서는 의뢰인에게 사혼화 관련 글을 인터넷에 올리지 말아주십사 부탁드리고 있어요. 그러니 서기보님도 SNS 같은 데 가급적이면 사혼화 정보를 노출하지 않으셨으면 해요."

"저……, 잘 이해가 안 되는데요. 입소문이 나면 귀화서 평판도 좋아지고 찾는 사람도 많아질 텐데 막는 이유가 따로 있는 건가요?"

"아무래도 고인에 관련된 일이니까 예의를 갖추는 거죠. 인터넷에 올라오는 글의 반응이 모두 좋다고 할 수도 없고요. 무엇보다 사혼화는 찾을 때까지 변수가 많아요. 의뢰자가 애초에 고인의 사혼화를 볼 수 없는 인물이라 찾을 수 없는 경우도 종종 있어요. 시기도 고려해야 하는데 운이 맞아 쉽게 찾은 분이 계시는가 하면 오래도록 찾지 못해 박탈감을 느끼는 분도 계시니 비교가되지 않도록 주의하는 거예요."

사혼화는 보고 싶다고 누구나 볼 수 있는 꽃이 아니다. 일반적으로는 고인의 가족이나 지인 중 가장 친근하게 지낸 한 사람만이 사혼화를 알아볼 수 있다. 실제로찾기 전까지 누가 사혼화의 선택을 받았을지 짐작만 가능한 것이다. 마리는 애꿎은 사람이 사혼화를 찾느라 헛

수고하는 상황을 만들지 않으려면 사혼화 사진이 보완 책이 될 수 있다고 자신하며 면접을 봤다. 그러나 문재의 말에 따르면 크게 헛발질한 꼴이다. 귀화서 방침과는 정반대인 계획을 발표했는데도 어째서 자신이 합격한 건지 의문이 들었지만 마리는 문재에게 묻지 못하고 시선을 돌려 차창 밖을 바라봤다. 하늘은 금방이라도 비가 올 듯 잔뜩 흐렸다.

귀화서에 도착한 후 문재를 따라 국장실로 간 마리를 백선이 손을 잡으며 반갑게 맞이해주었다. 독대하는 동안 마리는 픽업트럭에서부터 따라온 의문을 내색하지 않으려고 부단히 애썼으나 백선은 단번에 눈치챘다.

"왜 내가 귀화서에 합격했는지 궁금한 표정이네요."

마리는 망설이다가 귀화서 방침이 자신이 발표했던 직무 계획 방향과 다르다는 걸 들었다고 고백했다. 백선이 일어나 서랍에서 마리의 면접 평가서를 챙겨왔다.

"직무 계획은 사실 지원자 대부분이 대동소이했어요. 귀화서 방침을 모르는 상태에서 다들 최선의 계획이었다고 생각해요. 다만 지원자 중 유일하게 고마리 씨만 사념에 관한 생각이 달랐어요. 사념까지 감싸 안겠다는 건 어찌 보면 위험한 발상이지만 귀화서에는 그런 새로운 시각도 필요하다고 여겼어요. 물론 사념은 인간에게 해를 입힌다는 사실 역시 간과해서는 안 되겠죠. 저는 마리 씨가 귀화서에서 일하면서 많은 경험을 하길 바라요. 그 경험들을 바탕으로 귀화서의 한계를 넓혀주었으면 해요."

마리는 무작정 열심히 사혼화를 찾아서 정규직이 되겠다는 각오로 귀화서에 지원했다. 그러나 막상 백선의 말을 듣고 나니 정규직 전환이 쉽지 않겠다는 자각이 들었다. 앞으로 귀화서에서 실적을 쌓으려면 백선이 자신에게 원하는 바가 무엇인지 명확히 해둘 필요가 있었다.

"국장님 말씀은 사념에 대해 조금 더 깊이 파고들라는 뜻인가요?"

"귀화서에서 일하는 우리는 죽은 자의 영혼을 도와 그들이 미련을 남기지 않고 현세를 떠날 수 있도록 돕는 사람들이에요. 죽은 자들은 삶을 살아낸 자체만으로 안식을 누릴 자격이 충분하니까요. 사념도 안식을 얻을 수 있다는 연구 보고는 아직 없지만……. 이렇게 하죠. 1년 뒤 오늘, 사념에 대해 어떤 깨달음을 얻었는지 제게 말해주세요. 사념을 가여워하는 마음이 어떤 일을 해낼지 지켜보고 싶네요."

백선과 짧은 미팅을 마치고 나오자 밖에는 어느새 비가 내리고 있었다. 인기척을 듣고 부엌에서 나온 푸근한 인상의 아주머니가 자신을 공양주 양순채라고 소개했다. 그러고는 저녁에 먹고 싶은 게 있으면 해주겠다며 호탕하게 웃었다. 옆에서 문재가 공양주님의 음식 솜씨 덕분에 귀화서에서 지내다보면 살이 찔 수밖에 없다고 하자 순채가 오늘 제대로 실력을 발휘해보겠다며 팔을 걷어붙였다.

문재의 안내로 숙소에 도착하니 툇마루에 마리의 배낭이 놓여 있었다. 숙소는 공용 공간인 툇마루를 중심으로 각 방이 이어져 있는 구조였다. 마리가 지낼 방은 마루 끝에서 두 번째 방이다. 아담한 방에 배낭을 내려둔 문재가 옆방에 각각 자신과 윤시호 서기가 지낸다는 말을 전해주었다. 말이 끝나자마자 마리의 방으로 시호가 뛰어 들어왔다. 마리가 뽑힐 것 같은 촉이 있었다고 시호가 한바탕 떠드는 동안 뒤이어 김고본 과장이 얼굴을 들이밀었다. 뺨에 세로로 굵게 난 흉터 탓에 밤거리에서 만났다면 무서웠을 외모다. 그러나 고본은 험악한 인상과 달리 인사하는 내내 마리보다 더 쑥스러워했다.

"누나는 사혼화를 몇 살 때부터 봤어요?"

고본 뒤에 숨은 듯 서 있던 남자아이가 인사 대신 질문부터 던지자 고본이 인사부터 하라고 볼을 꼬집었다. 남자아이가 혀를 내밀고는 거침없이 자기소개를 시작했다.

"안녕하세요. 저는 박양하입니다. 열 살이고요. 근처 보육원에 살아요. 꿈은 귀화서 사람들처럼 사혼화를 보는 거예요. 언젠가는 꼭 빛이 나는 사혼화를 직접 보고 싶은데 그럴 수 있을지는 모르겠어요. 방금 말했다시피 부모님이 없고 심장병을 앓고 있거든요."

"초면에는 그런 과한 정보는 말하면 안 된다고 했지?"

"왜 안 돼요? 내가 아파서 죽을지도 모른다는 것도 숨기지 않고 말해야 친해지죠."

고본이 힘없이 양하의 볼을 놓았다. 심상치 않은 분위기로 보아 양하가 거짓말을 한 것 같지는 않았다.

"어어, 방금 신입도 들어왔는데 분위기가 왜 이래요. 자자, 다들 일단 웃어봐요. 치즈!"

시호가 분위기를 풀어보려고 농담을 던졌으나 고본과 양하는 입을 꾹 다문 채 서로 다른 곳을 쳐다보고 있었다. 큰 싸움도 아니고, 무섭게 생긴 어른이 작은 아이에게 밀려서 같이 삐치는 걸 보니 긴장이 풀리며 마리도 대화에 낄 수 있었다.

"사실 나도 부모님이 안 계셔. 우리는 같은 처지네."

갑작스러운 고백에 다들 고개를 돌리고 마리를 쳐다보았다. 내뱉고 나니 스스로 불편한 진실을 말해 오히려 분위기를 망쳤다는 생각이 들었다. 분명 정적이 흐를 거라고 마리는 생각했다. 혹은 어쭙잖은 위로가 날아오든가. 그런데 마리의 말이 끝나자마자 양하가 첨삭하듯 말을 받았다.

"누나는 고아 몇 년 차인데요? 전 8년 차인데요."

"어? 어? 나? 나는 10년."

"고마리 서기보님이 양하보다 선배네요. 양하, 너 애 늙은이같이 삐기면서 우리보고 인생 경험이 얄팍하다고 맨날 구박했었지? 이제 선배님이 계시니까 그러지

마라."

시호가 한술 더 떠 치켜세워주는 통에 마리는 어안이
벙벙해졌다.

뭐야, 이 사람들.

양하를 누를 호적수가 나타났다고 입을 모아 얘기하
는 사람들을 보면서 마리는 앞으로 귀화서 생활이 심심
하지는 않겠다는 엉뚱한 생각이 들었다. 빗방울이 지붕
위로 툭툭 떨어지는 소리가 들려왔다. 이제 이야기는 먹
을거리로 넘어가 마리의 입사 기념으로 순채에게 맛있
는 걸 해달라고 하자며 각자 자기가 먹고 싶은 걸 얘기
했다.

마리는 통통 튀는 대화를 들으며 차양에서 떨어지는
빗방울을 바라보았다. 아마도 이 작은 시골 동네에는 우
산 없이 집으로 돌아가는 사람은 없을 것이다. 우산을
같이 쓰자며 다가올 사람이 많을 거니까. 마리가 고개를
돌리자 모두 마리를 보고 환하게 웃고 있었다.

三.
7년의 기다림

　상담실 전화벨이 울렸다. 마리는 비장한 표정으로 주먹을 불끈 쥐었다. 입사 후 인수인계를 받은 업무 중 가장 빈번히 처리하는 건 전화 상담이다. 전화 상담은 주로 상을 치른 직후의 유족에게서 많이 걸려왔는데 허전한 마음을 추스르지 못한 만큼 격한 반응이 대부분이었다. 사혼화를 바로 찾고 싶다는 요청에 꽃이라 필 시간이 필요하다고 답하면 늘 이해할 수 없다는 의문문이 먼저 뒤따랐다.

　"왜죠? 기적의 꽃이라면서 왜 바로 피어나지 않는 거죠?"

꽃의 생장 기간을 설명하는 마리의 말을 자르고 다짜고짜 사혼화를 알아서 찾아오라는 주문이 이어지기도 했다. 귀화서는 의뢰자와 동반으로 사혼화를 찾는 게 원칙이라고 응대하면 분이 풀릴 때까지 화낸 뒤 전화를 일방적으로 끊었다. 가끔은 "이 사기꾼들아, 그러니까 망하는 거야."라는 악담을 쏟아내기도 했다.

무시하면 곤란한데요, 상담자님. 왜냐면 제가 나긋해봬도 이전에는 진상 손님을 전담으로 처리하던 경험 만렙 알바생이었거든요.

마리가 카페 아르바이트를 하며 터득한 진상 대처법은 두 가지가 있다. 하나는 죄송합니다, 불편하셨죠, 다 저희의 불찰입니다, 하고 대응하며 손님의 마음을 풀어주는 방식이다. 다른 하나는 고귀한 영업장에 다시는 발붙이지 못하도록 단호하게 출입 금지를 명하며 그들의 모든 조건을 들어주지 않는 것이다. 마리는 당연히 후자 전문이다. 지지 않고 맞받아치는 대처를 문재에게 계속 지적받긴 했으나 전화벨이 울리면 저도 모르게 어깨에 힘이 바싹 들어갔다.

"귀화서인가요?"

떨리는 목소리가 들렸다. 아직 안심하기는 일러 수화기에 귀를 바짝 대고 그렇다고 대답하자 긴장한 듯 숨 고르는 소리가 이어졌다.

"아무래도 우리 형의 사혼화를 찾은 것 같아요. 지금 바로 번지 정원으로 와서 형의 사혼화가 맞는지 확인해주실 수 있나요?"

드디어 입사 3주 만에 마리의 능력으로 처리할 수 있는 첫 의뢰가 들어왔다. 의뢰 내용을 전하자 평소 침착한 문재가 허둥대며 곧장 국장실에 보고하러 갔다. 귀화서에 의뢰가 들어온 게 놀랄 일인가 싶었지만, 마리 개인적으로는 첫 의뢰인을 맞게 된 것이었다. 기대감에 순채에게도 말했더니 같은 반응이었다. 순채도 번지 정원에서 온 의뢰가 맞느냐고 문재처럼 몇 번이고 되물었다.

"대체 번지 정원이 어디기에 다들 놀라는 거예요?"

의뢰인에게 물었어야 하는 기본 정보를 순채에게 묻는 실수를 저질렀다는 걸 마리는 말하는 동시에 깨달았다. 화끈거리는 뺨을 누르고 있는 마리를 모른 척해주며 순채가 번지 정원에 관해 들려주었다.

번지점프대에서 추락 사망 사건이 일어난 건 7년 전

이다. 추락 사고 이후 번지점프대는 폐쇄됐다. 방치된 번지점프대 주변에 어느 날부터인지 꽃씨가 날리고, 날아간 꽃씨들이 꽃망울을 터뜨리며 들판에 들꽃이 늘어갔다. 그렇게 해를 거듭해 꽃밭이 된 번지점프대 주변 들판을 지역 사람들이 번지 정원이라고 부르고 있다.

"번지점프대 사고 직후부터 쭉 동생이 번지 정원에서 형의 사혼화를 찾고 있었거든요. 아마도 이제야 지신이 동생에게 기회를 주려나 보네요."

"7년이나 형의 사혼화를 찾아왔다는 말씀이세요?"

순채가 "7년 동안 매일요." 하면서 한숨을 내쉬었다. 시간은 각자에게 다른 무게로 쌓이기에 선뜻 인생의 무게감을 안다고 말할 수 없다. 마리는 7년이라는 시간을 헤아려 보았다.

2,555일. 살이 타들어갈 듯한 뙤약볕과 마음마저 적시는 비, 그리고 손발을 차갑게 얼리는 눈을 온몸으로 버텨낸 인고의 시간. 아이가 어른이 되고, 어른의 등이 굽어가는 시간 동안 동생은 어떤 마음으로 버틴 것일지를 생각하자 마음이 금세 먹먹해지고 말았다.

잠시 뒤 국장실에서 나온 문재가 대기하고 있던 마리

에게 서랍에서 작업복을 꺼내 내밀었다. 마리는 작업복을 받자 마음이 묘했다. 작업복을 입는다는 건 귀화서의 직원으로서 정식 인정받는다는 의미라고 들었다. 자랑스러워야 마땅하겠으나 부담되는 것도 사실이었다.

7년이라니. 만약 사념이 들러붙은 꽃을 의뢰인이 사혼화라고 착각한 거면 어쩌지.

마리가 흔들리는 마음을 다잡으며 작업복으로 갈아입는 동안 문재는 마침 휴가를 얻어 본가에 간 시호를 호출했다. 마리가 채비를 마치고 나오자 문재가 주의 사항을 숙지시켰다.

"윤시호 서기님은 본가에서 바로 번지 정원으로 갈 거예요. 사념을 쫓는 액막이는 서기님이 할 테니, 서기님이 도착하기 전에는 사혼화를 건드리지 마세요. 고마리 서기보님은 죽은 자의 영혼을 더 좋은 곳으로 이끌 수 있도록 예를 갖춰 사혼화를 먼저 맞아주시면 됩니다."

"만약 사혼화가 아니라면요?"

체크 사항을 확인하던 문재가 펜을 멈췄다. 그러고는 마리의 착잡한 표정을 향해 괜찮다는 의미로 고개를 끄덕였다.

"만약 아니라면 그 순간부터 형의 사혼화를 함께 찾아주세요. 다시 사혼화를 찾을 용기를 낼 수 있도록 돕는 것도 우리 일이니까요."

번지점프대까지는 고본이 모는 픽업트럭으로 이동했다. 긴장한 마리는 평소와 달리 수다를 떨지 않고 도착지까지 굳은 자세로 앉아 있었다.

"여기가 번지 정원이에요."

고본은 귀목나무 밑에 픽업트럭을 세웠다. 호숫가에 자리한 번지점프대가 보였다. 마리는 풀꽃이 가득 핀 넓은 들판을 둘러보았다. 한눈에 봐도 수백 종은 되어 보이는 온갖 봄꽃들이 어마어마하게 피어 있었다.

"엄청나죠? 해마다 꽃이 많이 피는 곳이라 형의 사혼화를 찾기 어려웠을 거예요. 마음을 다해 찾은 거죠. 그러니 그 마음을 잘 헤아려주고 오세요."

고본의 배웅을 받으며 마리는 풀숲 사이로 난 좁은 외길을 따라 걸었다. 번지점프대로 다가가자 깨진 매표소 유리가 가장 먼저 눈에 들어왔다. 동력이 끊긴 엘리베이터는 멈췄고 정문을 막아놓았던 출입구 자물쇠는 부서져 있다. 34미터 라는 높이를 위풍당당하게 뽐내던 번지점프대는 이제 페인트가 벗겨지고 녹이 슨 애물단지로 변해버렸다. 아무도 이곳에서 번지점프를 했었다는 사실을 자랑스러워하지 않을 것이다.

"귀화서에서 나왔습니까?"

마리가 돌아서니 풀숲 앞에 추레한 젊은 남자가 서 있었다. 통화할 때의 목소리는 당장이라도 울 것 같았는데 첫인상은 그저 피곤해 보였다.

"고마리 서기보입니다. 사혼화를 확인해달라는 의뢰를 받고 왔습니다."

남자가 따라오라며 풀숲으로 들어갔다. 들꽃이 상하지 않도록 다리로 풀을 슬쩍 밀며 걷는 방식이 오랫동안 사혼화를 찾느라 몸에 밴 습관인 것 같았다. 마리도 꽃을 밟지 않으려고 조심하며 길을 헤쳐나갔다. 봄부터 가을까지 들판을 따라 피고 지는 꽃들을 볼 때마다 남자가 그 수에 허탈했을 거라는 짐작이 들었다. 번지 정원으로 깊숙이 들어갈수록 각양각색의 들꽃이 공간을 빽빽이 메우고 있었다.

"이 꽃이에요. 정말 사혼화가 맞나요? 빛이 진짜 보여요?"

남자가 가리킨 지점에 한 송이로 핀 연한 자주색 꽃이 보였다. 다행히도 은은한 빛이 꽃 전체를 감싼 듯 발하고 있다. 사념이 들러붙은 꽃이었다면 마리는 꽃에서 빛을 볼 수 없었을 것이다. 마리가 안도하며 사혼화가 맞다고 대답하자 다리가 풀렸는지 남자가 풀썩 주저앉았다. 한참을 멍하니 사혼화를 바라보던 남자가 "환영이 아니구나." 하고 중얼거렸다. 마침내 미친 나머지 평범한 꽃이 빛나는 듯 보이는 게 아닐까 싶어 누군가에게 확답을 듣고 싶었다는 남자의 눈시울이 서서히 붉어졌다.

마리는 마음을 추스른 남자와 번지점프대 입구로 돌아가 시호를 기다리기로 했다. 들어올 때와 마찬가지로 남자가 앞장서 풀숲을 헤쳐갔다. 사혼화를 확인하고 나니 덩달아 긴장이 풀려 마리는 주변을 찬찬히 돌아볼 수 있었다. 바람이 불어 풀들이 흔들거렸다. 알록달록한 색을 지닌 꽃들이 풍기는 향을 들이마시려는 찰나, 풀숲에서 누군가 부르는 듯한 기운이 느껴졌다.

"잠시만요. 저쪽에서 사혼화의 기운이 느껴져요."

남자에게 양해를 구하고 방향을 틀어 풀숲으로 들어가자 은은한 빛무리가 보였다. 하나의 뿌리에서 퍼져 십여 송이가 피어 있는 보라색 꽃 무더기였다. 번지 정원에 또 다른 사혼화가 있다는 게 이상했다. 빛나는 걸 알아보겠냐고 묻자 남자가 고개를 저었다.

"이 꽃들도 사혼화인가 보네요. 하긴 호숫가이니 죽은 사람이 더 있겠죠."

번지점프대로 돌아가는 길에 마리는 사혼화를 세 송이 더 찾아냈다. 어쩌면 번지점프대가 생기기 전부터 땅속에 뿌리를 내린 뒤 오랜 기다림 끝에 피어난 사혼화들이었겠지만, 아무도 찾아주지 않아 그 자리에 그대로 있는 것이다. 형의 사혼화는 동생이 포기하지 않았기에 쓸쓸한 운명을 벗어날 수 있었다.

번지점프대를 올려다보고 있는 남자의 시선을 따라 마리도 녹슨 철근을 훑어보았다. 고본은 의뢰인의 마음을 헤아려주라고 당부했다. 남자가 어째서 7년 동안 형의 사혼화를 찾아 헤매야만 했던 건지 사연을 듣는 게 마음에 다가가는 시작점일 것이다.

"괜찮으시면 형님이 어떻게 돌아가셨는지 여쭤봐도 될까요?"

남자가 번지점프대에서 시선을 돌려 마리를 바라보았다. 눈동자는 아득한 어딘가를 헤매는 것처럼 어둡게 잠겼다. 이윽고 남자가 결심을 굳힌 듯 천천히 입을 열었다.

❈ ❈ ❈

세계 최초의 번지점프대를 본떠 점프대로 올라가는 계단을 나무 바닥으로 설계한 이곳 '번지 타워'는 내가 대학교를 휴학하고 아르바이트를 했던 곳이다. 나는 번지점프 교육 자격증을 소지한 안전요원의 지시에 따라 번지점프를 마친 손님을 고무보트에 태우거나 이용권을 판매하는 일을 했다. 안전요원 형들이 퇴근하고 나면 가끔 점프대로 올라가서 술을 마시기도 했지만 대체로 성실하게 일한 편이다.

번지점프대를 중심으로 유원지 개발 계획이 세워지고 땅값이 뛸 호재로 번지점프대를 인식하던 그 시절.

인정하고 싶지 않지만, 그 시절 나 때문에 우리 형이 번지점프대에서 죽었다.

그날 나는 안전요원 형들이 번지점프 장비를 건드리지 못하게 한 일이 분해 점프대에서 술을 마셨다.

이깟 게 뭔데 만지지도 못하게 해.

술을 마시다 말고 자리에서 일어나 스트랩을 모아둔 곳까지 비틀거리며 걸어갔다. 스트랩을 꼬았다가 풀었다가 하면서 이깟 게 뭔데, 이깟 게 뭔데. 중얼대며 한참을 씩씩거렸다. 그러다 아무 생각 없이 내 몸에 하네스를 번갈아 묶었다. 번지코드 두께를 대강 잡아 가늠해본 후 카라비너 나사를 돌리기 시작했다.

번지점프 장비를 대충 착용하고 플랫폼 끝에 서서 봐라, 이 자식들아! 너희들이 가르쳐준 적 없는데도 장비 연결을 이렇게나 척척 해냈다! 하고 소리를 지르며 점프대에서 뛰어내리는 시늉을 했다. 같이 술 마시던 아르바이트생들이 플랫폼에 아슬아슬하게 서 있는 나를 보고 손뼉을 쳤다.

그 밤, 형이 번지점프대로 나를 찾아왔다. 나중에 알아보니 목적 없이 휴학한 동생을 걱정해 술 한잔 나누며 내 말을 들어볼 요량이었던 모양이다. 그러나 그땐 그런 관심이 귀찮았다. 나이 차가 나는 형이 괜히 아버지 노릇을 하며 참견한다고 여겼다. 내 이름을 부르는 형의 목소리를 들으며 밤그림자에 묻혀 내 모습 따위는 보이지 않을 거라고 아르바이트생과 숨죽여 웃었다. 결국 웃는 소리에 형은 우리를 찾아냈고 너 거기 있지? 하면서 번지점프대를 향해 걸어왔다.

번지점프대 꼭대기에서도 형이 신은 신발이 땅을 밟는 소리가 또렷하게 들려왔다. 내가 무모하고 경솔하게 플랫폼을 누비는 동안 우리 형이 나무 계단을 삐걱삐걱 밟으며 점프대로 올라왔다.

뛰어내릴 생각은 정말 없었다. 정말이다. 위험하다면서 날 붙잡으려는 형의 손을 피하려다 얼결에 발을 헛디뎠을 뿐이다. 떨어지고 있다는 자각을 하기도 전에 머리부터 호수에 처박혔다. 천연 생고무 재질의 번지코드가 반동하며 잠시 몸이 끌어올려지던 순간에야 호수에 빠졌다는 걸 깨달았다. 낙하지점 거리 계산을 잘못한 탓에 거꾸로 매달린 몸이 끌려 들어가듯 다시 물속으로 내리박혔다. 설상가상으로 제대로 연결되지 않은 스트

랩이 엉켜서 하네스를 풀고 빠져나올 수도 없었다.

정신을 잃으며 마지막으로 본 게 형의 얼굴이다. 고정 장치를 풀고 나를 끌어올린 형은 어쩐 일인지 호수에서 빠져나오지 못했다.

아르바이트생의 신고로 늦은 밤 119 대원들이 도착했지만, 잠수대원은 아침이 돼야 올 수 있다고 말하며 난처해했다. 119 대원들은 혹시 형이 물살에 떠밀려 왔을 가능성이 있다면서 손전등을 들고 호수 둘레를 돌아보았다. 처음부터 형이 죽었다는 전제로 진행된 수색이었다. 번지점프대에서 운행하던 고무보트를 타고 호수를 천천히 살피는 수색대를 보면서 어머니는 이럴 수는 없다고 울부짖었다.

새벽녘부터는 비가 내렸다. 산어귀에는 물안개가 피어올랐다. 승합차를 타고 도착한 잠수대원들이 밤사이 가져다놓은 모터보트에 올라탔다. 요란한 소리를 내며 출발한 모터보트가 호수 중간 지점에 멈춰 서더니 잠수대원 두 명이 호수 아래로 잠수했다. 물속에서 길을 잃은 형이 잠수대원들과 숨바꼭질을 하고 있었다.

이제 나와. 형, 못 찾겠어.

잠수를 할 수 있는 최대 시간에 맞춰 들락날락하던 잠수대원이 수면 위로 올라와 손을 들고 손바닥을 쥐었다 폈다 하며 신호를 보냈다. 형을 찾았다는 표시였다. 모터보트가 이동하고 잠수대원이 물속으로 다시 사라졌다.

잠시 뒤에 두 명의 잠수대원이 수면 위로 나타났고, 그들이 받치고 있는 형의 모습도 보였다. 고개를 숙이고 있는 형을 천천히 모터보트에 올린 다음 그들도 모터보트에 올라탔다. 천천히 다가온 모터보트가 선착장에 닿았고, 소방대원들이 형을 들것에 실어 먼저 내려놓았다.

동네 어른들이 호숫가를 따라 달렸고 나도 떠밀리듯 번지점프대 정문까지 쓸려 왔다. 동네 어른들이 내게 서서히 길을 내주었다. 선착장 시멘트 바닥에 형이 누워 있었다. 형 위로 덮어둔 방수포 밑에 물이 고여 있었다. 그렇게 나를 구하고 형은 죽었다.

형이 죽은 후 형이 신었던 신발은 끝내 찾지 못했다. 그래서 형은 호수에서 건져진 뒤 신발도 없이 맨발로 누워 있어야 했다. 형의 맨발을 보면서 그 전날 형의 발소리에 내가 얼마나 큰 위안을 받았는지 깨달았다. 형이 날 찾아 어둠을 헤치며 오고 있다는 사실 하나만으로 안도감이 들어 투정 부리고 싶었다고 형에게 변명하고 싶었다. 그러나 창백한 형의 발은 내게 말하고 있었다. 이젠 너 혼자 걸어가야 한다고.

번지점프대도 내 인생만큼 급속하게 몰락해갔다. 추락 사고로 사망자가 나왔다는 소문이 퍼지며 손님들 발길이 끊겼다. 곧 안전요원 형들이 일을 그만뒀다. 번지점프대를 중심으로 호수 일대를 유원지로 개발하려던 군청의 계획도 흐지부지됐다. 끝내 번지점프대는 폐쇄됐고 그곳엔 내 죄책감만이 남았다.

7년의 시간. 형의 사혼화를 찾으려고 번지점프대 주변에 웅크리고 있다가 바람에 나무 계단이 삐걱대며 우는 소리를 듣던 시간. 내가 앞으로 절대 손에 쥘 수 없는 것들이 무엇인지 분명해진 시간.

더는 형과 웃을 수 없다는 것.

더는 형과 말할 수 없다는 것.

더는 형의 미래를 지켜볼 수 없다는 것.

형의 인생을 제 손으로 끝장냈기에 마음껏 울어서는 안 된다는 것.

내 인생 역시 그날 형과 함께 침몰했다는 것.

형이 호수에서 숨바꼭질을 끝낸 그 시점부터 내 인생의 모든 희망이 사라져버렸다. 나의 희망은 형이었다.

✿✿✿

마리는 이야기를 마친 남자의 얼굴이 조금 전보다 더 지쳐 보인다고 생각했다. 어떤 말들은 털어놓아도 후련해지지 않는다. 7년 동안 누구에게도 꺼낼 수 없던 이야기라면 더욱. 마리도 오랫동안 감춰둔 비밀이 있기에 지금 남자가 느끼는 감정이 충분히 이해됐다. 그리고 꽃들이 삭은 잎을 젖히고 싹을 틔우는 것처럼 아직 틔울 수 있는 희망이 남자의 삶에 분명 남아 있을 거라고, 그걸 찾아 전해줘야 한다고 생각했다.

마리가 그 방법을 고민하고 있을 때 작업복을 입은 시호가 번지 정원으로 들어서는 모습이 보였다. 좁고 구불구불한 외길 끝에서 걸음을 멈춘 시호가 새들도 놀랄 만큼 큰 목소리로 외쳤다.

"저는 귀화서 서기 윤시호입니다. 형의 사혼화를 만나

신 걸 축하드립니다."

남자가 한순간 멍하니 있었다. 전혀 생각지 못한 말에 얼떨떨한 건 마리 역시 마찬가지였다. 소중한 사람을 떠나보냈던 과거에만 집중하느라 마리는 현재 일을 잊었다. 형을 잃은 건 무척 가슴 아픈 일이지만 지금은 그토록 간절하게 찾아 헤맨 사혼화를 마침내 찾은 상황이었다.

다음에는 나도 사혼화를 만난 걸 최우선으로 축하해 드려야겠어.

마리가 그런 다짐을 하는 동안 시호는 곧바로 형의 사혼화를 찾아가 무릎을 꿇고 앉았다. 사혼화를 옮기기 전 영혼에 들러붙으려는 사념이 있을 수 있기에 우선 액막이부터 해야 한다고 설명하며 시호는 마늘과 짚으로 엮은 매듭형 부적을 꺼내 사혼화 둘레를 둥글게 에워쌌다. 시호가 눈을 감고 손바닥을 맞댄 뒤 검지를 세워 기도를 드렸다. 그런 다음 정화 소금을 땅과 풀숲에 흩뿌렸다.

바람은 잔잔했다. 사념이 나타날 기미는 없어 보였다. 사혼화 보호 조치가 끝났음을 알린 시호가 연한 자주색 사혼화를 유심히 바라보았다. 곧게 뻗은 꽃줄기 끝에 꽃 한 송이. 꽃잎은 여섯 장으로, 찢어진 잎이 있는 것으로 보아 흠집 나기 쉬운 상태였다. 연한 잎은 되도록 건드리지 않도록 주의하며 시호가 사혼화 쪽으로 상체를 숙였다. 그러고는 맨손으로 사혼화 둘레의 흙부터 정성스럽게 파내기 시작했다. 통통한 다육질 뿌리가 드러나고 잔뿌리까지 다 파내는 데 한 시간이 걸렸다. 줄기가 휘지 않도록 세심하게 받쳐 화분에 옮겨 심을 때까지 시호는 오롯이 사혼화에만 집중했다.

"사혼화를 손상 없이 화분으로 옮겼습니다. 사혼화는 앞으로 어떻게 하실 건가요? 관리하실 거면 저희에게 맡기셔도 되고 아니면 가져가서 직접 키우셔도 됩니다. 의식을 빨리 진행하길 원하시면 형님의 사혼화를 사혼수로 바로 증류하는 걸 추천드리고요."

"우리 형의 영혼을 계속 꽃으로 두는 건 바라지 않습니다. 오늘 바로 증류하겠습니다."

남자의 뜻에 따라 증류를 위해 귀화서로 이동했다. 복귀하자마자 시호는 유리 온실에서 증류 작업에 들어갔다. 증류는 보통 세 시간 정도 소요된다. 불순물을 제거

한 사혼화를 정화수에 넣고 가열하는데 이때 모인 증기를 냉각시켜 액체로 환원한 것이 사혼수다. 증류 작업이 진행되는 동안 남자와 마리는 상담실로 가서 문재를 만났다. 문재가 따뜻한 차를 남자에게 내어주고 영혼을 만나는 의식에 관해 설명했다.

사혼수를 마시면 사혼화에 깃든 영혼을 만날 수 있다. 다만 사혼수를 마실 사람은 정해져 있는데, 사혼화를 본 사람이 사혼수를 마셔야만 영혼을 만날 기회를 얻을 수 있다. 그 사람이 사혼수를 받아들이면 곧 영혼이 소환된다. 이후 사혼수를 받아들인 사람은 영혼과 각각 한 문장씩 말을 주고받을 수 있다. 오직 사혼수를 마신 사람만이 대화할 수 있고, 사혼수를 받아들이지 않은 자가 아무리 말을 걸어도 영혼에게는 들리지 않는다. 마찬가지로 영혼의 목소리 역시 사혼수를 받아들인 사람과 의식을 주관하는 귀화서 사람만이 들을 수 있다.

대화는 사혼수 기운이 몸에서 사라지기 전에 마쳐야 한다. 시간은 대략 5분 남짓으로 보통 의식에 사용된 향이 다 타면 시간이 지났다고 여긴다. 건넬 수 있는 말은 단 한 문장이므로 할 말을 미리 준비해두는 게 좋다. 사혼수 기운이 사라지면 영혼은 하늘로 승천한다.

"어머니는 형의 영혼과 말할 수 없다는 건가요?"

"형님의 사혼화를 보신 분은 어머님이 아니니까요."

남자는 양손으로 무릎을 누르며 고개를 떨궜다.

"어머니가 저보다 할 말이 많으실 텐데……. 꼭 어머니 기회를 제가 뺏는 것 같네요."

"어머님께서도 형님이 왜 당신이 아닌 동생을 선택한 건지 이해하실 겁니다. 영혼을 보실 수는 있으니까요."

"형의 영혼을 만나면 하고 싶었던 말이 많았어요. 하늘에서 형이 들을까 싶어 허공에 대고 말을 늘어놓은 적도 있을 정도니까요. 그런데 막상 대화할 기회가 생기니 어떤 말을 하고 싶었던 건지 잘 모르겠네요."

"댁에서 쉬시다 보면 이제 형님의 영혼을 만날 수 있다는 걸 실감하시게 될 거고, 만나서 하고 싶었던 말이 무엇인지 자연스레 떠오를 겁니다."

의식 날짜는 상의 끝에 일주일 뒤로 잡았다.

"한 가지 더 알고 계셔야 하는 건 의식에는 많은 인원이 들어갈 수 없다는 점입니다. 산 자들의 기운이 죽은 자의 기운을 압도할 수 있거든요. 그래서 의식 참석자는 열두 명으로 인원을 제한합니다. 열두 명에는 의식을 주관하는 귀화서 세 사람이 포함되니 의뢰자님 쪽에서는 최대 아홉 명만 참석할 수 있습니다."

"상의해봐야겠지만 아마도 저랑 어머니만 참석할 것 같아요."

마지막으로 위문 상에 올릴 음식의 종류까지 정한 뒤 논의를 마쳤다. 이어서 사혼수가 완성되길 기다리는데, 의뢰인에게 내어주었던 차가 식은 것을 발견한 마리가 순채에게 부탁해 따뜻한 차를 다시 대접했다. 마침내 시호가 연한 자줏빛으로 빛나는 액체가 담긴 시약병을 들고 상담실로 들어오자 남자가 자리에서 벌떡 일어났다. 은은한 빛이 감도는 시약병을 두 손으로 받아 든 남자가 입술을 꽉 깨문 채 사혼수를 내려다보았다.

"올해로 저는 형이 죽었을 때 나이를 넘어섰는데 형은 이렇게 더 작아만 졌네요. 전 나이만 먹고 자라지를 못했는데. 만약 그때 상황이 뒤바뀌어 호수에 빠진 사람이 형이었다면 제가 주저 없이 호수로 뛰어들었을지를 계속 생각하거든요. 아마도 저는 형처럼 행동하지 못했을 거예요. 아무리 생각해봐도 구할 자신이 없어요. 그래서 형을 어떻게 봐야 할지 모르겠어요."

"사혼화를 너무 오래 기다리다가 찾으셔서 그럴 거예요. 게다가 꽃을 찾자마자 증류며, 의식이며 갑자기 많은 절차를 맞닥뜨리고 정신없이 결정하고 나니 허무해져 그런 기분이 들 수 있습니다. 만약 형님을 뵙는 게 계속 주저되신다면 의식을 미뤄도 되니 마음 편히 생각하세요."

문재가 남자를 따뜻하게 위로했다. 남자는 감사 인사를 전한 뒤 어머니에게 보여드리겠다며 사혼수를 품에 넣었다. 귀화서 사람들이 솟을대문 앞에서 남자가 어둠에 묻혀 사라질 때까지 오랫동안 배웅했다. 끝까지 손전등으로 밤길을 비춰주던 고본이 다들 들어가자고 하면서도 뒤를 계속 돌아보았다.

"국장님이 함께 찾아주겠다는 것도 마다하고 속죄하듯이 7년을 혼자 찾아왔으니 오늘 밤은 생각이 많을 거예요. 우리도 7년이라는 시간에 누가 되지 않도록 열심히 의식을 준비합시다."

그날 밤 마리는 잠을 이루지 못했다. 사혼화를 찾으면 의뢰인의 아픔이 단박에 해결될 거라고 짐작했는데 의

뢰인에게는 지금부터가 더 큰 고민이겠거니 싶어 잠이
오지 않았다.

죽은 형은 동생을 원망하고 있을까. 죄책감을 씻으려
면 원망의 말이라도 듣고 잘못을 제대로 빌어야 속죄가
될까.

새벽까지 형을 부르는 의식을 치르는 게 맞는 건지
고민하다가 마리는 설핏 잠이 들었다. 출근해서는 하품
할 새도 없이 곧바로 사당으로 불려 갔다.

이번 의식부터 마리가 백선의 보조를 맡기로 했다. 의
식은 귀화서 가장 안쪽에 자리한 사당에서 치른다. 사당
은 솟을삼문을 통과해 들어갈 수 있는데 의식을 올리는
사람은 동쪽 문으로 들어갔다가 서쪽 문으로 나와야 한
다는 법칙이 있다. 가운데 문은 영혼이 다니는 문이므로
사람은 쓰지 않는다.

입사 후 처음 사당에 간 날, 가운데 문에 손댔다가 고
마리 서기보가 죽은 자냐면서 백선에게 한 소리 들은
기억이 있어 마리는 동문과 서문을 여닫을 때마저 가운
데 문을 신경 쓰며 조심하고 있다.

"사혼화에 깃든 영혼을 부르는 건 기술이 필요한 일

은 아니에요. 다만 살아생전 고인의 기질은 영혼이 되었다고 달라지는 게 아니라서 의식에 영향을 주기도 해요. 그러니 우리는 살아있는 자와 죽은 자가 무사히 소통할 수 있도록 중간에서 침착하게 다리를 놓아줘야 하는 거고요."

문재의 설명에 마리가 다이어리를 펼쳐놓고 질문했다.

"영혼이 의식을 망칠 수도 있나요?"

"영혼은 현생에 미련을 버리지 못하여 사혼화로 피어나는 만큼 의식에 잘 따라주는 편이에요. 그들도 한 번뿐인 기회를 망치고 싶지는 않을 테니까요. 대부분의 문제는 의뢰자 쪽에서 생겨요. 초과 인원이 들어온다거나, 감정에 휩쓸려 말하지 못한다거나, 반대로 서로 말하려고 한다거나……. 다양한 문제가 발생하죠. 그럴 때 의식의 주관자인 우리가 어떻게 해야 할지 알겠어요?"

귀화서 사람은 의뢰인을 대신해 말을 전하는 역할을 하기도 한다. 하지만 부득이한 경우가 아니라면 대화에 개입해서는 안 된다. 사혼화를 본 사람이 말하는 순간 지신으로부터 허락받은 대화의 기회가 대체되기 때문이다.

　말하지 않고 의식을 제대로 이끌어가는 방법이라······.

　마리는 볼펜 꼭지를 깨물며 다이어리에 생각나는 대로 끼적거렸다. 그런 마리를 보고 문재가 슬쩍 웃더니 금으로 만든 종을 들어 보였다.

　"종을 울리면 됩니다. 종은 의식의 절차를 알리는 표지이자 주의를 환기하는 제구이기도 해요. 맑은 종소리를 울려서 영혼과 참석자에게 차분하게 소통할 시간이라는 걸 알려주면 돼요. 중요한 건 어떤 일이 생겨도 분위기에 휩쓸리지 않고 자신의 감정을 억눌러야 한다는 점이에요. 소중한 사람과 마지막으로 함께 보내는 고인의 시간이 아름다울 수 있도록요. 살아생전에 사랑받았다는 걸 느끼고 무사히 떠나도록 끝까지 본분을 다해 도와야 합니다."

　사당에서 의식의 절차를 배우는 날이 거듭될수록 마리는 점점 밤잠을 설쳤다. 동생이 사혼화를 찾아 헤맨 7년 동안 형은 사혼화가 되어 그 자리에서 자신을 찾아주길 기다리고 있었다는 것을 생각하니 더욱 어깨가 무거워졌다.

잠을 설친 날에는 방 밖으로 나가 달이 이지러지는 모습을 올려다보곤 했다. 생명을 다 채우지 못하고 죽는다는 것에 대해 생각하다보면 땅의 신이 실은 가혹한 기회를 죽은 자에게 제시한 게 아닌가 하는 생각이 들기도 했다. 생에 미련을 가질 수밖에 없는 죽은 자가 소중한 이를 만나기 위해 사혼화에 깃들어 피었다가 지는 것이 엄마의 말처럼 애처롭게 느껴졌기 때문이다.

의식의 절차를 배우다 지치면 창고에서 고본 옆에 가만히 앉아 있었다. 위패를 느릿느릿 깎는 과묵한 고본을 보고 있으면 걱정이 잠시나마 사라졌다. 그래서인지 마리는 무심코 요즘 잠을 설친다는 말을 고본에게 해버렸다. 특별한 대답을 듣고자 한 건 아니었다. 그런데 평소 말 없는 고본이 위패를 들여다보며 조곤조곤 죽음에 대해 일러주었다.

"서기보님이 귀화서 사람이 다 되었나 봅니다. 귀화서 사람들은 모두 의식을 치르기 전에 어떻게 하면 영혼이 더 나은 안식을 누릴 수 있을지 고민하느라고 잠을 잘 자지 못하거든요. 그게 바로 죽은 한 인간의 무게감, 앞으로 더욱 고민하게 될 죽음의 모습입니다."

마리가 더디게 귀화서 사람이 되어가는 동안 시간은 착실하게 흘러 어느덧 의식을 치르는 날이 왔다. 의식은 낮이 밤으로 바뀌며 하늘과 땅의 경계가 흐려질 때 치러진다.

의식 두 시간 전에 마리는 부정 타지 않도록 몸과 마음에 묻은 더러움을 씻어냈다. 목욕 후 상복으로 갈아입고 남자와 그의 어머니를 마주했다. 남자는 며칠 전보다 더 해쓱해 보였다. 마리는 눈빛으로나마 남자에게 응원을 보냈다. 드디어 해가 사라지고 어둠이 어스름히 내려앉는 시간이 되었다.

"가시지요."

마리가 사당으로 앞장서 걸어갔고, 마리의 뒤로 남자와 어머니, 문재가 차례로 이동했다. 땅에서 불러낼 영혼의 이름이 새겨진 위패는 고본이 제단에 미리 올려두었다. 사당에서 지신의 신위를 향해 기도드리던 백선이 의뢰인 쪽으로 와 고개를 숙였다. 문재가 사당 중앙으로 남자와 어머니를 안내한 뒤 사혼수를 꺼내도록 했다. 마리가 제구들이 놓인 자리로 이동하자 백선이 기도문을 읊으며 향에 불을 붙였다. 향이 타며 흰 연기가 직선으로 솟아올랐다. 백선이 위패를 양손으로 받치고는 하늘을 향해 뻗으며 눈을 감았다. 마리는 무릎을 꿇고 왼손으로 오른손을 받쳐 바닥에 놓인 종을 집어 들었다. 그러고는 손목을 가볍게 흔들어 종을 울렸다.

딸랑-.

맑은 종소리가 사당에 울려 퍼졌다.

"땅을 다스려 우리를 보살피는 지신이시여! 미천한 이 몸이 마음을 다해 현세에 미련이 남은 넋을 이곳에 부르고자 합니다. 부디 길을 열어주십시오."

백선이 위패에 적힌 이름을 천천히 세 번 불렀다. 마리가 다시 종을 울렸다. 그때 서늘한 기운이 가운데 문을 넘어왔다. 사당 안에 있던 모두가 그 기운을 느꼈다. 마리와 남자의 눈이 마주쳤다. 긴장한 듯 보이는 남자에게 마리가 고개를 살짝 끄덕였다. 그제야 남자가 사혼수를 천천히 받아들이기 시작했다.

남자가 사혼수를 마시자 세상에서 본 적 없는 고결한 빛이 사당으로 들이쳤다. 사혼수를 받아들인 남자의 몸에서도 희미하게 자주색 빛이 흘렀다.

아름다워.

마리는 넋 놓고 빛에 감싸인 남자를 바라보았다. 남자에게서 흘러나온 빛이 나무 바닥으로 넘치며 사당 전체로 퍼져갔다. 빛이 사당 구석구석을 메우려는 것처럼 흘러가다가 허공에서 맴돌며 일어났다. 한곳에 모여든 빛이 점차 사람 형체로 변하더니 형의 영혼이 제 모습을 드러냈다.

"재우야!"

어머니가 큰아들 이름을 불렀다. 참석자가 의식에 끼어들어 흐름을 흐트러뜨리면 안 된다. 종을 울릴까 망설이고 있는데 때마침 마리 쪽을 바라본 문재가 가만히 고개를 저었다. 아직은 괜찮다는 의미였다. 어머니가 아들을 부르는 목소리는 안타깝게도 영혼에게 가닿지 않는다. 그럼에도 아들 이름을 부를 수밖에 없는 어머니의 간절한 마음을 외면하지 말자는 의미일 거라고 마리는 추측했다.

다행히 분위기가 더 어수선해지기 전에 남자가 어머니를 부축했다. 어머니는 작은 아들에게 기댄 채 눈물을 흘리며 죽은 큰아들을 바라봤다. 두 사람을 다정한 눈빛으로 바라보던 형의 영혼이 부드러운 미소를 지었다. 마리는 동생도 웃는다면 형의 모습과 판박이일 거라고 생각했다.

형의 영혼이 한 발 앞으로 다가와 동생에게 손을 내밀었다. 동생은 머뭇거리며 형에게 주춤주춤 다가갔다. 형은 자신에게 다가오는 동생을 미소로 지켜보았다. 마침내 형과 동생이 서로의 눈동자에 얼굴이 비칠 만큼 가까이 서서 마주 보았다. 이윽고 형이 동생의 손을 꼬옥 잡았다.

"살아줘서 고마워!"

죽은 형이 자신이 살려낸 동생에게 전한 말이다. 나를 대신해 살아줘서 고맙다고. 네가 살아준 게 내게는 무엇보다 큰 의미라고. 형은 진심을 담아 마지막 마음을 전하고 있었다.

형을 죽게 만들었다는 죄책감에 7년이라는 긴 시간을 힘겹게 버티듯 살아온 동생이 그때까지 애써 누르고 있던 감정을 더 참지 못하고 울음을 터뜨렸다. 사실 동생은 알고 있었다. 나의 형은 자신의 죽음에 대해 동생을 탓하지 않을 거라는 걸. 그렇기에 자기가 더 미안해질 거라는 걸. 하지만 형의 마음을 헤아리고 있기에 미안하다고 말하지 않을 것이다. 자신이 해야 할 말은 단 하나였다. 입을 벌리고 어린아이처럼 엉엉 울며 눈물을 쏟아내던 동생이 가까스로 입을 열었다.

"살려줘서 고마워, 형!"

7년 동안 가슴 깊숙이 간직해온 말.

지금이 아니면 영원히 할 수 없는 말.

살려줘서 고맙다는 말에는 형이 지켜내준 삶을 앞으로 소중하게 여기겠다는 의미가 담겨 있었다. 열심히 사는 모습을 하늘에 사는 형에게 보여주겠다는 의지가 담긴 말이기도 했다. 형의 희생에 행복해지는 것으로 보답하겠다는 동생의 뜻을 형은 확실히 알아들었다. 형이 아주 기쁜 듯 함박웃음을 지었다. 그러고는 동생을 데리고 어머니에게로 가서 두 사람을 꼭 끌어안았다. 사랑하는 이의 갑작스러운 죽음으로 힘들고 괴로운 시간을 보낸 한 가족이 위로의 빛에 둘러싸여 있다.

마리는 눈물이 터질 것 같아 입술을 깨물었다. 향이 짧아질수록 빛은 조금씩 어렴풋해지고 있었다. 백선이 영혼이 무사히 하늘에 가닿길 바라는 기원이 쓰인 소지燒紙*

---

* 부정不淨을 없애고 신에게 소원을 빌기 위하여 흰 종이를 태워 공중으로 올리는 일. 또는 그런 종이.

를 들었다. 조금 더 이 가족에게 함께 보낼 시간을 주고 싶다고 마리는 생각했다. 하지만 그건 마리가 정할 수 있는 게 아니었다. 마리는 떨리는 손으로 종을 다시 울렸다.

딸랑-.

형의 영혼과 헤어져야 할 시간이었다.

"영가시여! 땅에 뿌리내렸던 자여! 우리가 당신을 영원히 기억하겠습니다. 그러니 이제 현세는 잊고 그만 하늘로 돌아가십시오."

백선이 소지에 불을 붙여 하늘로 띄워 올렸다. 종이는 일렁이는 불길과 함께 하늘로 떠올랐다. 어머니와 동생의 어깨에 둘렸던 형의 팔이 빛을 잃으며 시나브로 흐릿해졌다. 어머니가 조금 전까지 형의 팔이 있던 곳에 손을 내저었다. 허공에 잡히는 것이 없자 큰아들 이름을 목 놓아 부르며 주저앉았다. 일직선으로 뻗은 연기에 실려 형의 영혼이 하늘로 오르기 시작했다. 눈시울이 붉어진 동생이 승천하는 형을 끝까지 올려다보며 "형, 잘 가!"하고 마지막 배웅을 했다. 기어이 재만 남기고 향이 꺼졌다. 사당에 감돌던 빛도 전부 사라졌다.

백선이 제단에 인사를 올리고 위패를 가지고 와서 남자에게 주었다.

"잘하셨습니다. 고인의 삶을 인정해주었으니 분명 형님은 좋은 곳으로 가셨을 겁니다."

남자가 위패를 끌어안고 다시 울음을 터뜨리자 어머니가 눈물범벅이 된 얼굴로 작은 아들의 등을 두드리며 위로했다.

"재우 보니까 잘 지내는 것 같다. 네가 찾아준 덕분에 더 좋은 곳으로 가서 웃으며 잘 지낼 테니 이제 죄책감은 그만 놓아주거라."

어머니의 따뜻한 위로에 도리어 마리가 울어버렸다. 마리는 상복 소매가 젖을 만큼 울었다. 의식을 준비하는 내내 문재가 감정에 휩쓸리면 안 된다고 당부했는데도 어쩔 수 없었다.

형과 동생의 우애가 이렇게 깊은데 어째서 헤어져야 하는 걸까. 이대로 정말 끝내는 게 맞는 걸까.

이런저런 생각이 떠올라 마리는 울음을 그치지 못했고, 결국 백선에게 야단맞고 말았다.

"아직 의식이 끝나지 않았습니다. 책임자로서 소임을

다 해주세요."

마리가 눈물이 번들거리는 얼굴로 "하지만 형님이……
형님이……." 하고 웅얼거리자 그때, 거짓말처럼 동생이
눈물을 그쳤다.

"우리 형을 위해 울어주셔서 고맙습니다."

한결 차분해진 동생이 인사를 전하자 마리는 겨우겨
우 울음을 목으로 넘기곤 남자와 어머니에게 죄송하다
고 사과했다. 생이 있으면 죽음도 있는 법인데 감정에
휘둘려서 하면 안 되는 생각까지 해버렸다. 어쩔 줄 몰
라 하는 마리의 어깨를 가볍게 두드려주는 남자에게 더
는 눈물을 보이지 않으려고 입술을 꼭 깨물었다. 모르는
사람이 봤다면 마리가 의뢰인인 줄 알았을 것이다. 남자
와 어머니는 괜찮다고 했지만, 마리는 한 가족의 소중한
시간이자 자신의 첫 의식을 스스로 망쳤다는 생각에 아
까보다 더 울고 싶은 기분이 들었다.

대기하고 있던 고본이 사당 서문을 열어주었다. 마리
가 문을 나서며 훌쩍이자 이를 보고 사태를 파악한 고
본이 마리에게 눈을 찡긋해 보였다. 무슨 뜻으로 눈을
찡긋한 건지 딴생각에 빠지다 보니 이상하게도 마리의

마음이 조금씩 진정되었다.

대청에 위문을 위한 상이 마련됐다. 영혼의 명복을 비는 의식인 만큼 고인이 생전에 좋아했던 음식을 다 함께 나눠 먹는 방식으로 진행된다. 순채가 고생하셨다면서 어머니부터 자리에 앉도록 도와주었다. 어느새 온 건지 양하까지 둘러앉은 상에 순채가 커다란 냄비를 내려놓았다. 냄비에는 매콤해 보이는 떡볶이가 가득 담겨 있었다. 순채가 남자에게 집에서 해 먹는 레시피를 물어보아 그대로 만든, 눈꽃 치즈를 얹은 떡볶이였다.

"의식 치르느라고 입맛이 없으시겠지만 고인을 위해서라도 마음 추스르시고 한입이나마 드셔보셔요."

"우리 형제가 어릴 때 어머니가 종종 해주시던 건데, 형이 정말 좋아했어요. 만들어주셔서 감사합니다."

다 큰 형제가 나란히 앉아 떡볶이 먹는 모습을 떠올린 어머니가 눈가를 손수건으로 지그시 눌렀다. 순채가 식기 전에 드시라면서 모두에게 떡볶이를 나누어 줬다. 어머니가 먼저 떡볶이를 맛보고는 맛있게 맵다면서 칭찬했다. 남자도 쫄깃한 떡이 일품이라며 그릇을 비워갔다.

"잘 드시니 형님이 하늘에서 복을 받으시겠어요."

순채의 말이 끝나기가 무섭게 시호가 다 먹었다며 더 달라고 했다. 다 함께 떡볶이를 한 그릇씩 더 먹었다. 남자는 더는 지쳐 보이지 않았고, 오히려 홀가분한 표정이었다.

이제야 편안해진 동생을 하늘에서 형이 내려다보고 있겠지.

대청 한가운데로 따스한 봄바람이 불어왔다. 꽃잎도 살랑살랑 떨어지고 있었다. 오래도록 만나고 싶었던 소중한 사람을 하늘의 안식처로 떠나보내기에 참 알맞은 밤이었다.

四.
범인을, 찾지 않습니다

　석양이 내려앉는 시간, 마리는 정화수를 의뢰한 밀짚
모자 할아버지를 만나러 구불구불한 산길을 넘어가고
있다. 시호가 모는 픽업트럭이 가로등도 없는 산속으로
들어갈수록 나무 그림자가 점점 짙어졌다. 이런 곳에 숙
소가 있을까 싶었을 때, 멀리 민박이 보였다.

　"아버지 잘 계시지? 밀짚모자 할아버지 뵈러 온 거야?"

　민박의 주인으로 보이는 아저씨가 지역 토박이인 시
호에게 다가와 친근하게 말을 붙였다. 시호 집안은 귀화
서에서 삼대째 사혼화를 관리하고 있다. 시호는 아버지
가 정년 퇴임하며 귀화서에 입사할 수 있었다. 시호의

이력을 들었을 때 마리는 순간적으로 특채인가 의심했으나 평소 사혼화를 관리하는 게 아니라 지킨다는 생각이 절로 들 만큼 정성을 다하는 시호를 떠올리고는 이내 백선의 안목에 수긍했다. 시호만큼 사혼화를 제대로 돌봐줄 인재는 없을 거라는 점은 마리도 인정했다.

"안녕하셨어요? 밀짚모자 할아버지께 정화수를 전해 드리려고 왔어요. 아버지가 언제 한번 같이 낚시 가자고 하셔요."

정화수는 사혼화를 증류하거나 소원을 빌 때 쓰인다. 새벽에 뜬 첫물을 사당에 올리고 기도를 해 얻은 신성한 물이라 백선은 의뢰인에게 축복을 건네며 직접 전달하는 걸 원칙으로 삼았다. 마리가 귀화서를 나서기 전, 백선은 정화수가 효능을 잘 발휘하도록 마음으로 기도하는 것을 잊지 말라고 신신당부했다.

밀짚모자 할아버지와 약속 시간까지 5분이 남았다. 마리가 전화를 걸었더니 연결이 어렵다는 메시지만 흘러나온다. 민박집 주인은 할아버지가 나가는 걸 보지 못했다고 했다. 노랑 페인트를 칠한 숙소 문을 두드려도 안에서는 기척이 없었다. 다시 전화를 걸자 방에서 벨

소리가 들려왔다.

"핸드폰을 두고 나가신 모양이에요."

"이 저녁에요?"

문득 마리는 독거노인 도시락 배달 아르바이트를 할 때 한 노인이 고독감에 극단적 선택을 했다고 들었던 기억이 났다. 밀짚모자 할아버지는 혼자서 사혼화를 찾아왔다. 요즘처럼 꽃이 많이 피는 시기에는 아이러니하게도 사혼화를 찾을 거라는 기대가 박탈감으로 뒤바뀌기 더욱 쉽다. 나간 모습도 본 사람이 없는데 방 안에서 핸드폰만 울리고 응답이 없다는 사실이 불길하게 느껴졌다.

"아프신 걸 수도 있을 것 같은데, 문 열어볼까요?"

시호도 같은 생각인지 서둘러 마스터키를 받아왔다. 구멍에 열쇠를 꽂은 시호가 자신의 뒤로 마리를 서게 했다. 마리는 불안해서 저도 모르게 시호의 작업복 자락을 붙잡았다.

문이 열어젖혀졌다. 그림자 진 구석에 길쭉한 무언가가 있었다. 다행히 옷걸이에 걸어둔 외투다. 방에는 아무도 없었고, 아무 일도 일어나지 않았다. 시호가 조명을 켜자 잡다한 물건들이 늘어져 있는 게 보였다. 구석에는 뜯지 않은 컵라면이 쌓여 있다. 순채가 할아버지께 드리라고 표고버섯 달걀죽을 들려 보냈는데, 할아버지의 생활을 짐작하고 일부러 준비해준 듯했다. 마리는 화장실까지 열어보고는 아무도 없다는 걸 재차 확인한 후에야 가슴을 쓸어내렸다.

"어휴, 괜히 오해할 뻔했네요. 이제 나가…… 아니, 서기님! 지금 뭐 하는 거예요?"

방으로 불쑥 들어간 시호가 배낭을 뒤지더니 마리의 물음에 대꾸도 없이 배낭에 든 옷을 헤집어 플라스크, 거름망, 삼발이를 꺼내놓았다. 마리는 정문을 한번 쳐다보고 "도둑질하면 벌 받아요." 하면서 시호에게로 다가갔다. 과학 시간에 보던 기구들이 테이블에 널려 있었다.

"사혼화를 찾으면 직접 사혼수를 만들려고 가지고 다니시나 봐요. 증류 시간을 아껴 하루라도 빨리 고인의 영혼을 만나려고 직접 증류를 하는 분들도 있거든요."

"이걸로 사혼화를 증류한다고요? 귀화서에 있는 거랑 다른데요."

"귀화서에서는 최상의 컨디션으로 증류하는 장비를 갖추고 있으니까요. 이건 가열추출법을 이용하는 약식 기구들이에요."

조선 시대에는 사혼화를 끓여 마시는 방식으로 영혼을 불러냈다. 지금은 수가 많이 줄었으나 한때나마 사혼수 증류를 전문으로 한 플라워 클래스가 성행할 수 있었던 것도 증류에 정교한 기술이 필요치 않아서다.

"저는 플라워 클래스를 이용하는 것보다는 직접 증류하는 쪽이 더 낫다고 봐요. 플라워 클래스에서는 사혼수를 증류할 때 꽃송이만 쓴다는 이유로 꽃의 나머지 부분은 함부로 다루기도 하거든요. 사혼화는 죽은 사람의 의지가 담긴 뿌리가 가장 먼저 생겨나고 그 뿌리가 줄기를 밀어내고 마지막에 영혼이 꽃송이로 피어나는 건데, 꽃송이 외의 다른 부분이 어떻게 영혼과 아무런 관련이 없다고 주장할 수 있는지 당최 이해가 안 돼요. 사혼화에 대해 조금도 모를 뿐만 아니라 사혼화를 찾은 사람의 애절한 마음까지 외면하는 거죠."

마리도 플라워 클래스에서 마음 상해가며 증류해본 경험이 있어 고개를 강하게 끄덕였다.

"제가 왜 귀화서에 들어왔는지 말했었나요?"

"가업 아니었어요?"

"아! 삼대째라 그렇게 생각하는구나. 그건 아니고, 어릴 때 아버지 말씀 때문이에요. 종종 아버지 따라 귀화서에 놀러 왔었거든요. 아버지가 증류에 쓰이고 남은 사혼화 뿌리를 땅에 묻어주는 걸 우연히 봤어요. 왜 그렇게 하냐고 여쭤봤더니 귀화서에서는 예부터 그렇게 했대요. 이미 사혼수가 되어 빛을 잃은 사혼화라고 하더라도 영혼을 담았던 몸체인 만큼 존중해줘야 한다고요. 귀화서에 핀 꽃들은 모두 사혼화였던 것을 다시 심은 거예요. 몰랐죠?"

시호가 밤늦게까지 귀화서에 핀 들꽃들을 돌보는 걸 보며 그저 꽃이 좋은가 보다 짐작했었다. 마리는 손에 쥐고 있던 정화수가 담긴 도기를 내려다봤다. 정화수를 전하려고 하면서 왜 필요로 하는지는 상상조차 해보지 않았다.

번지 정원에서 만난 형의 영혼을 하늘로 올려보낸 뒤 드디어 귀화서 사람이 되었다고 자부했는데, 나는 아직 멀었구나.

마리는 할아버지가 사혼화를 찾아 증류할 때 이 정화수가 쓰이길 마음으로 빌었다. 백선이 마음으로 기도하라는 말이 무슨 의미인지 비로소 알 것 같았다.

마리와 시호는 할아버지 짐을 도로 정리해두고 밖으로 나왔다. 마당으로 나온 시호가 기지개를 켜다가 흘깃 마리를 쳐다봤다.

"이제 제법 작업복이 어울리네요. 서울은 그립지 않아요? 난 이 동네 토박이라 가끔 서울살이를 하고 싶던데."

마리가 귀화서에 입사한 지 두 달이 지났다. 정혜가 보고 싶긴 했으나 서울이 그립지는 않다. 아르바이트 인생을 청산하며 겨우 소속감이 생겼고 단체 생활도 재미있다. 무엇보다 탁 트인 귀화서에서 지내다 반지하로 돌아간다는 건 상상만으로도 머리가 지끈거렸다. 계약직 기간 만료 후 정규직으로 전환되지 않더라도 어떻게든 남아 귀화서 붙박이로 지내고 싶을 정도다.

"서기님은 서울역에 내리자마자 거리에 쏟아지는 사람들에 치여 숨도 못 쉬다 바로 도망쳐 온다에 저의 전 재산을 걸지요."

"전 재산이 얼마나 되기에 덥석 걸어요?"

"이래 봬도 관상가 밑에서 예약 관리 알바를 하며 어깨너머로 배운 게 있죠. 서기님은 시골살이가 천성이라고 이마에 딱 붙어 있어요. 그러니 제 재산을 잃을 일은 없을걸요."

"별 아르바이트를 다 했네요. 그건 그렇고 우리 동갑인데 둘이 있을 땐 편하게 말 놓을래요?"

"하늘 같은 대선배님께 감히요? 그보다 귀화서에선 언제나 서로에게 존댓말 써야 하는 것 아니에요?"

"그게 타인에게 예의를 갖추라는 건데, 예의가 존대에서만 생기는 건 아니니까요. 나랑 친구 하면 친구로서 예의를 갖춰가면 되죠."

들키면 국장실에 불려 갈 것 같긴 했으나 마리도 그 편이 편해 동의했다. 이런저런 잡담 중에 시호가 죽이든 비닐봉지를 만지작거려 부스럭 소리가 끊임없이 났다. 자신에게 할 말이 있다는 걸 눈치 빠른 마리가 알아차렸다.

"부산스럽게 굴지 말고 그냥 말해."

"어? 뭘?"

"기회 줄 때 털어놔. 지금 아니면 영원히 안 들어줄 테니까."

"어……. 실은 지난 주말에 공양주님이 가족 보러 가느라 자리 비우신 날, 네가 주방 냉장고에 사혼수 넣어두는 걸 봤어. 훔쳐보려던 건 아닌데 빛에 끌려서. 어쩌다 보니 몰래 본 꼴이 되었네. 그거 부모님 사혼수 맞지?"

사혼화를 보는 사람은 영혼이 깃든 귀한 꽃들을 무시로 보는 대신 소중한 이가 사혼화가 되어도 정작 알아보지 못하는 것으로 대가를 치른다. 모든 사혼화가 자신을 돌아보라며 부르고 있기에 누구의 사혼화인지 구분할 수 없는 것이다. 그런 마리가 부모님의 사혼수를 가지고 있으니 어떻게 찾은 건지 시호가 의아해하는 것도 당연했다.

"미안. 곤란하면 대답하지 않아도 돼. 난 단지 마음 졸이며 냉장고에 넣을 기회를 엿보는 대신 증류실에 사혼수를 보관하는 방법도 있다는 걸 말해주고 싶었어. 귀화서 사람들에게는 비밀로. 물론 이것도 주제넘은 참견일 수 있겠지만."

사혼수는 액체라 조금씩 증발한다. 사혼수 양이 줄면 그만큼 영혼을 만날 시간이 짧아진다. 그러므로 증류한 사혼수는 늦어도 1년 안에 받아들이는 게 좋다고 알려져 있다. 하지만 피치 못할 사정은 늘 존재한다. 마리의 사정처럼.

마리가 고등학교에 입학한 직후, 전기 합선 사고로 부모님이 일하던 물류 창고에 대형 화재가 발생했다. 삽시간에 번진 불로 마리의 부모님을 비롯해 스물세 명이 한날한시에 허무하게 목숨을 잃었다. 합동 분향소가 차려지고 순차적으로 장례를 치른 뒤 정신을 차려 보니 어느새 5개월이 훌쩍 지나 있었다.

어느 날 마리는 발길 가는 대로 걷다가 화재 현장까지 가게 되었다. 검게 그을린 창고를 망연히 바라보다 돌아서려는데 담벼락 아래 수많은 사혼화들이 빛을 머금고 피어 있는 게 눈에 들어왔다. 마리는 꽃들을 향해 달려갔다. 사혼화가 선택한 사람이 빛나는 꽃을 보게 되면 한눈에 고인의 꽃이라는 걸 알아본다고 했는데…….
마리는 어떤 꽃이 부모님의 영혼이 깃들어 핀 사혼화

인지 알 수 없었다. 모든 사혼화가 자신을 부르고 있었기에.

절박하고 막막한 심정으로 담벼락 밑에 쪼그리고 앉아 사혼화들을 들여다볼 수밖에 없었다. 그러다 안타까운 마음에 한 꽃송이를 어루만졌는데, 순간 마리의 몸에 꽃 그림자가 졌다가 사라졌다. 주변의 다른 꽃송이도 마찬가지였다. 만질 때마다 어떤 장면들이 머릿속을 스쳐 갔다. 그러다 마침내 부모님의 사혼화를 찾았다. 아니, 찾았다고 생각했다.

마리는 아침이 되자마자 연락처를 받아두었던 물류 창고 화재 사고 대책 본부장을 찾아가 사혼화가 피었다는 사실을 알리고, 유가족들이 모여 빛이 나는 꽃을 확인할 수 있도록 자리를 마련해달라고 부탁했다. 대책 본부에서 절차를 논의하는 동안 본부장이 손수 꽃들 주변에 펜스를 둘러주었다.

모임 날짜가 정해졌다. 5개월이 흘렀으나 부지불식간에 사랑하는 사람을 잃은 유족들은 여전히 애통한 심정에 젖어 있었다. 합동 분향소에서 보았던 낯익은 사람들을 보자 마리도 그때의 일이 오롯이 기억났다. 충격으로 실신하고, 서로를 붙잡고 통곡하고, 죽은 이의 이름을 부르며 침통해하던 사람들. 눈물바다가 되었던 합동 분향소를 벗어나 일상으로 돌아간 뒤에도 마리는 같은 고통을 지닌 유족들과 매일 함께 있는 것처럼 느껴졌었다. 비록 그때보다 더 살이 빠지고 피폐한 모습으로 나온 사람들도 있었으나 대부분 생활에 적응하기 위해 노력하고 있었다. 속수무책으로 삶이 무너졌지만 다시 일어서겠다는 의지를 내준 사람들이 마리는 고마웠다. 그 모습을 보고 자신도 힘을 낼 수 있었으니까.

차례를 지켜 꽃들을 살펴본 유족들은 울었다. 사혼화를 만나 울기도 했고 만나지 못해 울기도 했다. 만난 이들이든, 만나지 못한 이들이든 마리에게로 와서 손을 잡고 또 울었다. 마리가 본부장에게 비밀로 해달라고 했으나 사혼화를 찾은 사람이 마리라는 걸 다들 알고 있었다. 마지막 유가족까지 사혼화를 확인하자 그제야 겨우 마리에게만 보이는 꽃 두 송이가 남아 있었다. 마리가 부모님의 사혼화라고 생각한 꽃이다.

마리는 사혼화를 화분에 옮겨심지 않고 매일 화재 현장을 찾아갔다. 꽃잎이 활짝 피기를 기다리며 비가 오면 우산을 씌워주고 햇살에 뿌리가 마르지 않도록 물도 주었다. 행여 사혼화가 상할까. 시들까. 죽을까. 노심초사하며 일하러 간 엄마, 아빠가 집으로 돌아오길 기다리듯 낮이고 밤이고 보살폈다.

마리의 노력 덕분인지 사혼화는 무사히 만개했다. 짧은 꽃자루에 열두 개의 파란색 꽃잎이 포개진 청초한 꽃. 꽃잎 가장 겉면이 날개처럼 생겨 신비로웠다. 잎새는 날개를 편 듯 촘촘하게 그물맥이 난 모양이었고 바늘처럼 좁고 곧게 자란 줄기는 반투명했다. 마치 엄마, 아빠가 예쁘게 다시 태어난 것 같은 꽃의 모습을 보며, 찰나였으나 마리는 부모님이 불길에 고통스럽지 않았을 거라고 스스로 위안할 수 있었다. 마지막 순간 참지 못할 만큼 괴로웠다면 이렇게 어여쁘게 피어나지는 못했을 테니까.

마지막으로 마리가 부모님의 사혼화를 거두어 가며, 화재 현장에 피었던 모든 사혼화가 선택한 사람을 만날 수 있었다. 마리는 증류를 위해 바로 플라워 클래스로 갔다. 거기서 증류를 담당하는 직원이 파란색 사혼화는 희귀하다고 말했다. 건조한 환경에서 파란색 꽃이 핀다고. 그는 일반적인 상식을 말한 걸 테지만 마리는 환경이 좋지 않은 곳에서 사고로 돌아가신 탓에 엄마와 아빠가 파란색 사혼화로 피어난 것이라는 의미로 받아들였다. 가슴이 타듯이 아팠다. 겨우 유지하고 있던 평정심이 깨져버렸다. 울음이 터지자 좀체 그칠 수 없었다. 직원은 부모님의 영혼이 담긴 시약병 두 개를 내던지듯 마리에게 주고서는 자리를 피해버렸다.

누구에게도 이야기해본 적 없는 곡절을 말하려니 마리의 목이 자꾸 잠겼다. 끝까지 참아보려고 했으나 사혼수를 받던 대목에 이르자 눈물이 뺨을 타고 흘러내렸다. 시간이 꽤 흘렀는데도 엄마, 아빠 얘기만 나오면 어김없이 울고 만다. 시호가 살며시 마리의 어깨를 다독였다.

"힘들었겠다. 실컷 울어. 근데 하나는 알고 울어. 파란색 사혼화는 건조한 환경에서만 피지 않아. 다른 꽃이랑 똑같이 다양한 환경에서 피어. 그 자식이 잘못 안 거야."

"진짜?"

"나 이래 봬도 사혼화 전문가야. 그리고 결정적으로 파란색 사혼화가 희귀한 건 소원을 들어주기 때문이라고 전해져오고 있어. 아무튼 우리 집 삼대째 사혼화 관리하는 거 알지? 파란색 사혼화에 대해 할아버지한테 여쭤볼게. 자타공인 사혼화 박사니까 다른 정보도 아는 게 있으실 거야."

고맙게도 시호는 더 깊이 파고들지 않고 위로를 먼저 건넸다. 시호의 배려로 마리는 마음이 다소 편해졌다. 그러나 사혼화를 만졌을 때 일어난 일들은 당분간 비밀로 하기로 했다. 아직은 그 일의 원인을 파악하지 못했다. 갈피를 잡고 사실을 풀어놓아도 늦지 않을 것이다.

"엄마, 아빠 사혼수를 신경 써줘서 고마워. 증류실에 보관해준다는 제안도 고맙고. 왠지 서늘한 데 보관하면 사혼수 양이 덜 줄 것 같아서 중고로 구매한 미니 냉장고에 계속 보관해왔었는데 마침 고장 났거든."

"왜 사혼수를 그동안 받아들이지 않은 거야?"

마리가 달이 뜬 밤하늘을 바라봤다.

"나는 아직은 사혼수를 받아들일 수가 없어……. 엄마, 아빠와 연결이 사라질 것 같아 무섭거든."

부모님의 영혼을 만날 기회는 단 한 번뿐. 만난 이후에는 영혼을 보내줘야 한다. 앞으로 영원히 만날 수 없게 되는 것이다. 비록 부모님은 돌아가셨으나 그분들이 없는 세상에 혼자 남겨졌다는 사실을 받아들이는 건 어른이 된 지금도 마리에게는 두려운 일이었다. 또한 언젠가 사혼화를 만지면 생기는 그 현상의 원인이 밝혀지면 자연스레 사혼수를 받아들일 수 있을 거라는 예감이 있었다.

이제 슬슬 돌아갈 채비를 하자고 말하려던 차에 볕에 그을린 할아버지가 밀짚모자를 쓴 채 등산용 지팡이를 짚으며 마당으로 들어섰다. 할아버지가 노란색 문 앞에 서 있는 두 사람을 번갈아 보다가 마리가 들고 있는 도기에 눈길이 멈추었다.

"아이고! 내 정신이……. 귀화서에서 나오셨구려. 석양을 보다가 낮에 본 꽃이 문득 떠올라 약속도 잊고 나갔다가 왔소. 미안하게 되었소."

할아버지가 사혼화를 찾던 흙투성이 손으로 마리의 손을 잡았다가 "이런 손으로……." 하며 민망해했다. 흙이 묻은 투박한 손이 따뜻해서 "오래 기다리지 않았습니다." 하고 마리가 시원스레 대답했다. 지팡이를 벽에 기대어 둔 할아버지가 화분 밑에서 민박집 열쇠를 꺼냈다. 숙소에 허락도 없이 들어갔었는데 괜찮을까 싶어 마리는 옆에 선 시호를 바라봤다. 시호는 그런 일은 시침 뚝, 하고 모른 척하는 게 좋다는 듯한 표정으로 입술을 비죽거렸다.

할아버지가 손을 씻고 나올 동안 마리는 도기를 쇼핑백에 넣어오지 않은 걸 후회했다. 도기만 달랑 들고 온 걸 알면 백선에게 야단맞을 것이다. 실수를 만회할 요량으로 축복의 말은 심혈을 기울여 전했다.

"그대 평안을 원하는 자여, 그대의 평안을 비옵니다."

할아버지가 마리에게 맞절하며 두 손으로 정화수가 담긴 도기를 받았다. 그러고는 옷걸이에 걸어둔 외투에서 지갑을 꺼내 푸른 지폐를 내밀었다.

"정화수는 그냥 드리는 거예요. 사례는 하지 않으셔도 돼요."

마리가 손사래를 치며 사양하자 할아버지가 천천히 고개를 끄덕였다.

"알고 있소. 이건 지금까지 기다려준 마음이 고마워서 주는 거요."

어떤 명분으로도 돈을 받으면 안 된다. 가뜩이나 혼날

일 천지다. 마리가 곤혹스러워하는 모습을 싱글벙글 지
켜보던 시호가 이쯤에서 도와줘야겠다고 마음먹었는지
넉살 좋게 말을 붙였다.

"저희는 친절 무료 봉사 수행 중이라 받으면 혼꾸멍
나요. 의뢰인께서 너그러이 이해해주세요. 그보다 이건
공양주님이 드리는 표고버섯 달걀죽이에요. 저녁은 드
셨어요?"

시호가 하필이면 조금 전에 증류 기구를 마음대로 꺼
내놓았던 테이블에 봉지를 내려놓았다. 못마땅히 쳐다
보는 마리의 시선을 피하며 봉지에서 보온병과 반찬 그
릇을 꺼냈다.

"귀한 걸 주셨구려. 같이 먹고 가소."

"저희는 저녁 먹었어요. 공양주님이 혼자 드시면 적
적하다고 다 드실 때까지 곁에서 말벗해드리라고 하셨
거든요. 공양주님은 의뢰인님을 밀짚모자 할아버지라고
부르던데, 귀화서와는 인연이 오래되셨나 봐요."

"오래 본 이들이 그리 부른다오. 밀짚모자 할아버지라
고. 괜찮으면 댁들도 그리 불러주오."

"그럴까요? 그럼 할아버지도 손자 손녀처럼 편하게

대해주세요. 참, 아까 할아버지를 뵈러 왔다가 배낭 안에 사혼화를 증류하는 기구가 있기에 꺼내봤어요. 허락 없이 건드려 죄송해요."

마리도 타이밍을 놓치지 않고 "죄송해요."라고 시호를 따라 사과했다. 할아버지가 인자하게 웃었다. 그러고는 배낭에서 증류 기구들을 하나씩 꺼내며 애틋하게 쓰다듬었다.

"사혼화를 찾으면 나야 언제든 증류할 수 있어서 좋지만, 이것들이 날 따라다니느라고 고생이오."

"들고 다니시려면 무거울 텐데 힘들지 않으세요?"

"사혼화를 찾게만 된다면 이것들이야 하나도 무겁지 않소. 나는 되레 한눈에 사혼화를 알아볼 수 있을지 그게 걱정이라오."

"사혼화를 만나면 첫눈에 알아보실 수 있을 거예요. 관계없는 사람 눈에는 야생화일 뿐이지만 영혼이 선택한 사람에게는 빛이 확실히 보이고 자신을 당기는 듯한 강렬한 에너지도 느껴져 그냥 지나칠 수 없거든요."

"한데 사혼화가 선택한 사람만이 사혼수를 마셔야 한다는 게 사실이오? 사혼화를 보지 못한 사람이 사혼수를 마시면 대화가 안 된다는 말을 들은 것 같소만."

"맞아요. 사혼화를 볼 수 있는 사람에게만 사혼수를
받아들일 자격이 생겨요. 반대로 말하자면 사혼화를 보
지 못하는 사람은 사혼수를 받아들인다고 해도 영혼을
만날 수가 없다는 의미예요. 사혼수 기운이 상호 작용하
지 않아 영혼과 연결되지 않거든요. 제일 안타까운 사연
이 사혼화를 찾고도 애꿎은 사람이 사혼수를 받아들여
영혼과 만날 기회를 허무하게 날려버리는 거예요."

"사혼수를 마신다고 하지 않고 받아들인다고 하는
구려."

"귀화서에서는 의뢰인과 영혼 간의 예를 강조한다는
의미로 그렇게 말해요. 그리고 최초로 사혼수를 달여 마
신 조선의 미망인이 영혼을 받아들였다고 말한 것에서
유래한 것이기도 하고요. 생각해보면 빛나는 꽃을 서책
에 꽂아 말리거나 키울 법도 한데 달여마신 게 좀 의아
하잖아요. 남편의 영혼을 자신이 오롯하게 받아들인다
는 의미였대요."

"그런 유래가 다 있구려."

"네, 그런데 할아버지는 어떤 분의 사혼화를 찾고 계

신 건지 여쭤봐도 돼요?"

두툼한 그림자가 할아버지 뒤에서 일렁이며 고개를 숙였다. 할아버지가 한동안 보온병에서 올라오는 김을 바라봤다. 마리와 시호는 어서 말해달라고 할아버지를 보채지 않았다. 고인에 대해 말하는 게 쉽지 않다는 걸 잘 알고 있기 때문이다. 이윽고 할아버지가 이야기할 준비가 되었는지 보온병의 마개를 덮었다.

"우리 할멈이 사혼화가 되었다오."

할아버지가 손을 가지런히 모아 잡았다.

"할머님의 영혼이 꽃이 되신 거군요."

시호가 할머니는 어떤 분이셨는지 덧붙여 묻자 할아버지가 숨겨진 추억을 더듬는 듯한 표정을 지었다.

"우리 할멈은 19년 전에 살해당했다오. 우리 부부는 성실하게 살아왔소. 누군가한테 원한 산 적 없고 외벌이 월급쟁이인 탓에 부유하지도 않았소. 그래서 우리 할멈이 살해당했다는 소식을 들었을 때, 다 늙은 사람을 왜 죽여야 했는지 도무지 영문을 알 수 없었다오."

"범인은 잡혔나요?"

"잡히지 않았소."

"사혼화를 찾게 되면 범인이 누구인지 물으시려고요?"

"아니라오. 나는 범인에 대해선 짐작도 하지 못하겠고 이제 와 범인이 누구인지 알고 싶은 생각도 없소. 범인을 안다 한들 할멈이 무참히 살해당해 강에 버려졌다는 사실은 변하지 않으니까."

"강에 버려졌다고요? 나쁜 놈……. 시신은 찾으셨어요?"

"납치된 지 이레 후 집에서 30킬로미터나 떨어진 강가에서 발견되었소. 이레 동안 물살에 몸이 붙고 강돌에 얼굴이 쓸려 건져낸 시신을 보아도 우리 할멈인지 전혀 알아볼 수 없었다오. 그래서인지 시신에 할멈이라는 인간이 보이는 게 아니라 살해당한 상황, 비참한 상태만 남은 것 같았소.

장례를 치르고 나서도 그 생각은 변함이 없었소. 우리 할멈은 사람에게 마땅히 지켜져야 할 예의가 없이 죽은 탓에 지금 그곳에서 어떤 상태로 있는지 모르겠구나, 하고. 그런데 가족이 이해 못 할 죽음을 맞았다고 해서 손 놓고 살 수 없는 게 우리 인생이잖소. 나 역시 그랬다오.

우리 부부는 늦게 자식을 얻어 아직 돌봐야 할 자식들이 있었으니 다른 건 생각할 여유조차 없었지. 다시 일을 시작했소. 할멈과 지낼 때처럼 충실하게 지냈다오. 시간 참 빠르더이다. 어린 줄만 알았던 자식들이 장성해 각자 가정을 꾸리고 제 자식을 낳게 되자 내 의무도 순식간에 다 끝났다오. 비로소 가슴에 묻어두었던 의문들이 나를 강가로 떠밀었소."

"할머니가 돌아가신 강가에서 사혼화를 찾기 시작하신 거네요."

"처음엔 그저 생각했지. 강물을 쳐다보며 할멈이 되어 버린 상태를 생각하고 또 생각했소. 자식들이 번갈아 찾아와 묻더군. 아버지! 대체 왜 이런 곳에서 강물이 흘러가는 것만 하염없이 쳐다보고 계세요, 하고. 그럼 나는 되묻소. 얘야! 너는 네 엄마가 어떤 상태가 된 건지 알고 있니? 하고. 물어도 다들 우물거릴 뿐 대답을 못 해. 그러니 어쩌겠소. 매일 강을 쳐다볼 수밖에.

그러다 어느 날 손녀가 그러더군. 할아버지! 할머니는 사혼화가 된 거예요. 사혼화를 찾아서 물어보세요. 어린애의 말에 답이 있었소. 그래서 나는 19년 전에 우리 할멈이 죽어서 떠내려갔을 강을 거슬러 올라가며 사혼화를 찾고 있소."

"할아버지! 사혼화를 찾게 되면 할머니의 영혼에게 지금 어떤 상태인지 물어보실 거예요?"

할아버지가 힘없이 고개를 가로저었다.

"아니라오. 나는 그걸 묻고 싶지 않소."

"그럼 무얼 묻고 싶으세요?"

"나는……. 나는 우리 할멈에게 이제 내가 당신 곁으로 가도 되는지 묻고 싶소."

비가 오면 우비를 입고 햇볕이 내리쬐면 밀짚모자를 쓴다. 둥근 플라스크와 삼발이가 배낭 안에서 달그락달그락 소리 내며 부딪친다. 사방천지가 꽃이다. 사방천지에서 사혼화를 만날 수 있다고 생각하면서 천천히 강을 거슬러 올라간다. 이쯤에서 아내가 죽었을까, 생각하며 주변을 둘러본다. 그러다 경치가 좋으면 속으로 묻기도 한다.

할멈! 이 강을 따라 홀로 흘러오면서 외로웠을 텐데 그나마 경치가 예뻐서 다행이오.

그렇게 하루하루. 다시 걷다보면 다리가 아프고 배낭이 어깨를 짓눌러온다. 잠시 쉬어가는 길에 비가 내린다. 불어난 물살에 꽃들이 흔들린다. 저 꽃이 아내일까, 걱정된다.

할멈! 어디에 있소? 내 목소리가 들리오? 우리 아이들은 이제 다 컸다오. 당신과 함께 끝마쳐야 마땅했을 일을 나 혼자 하느라 그간 고단했소. 그래도 약속은 지킨 게 아니오. 이쯤 하면 더는 할멈이 외롭지 않게 내가 곁으로 가도 될 것 같소만. 만나서 우리 못다 한 세월 야속하다 생각 말고 오순도순 지냅시다. 그러니 내가 가도 되는지 대답 좀 해주구려.

마리는 할아버지의 지난 세월이 눈앞에 보이는 듯했다. 주름이 깊어가는 시간 속에서도 부서지지 않고 견고히 남은 인연이 귀하고 안쓰러웠다. 마리는 눈물을 참으려고 천장을 쳐다보며 억지로 마음을 진정시켰다.

"할아버지! 할머님의 사혼화를 꼭 찾으실 수 있을 거예요. 저희가 반드시 찾아드릴게요. 약속할게요."

마리의 진심 어린 말에 할아버지가 슬픈 미소를 지

었다.

"그랬으면 좋겠소. 근데 내가 정말 사혼화를 지나치지 않고 길을 따라온 건지 자신이 없소."

"분명 제대로 길을 짚어오셨을 거예요. 귀화서에서 제 업무가 사혼화를 찾는 거니까 이제 같이 다니며 열심히 도울게요."

"그렇구려. 국장님께서도 거동이 불편해지기 전에는 함께 할멈을 찾아주셨었소. 감사한 일이지."

백선은 가끔 다리 전체가 따끔따끔하고 저리는 듯한 통증으로 발이 묵직해지는 증세를 겪고 있었다. 언제 안 좋아질지 모르는 몸 상태로 자갈과 풀이 우거진 길을 따라 장시간 사혼화를 찾기는 무리였을 것이다. 마리가 무릎을 꿇고 할아버지의 손을 꽉 쥐며 힘주어 말했다.

"할아버지! 제가 할머님의 사혼화를 찾아드릴 테니 대신 약속 하나만 해주세요."

"어떤 약속을 하길 바라오?"

"할머님의 사혼화를 찾게 되더라도 할머니를 따라가진 마세요."

손을 꼬옥 잡은 채 놓지 못하는 마리를 바라보면서

할아버지의 눈가가 촉촉하게 젖어갔다.

"이렇게 살아야 해서…… 이렇게밖에 살지 못해서…… 그게 우리 할멈에게 미안해서……. 나는 우리 할멈에게 미안하오. 애들에게도."

마리가 "그래도 할머니는 따라가지 마세요." 하고 울먹이며 부탁했다. 할아버지가 맞잡은 손을 쓰다듬으면서 "알았소, 알았소." 하며 오히려 마리를 위로해주었다. 너그러운 손길에 겨우 참았던 눈물이 터져버렸다.

"우는 게 꼭 우리 할멈 같구려."

마리는 할아버지의 말들이 아프고 따뜻하다고 생각했다. 할아버지는 19년 전에 죽은 아내를 할멈이라고 부르고 있었기 때문이다. 적어도 할아버지 일상에서 아내는 손등에 주름지고 흰머리가 늘어난 노인으로 할아버지와 함께 나이를 먹고 있었다.

마리는 보온병을 열어 김이 모락모락 나는 죽을 할아버지에게 권했다. 반찬을 숟가락에 올려주면서 "다음엔 제가 식당 주방 알바 경력을 살려 더 맛있는 요리를 만들어 오겠다."고 장담하며 웃었다. 사랑하는 이의 죽음을 받아들인다는 것은 애써 아무렇지 않은 척 하루를 보내고 그리운 이에게 자신만이 살아있다는 사실을 미안해하는 날을 반복하는 것이다. 주름진 손으로 죽을 먹으며 버섯이 부드럽다고 웃는 할아버지는 그 사실을 이미 알고 있었다. 시호가 창문을 활짝 열어젖히곤 "바람이 불어 좋구만!" 하고 큰 목소리로 외쳤다. 다들 그렇게, 아무렇지도 않게 죽음을 옆구리에 끼고 애쓰며 웃고 있었다.

늦은 밤, 민박집을 나오면서 마리는 할아버지처럼 하늘을 향해 되뇌어보았다.

미안해요. 미안해요. 이렇게밖에 살지 못해서. 엄마, 아빠, 미안해요.

하늘에는 보름달이 분화구가 보일 정도로 가깝게 떠 있었다. 마리는 보름달을 올려다보면서 할아버지처럼 허허허, 웃어 보였다. 귀화서로 돌아가기 위해 어두운 길을 달려가는 동안 보름달은 여전히 둥그렇게 하늘에 있었다. 나도 미안해요, 하고 대답하듯 달빛이 두 사람의 길을 비춰주었다.

다음 날 오후, 마리는 국장에게 독대를 청했다. 백선

은 밀짚모자 할아버지를 도와 할머니의 사혼화를 찾고 싶다는 마리의 제안을 단칼에 반려했다.

"의뢰받지 않은 일은 해서도 안 되지만 일의 완수 기간, 난이도, 위험성도 제대로 판단하지 않고 만만히 여긴 채 끼어드는 건 더욱 허락할 수 없습니다."

엄격한 건 말뿐만이 아니었다. 백선의 눈빛은 이미 마리가 하려는 말들의 몇 수를 꿰뚫고 있는 것처럼 날카로웠다.

알고 계신 건가? 국장님 재가를 건너뛰고 이미 사혼화를 찾으러 나갔다가 소득 없이 돌아온 것을.

마리는 아무래도 할아버지가 마음에 걸려 아침을 먹자마자 강가로 나갔었다. 강가에는 놀랍게도 사혼화가 여러 송이 피어 있었다. 할머니의 사혼화를 찾으러 나오자마자 성과를 냈다는 도취감에 앞뒤 생각하지 않고 할아버지를 강가로 모셔갔다. 분명 마리의 눈앞에는 빛을 머금은 꽃이 여러 송이 있었지만, 어떤 꽃도 할머니의 영혼이 깃들어 핀 사혼화는 아니었다. 빛이 보이냐고 여쭐 때마다 할아버지의 표정이 급격히 어두워졌다. 급기야 할아버지는 어쩌면 할멈의 사혼화를 볼 수 있는 건 자신이 아닐지도 모르겠다며 낙담했다. 백선은 그 상황을 훤히 예상한 것이다. 괜히 마리가 끼어들어 할아버지의 의욕마저 꺾어버릴 수 있다는 것을.

어떻게 해야 좋을지 알 수 없어 마리는 고개를 숙이고 가만히 있었다. 백선이 단호함이 한풀 꺾인 목소리로 마리를 타일렀다.

"사혼화를 찾아달라는 의뢰를 받아들이는 건 단순히 영혼이 깃든 꽃을 찾기만 하는 게 아닙니다. 의뢰인의 힘이 되어 평생에 걸쳐 사혼화를 함께 찾아드리겠다 약속하는 거예요. 더는 무를 수 없는 일이 되는 거죠. 그걸 알기에 밀짚모자 할아버지께서도 따로 사혼화를 찾아달라고 의뢰하지 않으시는 거예요. 귀화서 사람들이 자신에게만 묶여 다른 이의 귀중한 기회를 뺏으면 안 된다고요. 그러니 이 건은 이쯤에서 접도록 하세요."

"그냥……. 그냥 할아버지를 도와드리고 싶다는 마음은 사혼화를 찾을 구실이 될 수 없는 건가요?"

할아버지에게 꼭 할머니의 사혼화를 찾아드리겠다고 약속했다. 만약 이번에 재가받지 못한다 해도 마리는 퇴근 후에 따로 돕겠다는 다짐으로 국장실을 찾아왔다. 그러나 가능하면 정식 업무로 인정받고 떳떳하게 약속을 지키고 싶었다.

한동안 정적이 흘렀다. 백선은 생각에 잠긴 듯 보였다.

"백방으로 노력해도 사혼화를 못 찾을 수도 있어요. 그래도 끝까지 할 자신 있는 건가요?"

"못 찾을 걱정은 찾아본 이후에 하고 싶습니다."

백선이 패기에 찬 신입을 보고 자신의 과거를 잠시 떠올렸다. 그녀도 물불 가리지 않고 의뢰인만을 위해 뛰어다니던 시절이 있었다. 다리만 건강했더라면. 백선은 다리 탓하는 자신이 늙었다고 생각하며 마리의 초롱초롱한 눈을 마주 보았다.

"함께 찾아드리겠다 약속해놓고 지키지 못한 제 잘못도 있으니까 이번에는 특별히 허락할게요. 하지만 의뢰 없이 나서는 건 이번 한 번뿐입니다."

"감사합니다. 국장님."

"사혼화를 찾는 업무는 사혼화를 찾았다고 하여 경솔히 나서는 것이 아니라, 의뢰인을 사혼화가 핀 곳으로 모셔가 반응을 살피는 게 우선입니다. 사혼화를 가장 먼저 찾은 사람이 의뢰인이 되도록 해 간절함을 채워주는 거죠. 또한 만에 하나 서기보님이 본 사혼화가 의뢰인이 찾는 사혼화가 아닐 경우 실망을 줄일 수 있도록 대비하는 것이기도 하고요. 실망이 쌓이면 희망도 사라지는 법이니까요."

"명심하겠습니다."

"강가가 보기보다 험해요. 수풀이 우거진 곳은 진입도 쉽지 않을 거예요. 그래도 밀짚모자 할아버지를 기다리고 있을 사혼화를 서기보님이 꼭 찾아내면 좋겠네요."

마리는 그날부터 사혼화를 찾으러 할아버지와 매일 동행했다. 이동은 오토바이로 했다. 마리가 배달 아르바이트 경력이 있다는 것을 안 고본이 창고에서 구형 오토바이를 꺼내줬다. 마리는 오토바이를 타고 초여름의 뜨거운 바람을 가르며 달렸다. 가방에는 얼음을 가득 채운 텀블러 다섯 개를 잊지 않고 챙겼다.

한 달 동안 이른 불볕더위와 장마가 왔다. 마리는 더위를 먹기도 하고 폭우에 감기가 들기도 했다. 간혹 다른 사혼화를 찾으면 시호를 불러 액막이하고 주변에 안

내 팻말을 건 뒤 유리 온실에 보관해두었다. 백선의 가르침을 따라 사혼화를 찾더라도 먼저 말하지는 않았지만, 할아버지가 찾는 사혼화가 아니라는 걸 알게 될 때마다 마리의 마음에도 좌절감이 쌓여갔다. 할머니의 사혼화를 찾으려면 하루에 얼마큼이나 길을 수색해야 하는지 넓이를 계산하다가 부지런하고 계획적으로 움직인다고 사혼화를 찾을 수 있는 게 아니라는 데 생각이 미치며 기운이 빠지기도 했다.

더위를 견디며 사혼화를 찾아 헤맨 게 며칠째인지도 알 수 없게 된 어느 날 지친 마리가 귀화서로 들어오니 툇마루 아래 뒤축이 구겨진 작은 운동화가 제각각 널브러져 있었다. 양하는 말할 땐 어른스러운 척하지만 행동은 나이에 맞게 어린애다운 구석이 많았다. 운동화 뒤축을 구겨 신는 것도 그중 하나다. 마리가 방문을 열자 방에서 양하가 자고 있었다. 워낙 자기 방처럼 드나들어 이제 그러려니 하며 옆에 이불을 펴려는데 인기척에 양하가 깼다. 눈을 한참 비비더니 무릎걸음으로 와서는 수풀을 헤치다가 잎에 잔뜩 베인 마리의 팔을 만져보며 혀를 찼다.

"우리 원장님이 그러는데 챙겨줄 가족이 없는 사람은 스스로 몸을 지켜야 한댔어요."

"나는 양하가 챙겨주면 되잖아. 약도 발라주고, 이불도 덮어주고."

"누나는 제 가족이 아니잖아요."

"오늘만 일일 가족 하면 안 될까? 밥도 챙겨주고, 잘한다고 응원도 해주고, 하소연도 받아주고."

"평생 가족도 그런 걸 일일이 챙겨줄까 말까인데 일일 가족한테 너무 많은 걸 바라지 마세요."

맞는 말이라고 맞장구치고 싶었지만, 마리는 너무 피곤한 나머지 대꾸할 기운도 없었다. 양하가 펴놓은 이불에 쓰러지듯 눕자마자 마리는 곧바로 잠이 들었다. 잠결에 양하가 머리를 쓰다듬어주는 느낌이 들었으나 꿈일지도 모르겠다고 생각했다.

다음 날에도, 그 이튿날에도 등뼈가 물렁물렁해진 기분을 느끼며 마리는 귀화서를 나와 강가로 갔다. 꽃잎 색깔, 꽃받침 모양, 향기 등이 제각기 다른 풀꽃들이 이쪽저쪽으로 흔들렸다. 마리는 작업 전 오늘도 꽃들 앞에 무릎 꿇고 제발 할아버지가 찾는 사혼화가 나타나길 빌었다.

해는 어느덧 중천. 높다랗게 자란 풀을 헤치던 마리가 무릎을 세우고 허리를 폈다. 오랫동안 쪼그리고 사혼화를 찾은 탓에 허리가 아팠다. 뿌리와 이어진 꽃자루를 하염없이 쳐다보다가 결국 마리는 땅바닥에 드러누워 버렸다.

꽃대, 꽃밥, 꽃실, 꽃부리, 꽃받침……

하늘은 지나치게 맑고 눈이 부시다. 고개를 돌리자 밀짚모자 할아버지가 도기에 든 정화수를 주변에 살살 흩뿌리는 모습이 보였다.

"평안하게나."

아내가 지나온 모든 길이 평안하길 바라며 할아버지는 매일 땅에 정화수를 흩뿌렸다. 할아버지가 도기 뚜껑을 닫고 키 큰 나무가 즐비한 숲을 바라봤다.

"매미가 울음을 짓고 있소. 들어보오."

매앰매앰…… 쓰르람쓰르람…… 찌이찌이지이지이…….

세상이 매미가 우는 소리로 만들어진 연주회장처럼

발 딛고 선 공간에 매미 울음이 가득 찼다. 마리가 자리에서 일어나며 밀짚모자 할아버지에게 물었다.

"시끄럽지 않으세요?"

"듣기 좋소. 저것들이 살아있으니까 우는 것이니. 우리를 대신해 우는 거니까 말이오."

매미가 사람들을 대신해 울어주는 세상. 그동안 할아버지를 대신하여 몇 번이고 몇 년이고 울어준 매미들. 울고 싶어도 사혼화를 찾을 때까지 울지 못하는 할아버지를 생각하자 마리는 눈이 시렸다. 할아버지가 마리를 한번 보고 나서 멀리 서 있는 나무로 시선을 옮겼다.

"배에 있는 울음주머니를 울려 소리를 내는 건 수컷 매미요. 짝짓기하려고 우는 거라오. 암컷은 울지 않지. 우리가 듣고 있는 건 수컷의 울음이라오."

마리도 시린 눈에 힘주며 초록 잎이 무성한 나무를 올려다보았다. 매미가 한꺼번에 울었다. 매앰인지, 쓰르람인지, 찌이인지, 지이지이인지 알 수 없는 울음소리가 한데 엉켜 묵직하게 세상으로 퍼져나가고 있었다.

"슬슬 돌아갑시다."

오늘도 할머니의 사혼화를 찾기는 틀린 건가.

최근 한숨이 잦아진 마리는 조심스럽지도 못해 걸음을 옮기다가 자갈을 밟고 미끄러졌다. 주저앉으면서 바닥을 잘못 짚었는지 손목이 찌릿했다. 할아버지가 걱정하며 마리에게 다가왔다. 괜찮다고 말하며 일어서려는데 저 멀리 강가 바위들 틈 사이에서 빛이 반짝이는 것이 보였다. 마리의 손을 잡아 일으키려던 할아버지도 빛을 보았는지 순간적으로 손아귀에서 힘이 빠졌다. 햇빛에 반사된 유리 조각이 아니다. 자갈이 물빛을 반사한 것도 아니다. 무언가 자체적으로 빛을 발하고 있는 거였다.

할아버지가 홀린 듯 빛이 있는 곳으로 휘적휘적 걸어갔다. 빛이 있는 곳에 도착한 할아버지가 무릎을 세워 앉아 한동안 고개를 숙이고 아래를 내려다보았다. 그러고는 두 손으로 얼굴을 가리고 울었다.

마리가 어깨를 들썩이며 우는 할아버지 옆에 섰을 때, 꽃잎이 아주 작은 하얀 꽃이 은은한 빛을 내며 피어 있는 게 눈에 들어왔다. 높이는 15센티미터 정도. 화관은 다섯 갈래로 깊게 갈라졌고 꽃자루 하나에 대여섯 송이씩 핀 꽃들은 아담했다.

할머니는 이렇게나 작고 예쁘셨구나.

드디어 밀짚모자 할아버지가 할머니의 영혼이 깃든 사혼화를 만난 것이다.

"할아버지! 할머니의 사혼화를 만나신 걸 축하드려요."

할아버지는 울 수 없었던 날들을 한 번에 보상받은 듯 오래도록 울었다. 할아버지를 위로하듯 작고 하얀 꽃이 바람에 흔들리고 있다.

그날 할아버지와 헤어져 귀화서로 돌아온 마리도 사혼화를 찾은 걸 축하받았다. 시호는 실력이 아니라 초심자의 행운이라며 마리를 놀렸다. 시호의 말대로 할머니의 사혼화를 찾은 건 단지 우연. 초심자의 행운이었는지도 모른다. 그렇다고 해도 가슴 밑바닥부터 몽글몽글한 따뜻함이 채워져 마리는 한껏 부푼 기분으로 며칠을 보냈다. 해냈다는 자만이 아닌, 조금은 성장했다는 안도감으로.

그로부터 열흘 후, 밀짚모자 할아버지에게서 편지가 왔다. 할아버지는 액막이한 사혼화를 화분에 조심스럽게 옮겨 담은 뒤 가족들이 사는 곳으로 돌아갔다. 귀화서 사람들 모두 할아버지가 사혼수를 받아들일지 궁금해하던 차였기에 함께 둘러앉아 편지를 뜯어보았다. 짧은 편지, 아니, 사진이다.

사진에는 단단하고 보드라워 보이는 분홍색 도자기 화분에 하얀빛이 그윽한 작은 사혼화가 심겨 있었다. 화분을 든 할아버지를 둘러싼 가족들이 손가락으로 브이를 그린 채 밝게 웃고 있었다. 할머니의 영혼이 깃든 사혼화를 키우기로 했다는 할아버지의 결심이 사진에 오롯이 담겨 있었다.

"할머니에게 가기로 한 것은 미뤄두셨구나. 다행이다."

마리가 눈물이 그렁그렁한 채 미소를 지었다. 사혼화를 증류하지 않고 키우는 것 역시 고인의 인생을 존중하는 한 방법이라고 백선이 말했다.

높다란 나무에서 매미가 우는 소리가 들려왔다. 매미는 계속 힘차게 울었다. 마치 울고 싶어도 울지 못하는 사람들을 위해 우리가 대신 울어줄 테니 당신은 웃고만 살라고 말하는 듯이.

본격적인 여름이었다.

五.
공양주의 동전 탑

"다 됐어요."

순채가 대들보에 기대어 졸고 있는 마리의 팔을 흔들었다. 마리가 간신히 눈을 뜨고 보니 도시락을 내밀고 있는 순채의 얼굴에 안쓰러움이 가득했다.

"망보는 거 할 만큼 했는데 이제 관두는 게 어때요?"

"며칠 지나면 개학이라 곧 잠잠해질 것 같아요. 그때까지만 하려고요."

말하는 동시에 하품이 나와 민망해졌다. 편의점 야간 알바를 할 때는 한 곳에서만 일했으니 체력 소모가 덜했는데 파수를 보는 건 움직일 일이 많아 더 고됐다. 위낙 체력이 부족한 탓에 이렇게 앉아 조는 일이 흔해졌다. 도시락을 받아 가방에 넣는데 또다시 하품이 나오려고 했다.

사혼화를 증류해 에너지드링크와 섞어 마시면 환각을 본다는 영상이 최근 SNS에서 핫이슈가 되고 있다. 그 때문에 일명 '환각 카페인'을 만들겠다고 꽃을 무분별하게 훼손하는 아이들이 전국적으로 늘어나고 있었다.

귀화서가 있는 동네도 예외는 아니라 처음에는 사혼화를 찾아달라는 거짓 의뢰가 빗발치더니 받아들여지지 않자 꽃이 핀 곳이라면 어디든 아이들이 헤집고 다니기 시작했다. 어떤 꽃을 찾아야 하는지도 모른 채로 밤낮없이 몰려다니는 통에 번지 정원의 꽃들도 무수히 짓이겨졌다. 어른들이 주의를 줘도 그때뿐, 아이들은 도망가는 척하고는 다시 돌아와 기어이 꽃대를 꺾어 달아나버렸다.

지금 너희가 무심코 딴 그 꽃이 누군가의 영혼일 수도 있어!

마리는 마음속으로 소리를 지르며 아이들이 번지 정원에 들어가지 못하도록 며칠째 종일 파수를 봤다. 오늘도 사혼화를 지키기 위해 순채의 배웅을 받으며 오토바이 속도를 높였다. 귀목나무 아래에 오토바이를 세우다가 말뚝과 말뚝 사이에 묶어둔 노끈에 허수아비처럼 팔을 올리고 앉아 있는 시호를 보았다. 팔이 저리지도 않은지 계속 같은 자세로 앉아 있다. 마리가 가까이 다가가 보니 코끝에 맞닿은 머리카락이 간지러운지 시호가 코를 찡긋거리면서도 고집스럽게 팔을 내리지 않는다. 옆에 작은 돌멩이로 쌓은 돌탑이 제법 높은 걸로 보아 꽤 오랫동안 번지 정원에 있었던 듯했다. 시호가 고개를 살짝 들어 마리를 올려다봤다.

"왔어?"

"여기서 뭐 해? 오늘 양하 검진 따라간다고 하지 않았어?"

양하는 최근 들어 자주 몸이 붓거나 호흡 곤란 증세를 겪었다. 보육원 원장이 후원회 일정으로 바빠 고본과 시호가 대신 병원에 데려가 병인을 알아보기로 했다. 시호가 기지개를 켜면서 일어나 양 팔뚝을 번갈아 주무르며 대답했다.

"망보고 있었어."

"망? 갑자기 왜?"

"너만 힘들게 귀화서 책무를 다하는 건 박양하 군이 보기에 대단히 불합리하대. 병원에는 과장님만 있으면 된다고 이 몸 보고는 번지 정원에서 정의 구현하라는 요청을 했어. 그나저나 오늘은 개미 새끼 한 마리도 안 보이네."

공양주 순채를 제외한 귀화서 직원들은 모두 사혼화를 볼 수 있다. 방치된 사혼화를 찾아 자운영 주무관이 전국을 돌 수 있는 것도 사혼화를 찾아달라는 의뢰가 귀화서에 들어올 경우 수행할 수 있는 다른 직원들이 있기 때문이었다. 그러나 이제 귀화서에는 사혼화를 찾는 업무를 전담으로 맡은 마리가 있다. 마리는 자기 일을 다른 직원에게 맡기고 싶지 않았다. 계약직이라는 자리 탓에 자격지심을 느끼는 것일 수도 있지만 일이 하나둘 넘어가면 자리마저 대체될 것 같아 불안했다.

더욱이 귀화서 직원들은 각자의 일로 바빴다. 국장은 외부 업무로, 과장은 귀화서 시설 관리와 회계까지 맡아 하루가 짧았다. 사무관은 사혼화 옛 문서를 디지털화하는 일로 야근이 잦았고, 서기는 꽃 배송 서비스로 자운영 주무관이 보내온 사혼화를 돌보는 데만도 하루가 부족할 지경이었다. 오직 마리만이 신입이라는 이유로 여유로운 시간을 누리고 있었다. 그렇기에 사혼화를 지키는 자기 업무로 귀화서 사람들에게 폐를 끼치고 싶지 않은 마음이 더 컸다.

사실 마리는 며칠 전 비 오던 날 번지 정원에 자신보다 먼저 와 있던 문재를 보고 심란해지기도 했다. 문재는 번지 정원에 들어오려는 남자들을 새처럼 쫓아내고 있었다. 남자들은 20대 초반 정도로 보였다. 파수를 보는 동안 아이들이 아닌 성인을 마주한 적이 없었는데 하필 문재가 건장한 남자들을 상대해 위험한 처지가 된 것 같아 마리는 상당히 당황했다. 욕설 섞인 협박을 하는 그들을 온화한 문재가 단숨에 제압하는 걸 보고는 더욱 놀랐다. 결국 마리는 문재를 아는 체하지 못하고 귀화서로 돌아왔다. 문재를 화나게 한 것이 왠지 사혼화를 제대로 지키지 못하고 있는 자신처럼 느껴졌기 때문이다.

"아! 맞다. 양하가 전해달라는 말이 있었어. 누군가랑 친해지려면 다른 사람의 친절을 불편해하거나 부담스러워하면 안 된대. 누나는 알바 경험은 많은데 사람 경험은 없는 것 같다나 뭐라나."

어쩌면 '한 시간만 더, 10분만 더'하며 번지 정원을 지키는 걸 다들 걱정하고 있는지도 모른다. 마리는 울타리 치고 있던 속마음을 들킨 것 같았지만 짐짓 아무렇지 않은 척 되물었다.

"그래서 누군가와 친해지라며 망을 보라고 했다고?"

"그 누군가의 마음을 채우기 위해서겠지."

그 누군가는 마리를 말하는 건지, 시호를 말하는 건지 헷갈렸다. 마음을 채우는 건 또 무슨 의미이고? 마리가 빤히 쳐다보자 시호가 헛기침하며 시선을 피했다.

"그나저나 애들은 꺾어봤자 사혼화인지 알 수도 없으면서 참 부질없는 일들을 한다. 그러다 사념에 홀리면 어쩌려고."

사념은 사혼화에 깃들었던 영혼이 뜻을 이루지 못한 채 꽃째 소멸하며 생겨난다. 대개는 도시화로 땅이 갈아엎어질 때 많이 생기는데, 뿌리까지 파내진 사혼화가 시들고 말라버리는 사이 영혼의 응어리진 마음이 남는 것이다. 그리운 이를 만나기 위해 인내한 시간이 속수무

책으로 끝나버린 것에 대한 원통함과 억울함. 그 원한을 풀기 위해 사념은 다른 꽃에 들러붙어 가짜 빛을 내뿜는다. 그 빛에 홀린 사람이 꽃을 증류해 마시면 영혼을 빼앗기거나 최악의 경우 사망하기도 한다.

사념이 들러붙은 꽃을 액막이하면 꽃에서 사념이 쫓겨나며 사혼화가 아니라는 것이 밝혀진다. 사념은 들러붙은 꽃에서 쫓겨난 것이 분하여 돌풍을 일으키거나 주변을 어둡게 만들며 액막이한 자에게 해코지하기도 한다. 마리는 아직 사념을 만난 적이 없다. 혼자 사념을 대적하기에는 경험이 부족해 액막이할 때는 반드시 누군가와 동반하도록 정해져 있다.

"아이들은 사념에 대해 잘 모를 테니까."

"국장님은 사념에 대한 정보를 일반인에게 더 알려서 주의를 당부하고 싶은데 뜻대로 안 되시나 봐. 가뜩이나 사혼화를 미신으로 여겨 예산 타내는 게 어려운 터라 사념이 들러붙으면 죽을 수 있다는 괴담 뺨치는 이야기까지 들먹이는 걸 담당 부처에서 말리는 모양이야."

마리도 귀화서에 입사한 후에야 사념에 대해 제대로 알게 되었다. 사념을 없애려다 해를 당한 전례는 수도 없이 많다. 문제는 환각 카페인을 마시고 환영을 보았다는 이들은, 사념이 들러붙은 꽃을 증류해 그 물을 마셨던 게 아닐까 추측하고 있었다. 만약 그게 사실이라면 대혼란이 일고도 남을 터였다.

시호가 이마에 손차양을 만든 채 번지 정원을 휘둘러봤다.

"지난번에 내가 파란색 사혼화에 대해 알아본다고 했잖아. 할아버지께 여쭤봤더니 역시나 알고 계시더라."

"뭐라고 하셨는데?"

"파란색 사혼화가 소원을 들어준다고 말했었지? 파란색 사혼화만 뜬금없이 소원을 들어준다는 게 이상했는데 유래를 알고 계시더라고. 지신은 구름과 바람을 관장해 풍년과 흉년을 정하는 일도 하는데 예전부터 흉년에는 기우제를 지내면서 비가 내리길 바랐잖아. 모두 비가 내리길 소원했던 거지. 흉년 끝에 소원이 뭉쳐 내린 비를 맞고 핀 꽃이 파란색으로 핀다고 전해진대. 또 다른 설도 있는데, 지신에게 자손이 있다네. 특수한 능력을 지닌 자손이 죽으면 파란색 사혼화가 된다는 전설도 있어."

"지신에게 자손이 있다고?"

"전설이니까."

"특수한 능력은 뭘까? 사혼화를 보는 걸 말하는 걸까?"

"그것까지는 모르시더라고. 나중에 사례를 한번 찾아 보려고. 근데 너희 부모님 두 분 다 사혼화를 보셨어?"

"엄마만. 아빠는 사혼화를 보지 못하셨어."

"만약 어머님이 사혼화를 보셨기에 파란색 사혼화에 깃들었다면 방금 말한 조건에 부합할 수도 있겠지만 아 버님까지 파란색 사혼화로 피어난 원인은 설명이 안 되 네. 다시 원점이로구만."

시호가 말한 내용을 곰곰이 생각하던 마리는 사혼화 를 만질 때 자신에게 생기는 증상이 엄마에게도 있었 던 건지 궁금해졌다. 엄마가 사혼화를 만지는 걸 본 적 이 없다는 게 안타까울 따름이다. 그래도 가장 합리적인 추측은 엄마는 마리가 사혼화를 만지는 모습을 본 적이 있기에, 어떤 증상이 나타난 것인지 잘 알아서 사혼화를 만지지 못하게 했다는 것이다.

문득 마리가 고개를 드니 땡볕에도 시호는 싱글벙글 웃고 있었다. 내일은 일주일에 한 번씩 정기적으로 자운영 주무관이 보내는 사혼화 배달 트럭이 오는 날이다. 최근 배달된 사혼화는 가뭄 여파로 최악의 컨디션인 것이 대부분이었다. 사혼화가 배달되는 날, 시호는 최소 이틀은 밤늦도록 꽃을 돌본다. 시호에게 파수는 보지 않아도 된다고 해도 분명 입씨름하다가 같이 밤을 지새울 것 같아 마리는 저녁 도시락이 없다는 핑계를 대고 귀화서로 함께 돌아왔다.

마리가 부엌에서 몰래 도시락을 돌려주며 어떻게 된 일인지 간략히 설명하자 "오오!" 하면서 순채가 기뻐했다. 그러고는 고본을 불러 귀화서 신입은 그 옛날 자신을 따뜻하게 맞아주었던 선배들처럼 덕이 많은 인재라고 치켜세웠다. 칭찬받을 일을 한 적이 없어 몸 둘 바를 몰라 하던 마리는 "네? 제가요?" 하며 자리를 뜨려다가 순채에게 뒷덜미를 붙잡혔다.

"귀화서 신입은 저녁 준비도 잘 돕는 법이죠."

오늘은 오랜만에 모두 둘러앉아 식사하는 날이니 보양식을 내놓겠다고 신난 순채를 돕다가 마리는 불현듯 공양주는 어떤 연유로 귀화서에 머물게 된 건지 궁금해졌다. 다른 직책이 능력이나 기술을 인정받아 채용된 일

꾼이라면, 공양주는 일종의 수행처럼 음식과 살림을 도맡으며 공덕을 쌓아가는 자리다. 그래서 대대로 상처 입었거나 상처 줬기에 잘못을 빌고 싶은 사람이 맡는다고 했다. 백선이 최저 시급이라도 주려고 여전히 회유 중이나 순채가 한사코 마다한다고 들었다.

늘 밝고 유쾌한 공양주님이 어떤 과실을 물리고 싶어 수행에 나서게 되신 걸까.

푸짐한 저녁을 먹고도 풀리지 않은 궁금증을 채우려고 시호를 찾아다녔다. 휴게실에서 과자를 먹으며 드라마를 보던 시호는 마리의 질문을 대수롭지 않게 받아넘겼다.

"궁금한 게 있으면 고민할 시간에 여쭤 봐."

"넌 참 좋겠다. 어떤 사정인지 모르기에 함부로 물을 수 없는 성숙한 성인의 괴로움을 모를 테니."

"내가 보기에는 너는 과몰입을 줄여야 해."

다시 시호와 마리가 티격태격하는데 때마침 수박을 먹자는 순채의 목소리가 들려왔다. 마리가 바람이 통하게끔 휴게실 문을 열어두고 툇마루로 나가보니 먼저 뛰어나간 시호가 벌써 수박을 먹고 있었다. 볼을 부풀려서 마당으로 수박씨를 뱉어내자 문재가 질색하며 얌전히 드시라고 퉁을 놓았다. 고본까지 합세해 다 같이 수박을 먹었다. 수박은 순채의 말처럼 무척 달았다. 바람이 솔솔 불어서 수박이 더 시원하게 느껴졌다.

"이제 여름도 끝물이네요."

순채가 별이 총총하게 뜬 밤하늘을 올려다보았다.

"이즈음이 아버님 제사죠?"

모두에게 바람이 돌아가도록 선풍기 각도를 맞춰놓은 고본의 목에 땀이 송송 맺혀 있다.

"매년 잊지 않고 기억해주시네요."

"그날을 어떻게 잊겠어요."

시호가 손에 묻은 물기를 물티슈로 닦으며 불쑥 물었다.

"근데 공양주님은 어떻게 귀화서로 오시게 된 거예요?"

"제가 귀화서에 온 이유가 궁금하세요?"

"괴로울 만큼 궁금해요."

시호가 마리의 얼굴을 흘깃 보고 놀리듯이 말했다. 마리가 수박을 입에 문 채 시호를 째려봤다.

"어머나! 괴로울 만큼 궁금하다면 말씀드려야죠. 제가 귀화서로 오게 된 사연을요."

✿✿✿

검은 상복 차림으로 순채가 귀화서 문턱을 넘어선 건 6년 전 늦여름이다. 안뜰 평상에 둘러앉아 다 같이 점심을 먹던 차라 순채가 캐리어를 끌고 쓰러질 듯 걸어오는 모습을 귀화서 사람들이 모두 보았다. 순채가 다가올수록 캐리어 바퀴가 구르며 찰찰찰찰, 동전이 쏠리는 듯한 소리가 점점 커졌다.

순채는 우선 더위를 식히려 물을 벌컥벌컥 들이켰다. 백선이 점심 먹었냐고 묻고는 부엌에서 국수를 가지고 나왔다. 당시에는 공양주가 없던 터라 요리를 좋아하는 백선이 직접 식사를 만들었다. 당황한 순채가 손사래를 치며 괜찮다고 했지만, 백선은 너무 많이 끓였으니 도와달라며 그릇을 앞으로 밀었다. 순채는 국수가 놓이기 전까지 전날부터 굶었다는 사실을 잊고 있었다. 음식 냄새를 맡자 그제야 식욕이 돌았다. 고맙다고 인사한 뒤에 허둥대며 국수를 한 움큼 먹었다. 익숙한 맛이 났다. 아버지가 만들어주던 맛.

다시 국수를 뜨려는데 기어이 울음이 터지고 말았다. 눈물을 닦으며 국수를 먹고 다시 울었다. 그 과정이 반복되는 동안 귀화서의 누구도 참견하지 않았다. 고본이 손수건을 건네자 순채가 고개를 푹 수그리고 사과했다.

"죄송해요. 일하시는 곳에서 염치없이."

"괜찮으니까 마음 풀릴 때까지 우셔요."

모두 식사를 마쳤으나 순채가 마음 놓고 점심을 먹을 수 있도록 아무도 자리를 벗어나지 않았다. 겨우 마음을 진정시킨 순채가 국수를 뚝딱 먹어 치웠다. 순채의 얼굴에는 만족감이 서려 있었다. 그러다 주변을 돌아보고는 어리둥절한 표정으로 바뀌었다.

"……여기는?"

"여긴 귀화서예요. 저는 국장 송백선이고요."

"어머, 죄송해요. 제 발로 찾아와놓곤……. 국수가 꼭 아버지가 끓여준 것처럼 맛있어서 정신을 잠깐 놨었나 봐요."

"국수 더 드시고 싶으시면 말씀하세요."

순채가 젓가락을 만지작거리며 힘없이 고개를 주억
거렸다.

"저희 아버지 국수는 이제 더는 못 먹으니……."

아버지 장례를 마치고 돌아가는 길인지 묻자 순채가
아니라고 대답했다. 아버지는 2년 전에 이미 돌아가셨
다고. 머뭇대던 순채가 남편에게도 말한 적 없는 비밀을
풀어놔도 될지 물었다.

"아무에게도 한 적 없는 이야기인데 우리가 들어도
괜찮겠어요?"

"들어주시면 좋겠어요. 이대로 집으로 돌아가기엔 마
음이 너무 무거워서 어딘가에 말들을 내려놓고 가고 싶
어요."

"그렇다면 귀화서에 비밀을 묻어두시면 되겠네요."

순채가 머리에 꽂은 하얀 리본 핀을 빼냈다가 방향을
고쳐서 다시 꽂았다.

"어머니는 저 낳고 바로 돌아가셨고 저는 아버지 손
에 컸어요. 저희 아버지는 작고 허름한 국숫집을 운영하
셨어요. 요리 솜씨가 좋아 단골손님이 드는 가게인데도
재료비며, 생활비를 충당하다 보면 늘 적자에 허덕였죠.

어디에나 있는 자영업자들처럼요. 하루 벌어 하루 먹고 사는 처지라 어릴 때 저는 한 번도 제가 갖고 싶은 걸 가져본 적이 없어서 누가 제게 무엇이 갖고 싶은지 물으면 그게 되레 겁이 나 도망치는 아이였답니다.

그런데 그런 아이도 자라면서 욕심을 갖고 허영을 갖고 욕망을 갖게 되니 가난이 차츰 진저리 나게 끔찍해지더라고요. 아버지처럼 살다가 가난을 대물림받을까 두렵던 차에 아버지에게 여자가 생긴 걸 알게 됐어요. 단골손님이었죠. 그때는 어려서 그 관계가 부끄러웠어요. 두 사람이 가게에서 얘기라도 나눌라치면 문을 쾅 닫고 가게에 딸린 방으로 들어가곤 했죠. 두 사람이 없는 곳으로 가고 싶어 대학도 일부러 고향에서 먼 데로 갔어요. 고향에 한번 내려오라는 아버지의 말에도 바쁘다는 핑계로 가지를 않았죠. 그러다 워킹 홀리데이를 신청해 해외로 나가면서 완전히 연락을 끊게 됐어요.

30년 넘게 고향을 찾지 않았어요. 아니, 딱 한 번 찾아간 적이 있네요. 해외에서 돌아온 후 지금의 남편에게 청혼받은 뒤에 아버지를 만나러 갔어요. 가게에 들어가려는데 그 여자랑 아버지가 어떤 아이랑 함께 있더라고요. 아주 행복해 보였어요. 나 따위는 잊었구나. 이제 아버지는 내 가족이 아니라 저 여자의 가족이구나. 제가 꼭 아버지의 행복을 방해하는 짐처럼 느껴져서 아무 말도 하지 않고 되돌아왔어요. 그 뒤로 숨은 듯 아버지에게 소식 한번 전하지 않은 채로 살았어요.

남편에게 거짓말한 것도 한몫했죠. 고향에서 돌아온 뒤에 사실 부모님이 계시지 않다고 거짓말했거든요. 가난하고 구질구질하고 재혼까지 한 아버지라면 내세우지 않는 게 낫겠다 싶었어요. 남편 쪽이 부유한 집안이라 책잡히기 싫었거든요. 철이 참 없었죠.

그런데 아이러니한 게 인생이라고, 그렇게 모질게 도망쳤는데 결국 아버지 같은 가난한 삶이 되더군요. 남편 사업이 부도나 집이며, 자동차며 전부 압류됐어요. 남편은 그 충격으로 병까지 얻었고요. 그런데 수술비조차 없는 거예요. 살길이 막막해져 차라리 같이 죽을까 하던 차에 재개발 조합 변호사한테 연락이 왔어요. 아버지가 2년 전에 돌아가셨는데 재산으로 남긴 가게가 있다고요. 지역이 재개발되니 고향에 한번 내려오라고요."

순채가 여기까지 말하고 한숨을 쉬었다. 다들 착잡한

표정을 짓고 있었다.

"그래서 고향에 다녀오시는 길인가 봐요. 30년이면 고향도 많이 변했겠네요."

"재개발을 앞두고 있어서 흉물스럽게 변했더라고요. 온통 부서지고 무너진 것뿐인데 유일하게 변하지 않은 게 딱 하나 있더군요. 아버지가 하던 가게요. 우리 아버지 가게만이 그 자리에 옛 모습 그대로 남아 있었어요. 낡고 삭아서 툭 건드리기만 해도 바로 쓰러질 것 같은 모습으로 옛집이 절 기다리고 있더라고요.

국숫집 문지방을 넘어서면서 저도 모르게 인사를 했어요. 아버지가 매일 쓸고 닦아 반질반질했던 물건들이 먼지를 뒤집어쓴 채 버려져 있더군요. 사실 저는 아버지가 돌아가셨다는 소식을 듣고도 슬프지 않았거든요. 오히려 왜 내게 유산이 상속된 건지, 그 여자랑 재혼하지 않은 건지 의아하기만 했어요. 그러다 국수 가게가 딸린 옛집을 팔면 얼마간 돈을 융통할 수 있겠다 싶어 내려간 거죠.

그런데 예전에 아버지가 이걸로 뭘 했는지 기억나는 물건들이, 아버지가 아껴 쓰던 물건들이 너절해진 채 널

브러져 있는 걸 보니까 그제야 눈물이 나더군요. 그때 알았어요. 제가 도망치고 숨으면서 외면한 것이 사실 가난이 아니라 아버지였다는 걸요.

무도한 딸이 찾을 수도 없는 곳에 틀어박혀 아버지를 모질게 외면하며 30년을 살았어요. 그런데 우리 아버지는 그 긴 세월 동안 혹시라도 떠난 딸이 돌아올까 봐 홀로 거리를 지키며 하루하루 마음을 다잡고 살았다는 걸 미련스럽게도 아버지가 돌아가신 뒤에야 깨달았어요."

고본이 목이 멘 순채에게 조심스레 물을 따라주었다.

"옛집은 추억이 고여 있으니 아버지 생각이 더 나셨겠어요. 집이 상속된 건 아버지께서 그분과 재혼하지 않으셨기 때문인가요?"

"오랫동안 좋은 관계를 이어오셨지만 재혼은 하지 않으셨다더군요. 따로 살았으니 사실혼 관계도 아니었던 모양이에요."

"옛집에서 사혼화를 찾으신 건가요?"

백선의 질문에 순채가 경탄하며 되물었다.

"제가 사혼화를 찾은 건 어떻게 아셨어요?"

"놀라실 필요 없어요. 보통 귀화서에 올 땐 사혼화

140

를 찾아달라는 의뢰를 하러 오시거나 찾은 후에 오시니까요."

"저는 사혼화를 장독대 근처에서 찾았어요. 무엇에 홀린 듯 장독대에 있던 한 항아리로 갔지요. 아버지는 거스름돈을 그릇에 모아두다가 꽉 차면 꼭 그 항아리로 옮겨뒀거든요. 아마도 돈이 얼마나 들었나 열어보자고 생각했는지도 몰라요. 혹시나 하는 마음으로 항아리를 열어보았는데 항아리 안에 동전이 수북하게 쌓여 있는 거예요. 그러고는 보았어요. 장독대 뒤에 피어 있는, 빛이 생생한 주황빛 작은 꽃을요. 손가락을 편 것처럼 꽃잎이 가시 모양으로 가늘고 길게 갈래져 있었어요. 주변에 같은 꽃이 여러 송이 피었는데 그 한 송이만 빛이 나더라고요.

빛나는 주황색 꽃에 아버지의 영혼이 깃들어 있다는 건 보자마자 알았어요. 하지만 왜 제 눈에 아버지의 사혼화가 보이는 건지 모르겠더라고요. 저는 아버지를 버리고 떠난 못된 자식이잖아요. 제가 원망스러워 아버지도 절 찾지 않고 사셨고 아버지한테는 소중했던 다른 사람이 따로 있었는데요. 제가 가족이라서일까요? 가족만이 사혼화를 볼 수 있어서? 그렇다면 아버지는 역시나 딸을 제대로 파악했던 거죠. 당신 딸이 얼마나 속물인지를요. 아버지가 돌아가신 후에도 돈 욕심에 장독대부터 찾아갈 거라는 걸 알았기에 근처에서 지켜보고 계셨던 걸지도 모르겠네요."

백선이 고개를 저으며 단호한 어투로 순채의 오해를 바로잡아 주었다.

"잘못 알고 계시네요. 아버지가 자기 딸을 속물이라고 여겨 장독대 뒤에서 사혼화로 피어나신 게 아니에요. 사혼화가 아주머니를 장독대로 부른 거예요. 아버지가 당신 딸에게 남긴 유언을 알아보라고요."

순채가 고마움이 담긴 눈빛으로 "그럴까요?" 하고 대답했다.

"당연하지요. 그래서 아버지의 사혼화를 어떻게 하셨어요?"

"변호사 도움으로 근방 플라워 클래스에 출장을 불렀어요. 사혼화에 관한 모든 행위에 일절 책임을 묻지 않는다는 계약서에 사인했더니 뿌리까지 캐주더군요. 그러고는 플라워 클래스로 이동해서 증류하는 과정을 지켜봤어요. 화장장에서 대기하는 것 같은 기분이 들더군요. 형언할 수 없는 슬픔이 증류하는 내내 가슴을 짓눌렀어요. 참으로 괴로운 한 시간이 지나자 주황빛 액체가 담긴 시약병이 제 손에 쥐어져 있더라고요.

증류하는 동안 자리를 비웠던 변호사가 캐리어를 사 왔어요. 흠이 나간 그릇으로 동전을 퍼서 캐리어에 옮겨 담았어요. 그런 뒤 옛집 서류 정리가 끝나는 대로 연락하겠다는 변호사와 헤어져 버스에 탔답니다.

집으로 올라가는 도중에 불현듯 이곳이 눈에 들어온 거예요. 뭐랄까, 이곳을 본 순간 아버지가 손을 잡아끄는 느낌이 들었어요. 그래서 미친 듯 버스를 세우고 무작정 내려 이곳으로 걸어왔어요. 어쩌면 저는 아버지를 버리고 30년을 모른 척 살아온 몹쓸 딸이라는 비밀을 말하기 위해 이곳으로 왔어야 했나 봐요."

순채는 한낮의 더위를 헤치며 도로를 거슬러 귀화서로 왔다. 비밀을 발설하기 위해 귀화서에 왔다고 했으나 마리가 느끼기에는 손을 잡아끌 듯 귀화서로 걸음을 옮기게 한 건 아버지를 향한 순채의 마음인 것 같았다. 돌아가신 아버지를 위해 할 일이 남았다는 무의식이 아버지라는 환영으로, 손을 잡아끄는 느낌으로 나타난 건 아닐까. 순채가 아버지를 생각하며 홀로 캐리어를 끄는 모습이 상상되어 마리는 조금 쓸쓸해졌다.

"사혼수는 그때 귀화서에서 받아들이신 거예요?"

시호도 쓸쓸하다고 느끼는지 무릎을 끌어안고 있었다.

"아니요. 바로 사혼수를 받아들일 수는 없었어요."

"왜요?"

"너무 무서웠거든요. 아버지를 만나게 되면 어떤 말을 들을지 겁이 나서 그땐 받아들일지 말지도 결정하지 못했어요."

30년이라는 세월 동안 아버지에게 말하지 못했던 묵은 감정들이 한 겹 한 겹 쌓여 공양주님의 마음을 누르고 있었겠지. 차라리 부서졌다면 사혼수를 받아들여 흘려보냈을 텐데. 눌린 마음은 떠내려갈 수도 없었을 테니까.

"사혼수를 받아들이지 않으신 거면 비밀을 말씀하시고선 곧장 여길 떠나신 거예요?"

마리의 질문에 고본이 수박을 내려놓고 대신 대답했다.

"공양주님이 귀화서에 비밀을 나눠주신 후 일들은 제가 말씀드려도 될까요?"

평소 할 말만 하는 고본인지라 다들 의외의 상황에 놀라 서로를 바라봤다. 순채는 고본이 뒤를 잇는다고 하니 안도하는 표정을 지었다.

"물론이지요. 부탁드릴게요."

비밀을 풀어놓았는데도 아직도 가슴에 짐을 지고 있는 것 같은 순채를 보면서 백선이 자리에서 일어났다.

"우리가 캐리어에 든 동전을 세어드릴까요? 아니, 같이 세어봅시다. 아버님이 항아리에 얼마나 많은 동전을 모아두었는지요."

백선의 뜬금없는 제안에 순채가 말을 잇지 못하다가 주위를 둘러보고는 겨우 입을 뗐다.

"궁금하긴 하지만 어떻게 같이 세요. 여긴 귀화서인데요."

고본이 작업복 소매를 걷어붙이며 백선 옆에 섰다.

"귀화서는 의뢰인의 마음을 헤아리는 것부터 시작하니까요. 당연히 셀 수 있습니다."

순채가 정말 그래도 되는지 몇 번이나 되묻고 나서야 캐리어가 열렸다. 그렇게 다들 모여 앉아 동전을 세게 되었다.

상담실에 테이블을 여러 개 붙이고 각자 자리를 잡은 다음에 백선과 당시 갓 들어온 문재가 100원짜리를, 고본과 시호의 아버지가 500원짜리를, 나머지 동전은 순채와 정년 퇴임을 앞둔 직원이 세었다. 동전을 탑으로 쌓는 것에 열중하느라고 다들 말이 없어졌다. 테이블이 모자라 앉았던 의자 위, 바닥에 깐 신문지 위에도 동전 탑을 세웠다. 무더기 동전 탑을 내려다보며 백선이 저녁으로 자장면을 시켰다. 자장면이 배달됐을 때는 상담실 면적의 반 이상에 동전 탑이 쌓여 있는 탓에 앉아서 먹을 곳이 없었다. 문을 닫고 다른 장소로 옮겨 먹으면 될 테지만 어쩐 일인지 다들 동전을 그대로 두고 갈 수 없다고 여겼다. 할 수 없이 벽에 나란히 서서 자장면을 먹었다.

낮부터 셌는데도 밤늦도록 동전을 세고 있었다. 발을 옮기다가 바닥에 세워둔 동전 탑을 건드려 연쇄적으로 동전 탑이 무너지기도 하고, 기침 한번 했는데 거짓말처럼 동전 탑이 쓰러지기도 했다. 그때마다 촤르르, 촤르르, 촤르르. 동전 탑이 무너지는 소리가 아주 커다랗게 났다. "이제 얼마 안 남았어요, 힘내봅시다." 하고 백선이 격려했을 때는 모두 100원짜리 탑을 만드는 데 합류해 있었다. 요즘같이 카드만 쓰는 시대에 아버지가 어렵사리 동전을 모았겠구나 싶어 고본은 존경심이 들었다.

마침내 마지막 동전을 탑 위에 올려두고 각자 세워둔 동전 탑을 합산하여 최종 정산을 끝냈다. 고본이 계산기로 네 번이나 확인한 금액은 1,200만 원. 순채가 최종 확인된 금액을 듣고 나서 남편 수술비랑 병원비가 딱 이 금액이라며 울먹거렸다. 다들 놀라워하다가 다행이라며 순채의 어깨를 두드렸다.

"아버님이 딸을 진심으로 사랑하셨나 봐요. 돌아가시고 나서도 따님을 지켜주시네요."

고본이 건넨 위로에 순채가 다시 울음을 터뜨렸다.

"……아빠! 아빠."

순채가 아빠를 부르면서 우는 모습은 어린 여자아이가 울부짖는 모습과 겹쳐 보였다. 아마도 순채는 30년 동안 어린아이인 채로 아빠를 부르며 계속 울고 있었을 거라고 고본은 생각했다. 아빠를 부르는 말들은 모두 같은 의미의 말이니까. 아빠! 나를 바라봐줘, 라는. 아버지는 자식이 부르는 목소리가 크든 작든 자신에게 의지하는 말이라는 걸 알기에 멀리서나마 그 부름에 답하고자 동전을 모으고 있었던 것이다. 하나씩 모은 동전이 언젠가 우리 딸에게 도움이 되길 바라면서.

새까매진 손을 채 닦지 못한 백선이 똑같이 까매진 순채의 손을 쓰다듬었다.

"울지 말고 웃어요. 아버지의 사랑을 알게 된 날이잖아요."

"아버지한테…… 너무…… 너무…… 죄송해요."

"아버님은 분명 다 이해하셨을 거예요. 그러니 가슴을 누르고 있는 묵은 감정들도 이참에 털어내세요."

동전을 다시 캐리어에 쓸어 담고 헤어질 준비를 했다. 순채가 지갑을 꺼내 수고비를 내밀자 백선이 나중에 사혼수를 받아들일 결심이 서면 귀화서로 와서 의식을 치러달라고 에둘렀다.

"아버님의 영혼과 나누실 대화를 듣는 값으로 수고비

를 갚음할 테니까요."

순채가 울먹이자 시호 아버지가 가볍게 놀렸다.

"또 우는 거예요? 완전 울보네, 울보."

"우는 거 아니에요. 우는 거 진짜 아니에요."

순채가 그렇게 말하며 울었다. 울어도 괜찮다고 고본은 생각했다.

허리 숙여 귀화서 사람들에게 인사한 순채가 귀화서를 나왔다. 픽업트럭으로 댁까지 모셔다드리겠다는 것도 더 고생시킬 수 없다며 순채가 마다해 고본이 대표로 버스 정류장까지 캐리어를 끌어주었다.

"저 때문에 힘드셨죠?"

고본은 허리를 툭툭 두드렸다. 의자에 오래도록 앉아 뭔가를 한 게 하도 오랜만이라 엉덩이가 배겨 혼났다고 대답했더니 순채가 싱긋 웃었다. 너스레 떤 보람이 있다고 고본은 생각했다. 막차에 캐리어를 옮겨 싣자 순채가 손을 흔들었다.

"아버지가 지켜주시니까 이제 좋은 일만 있으실 거예요. 조심히 가세요."

고본도 버스가 시야에서 사라질 때까지 오래도록 손

을 흔들었다. 솔직한 마음으로 그때 떠나는 버스를 보며 다시는 순채를 볼 일이 없을 거라고 생각했다. 어디서든 웃으며 살면 되니, 그거면 되었다고 여겼다.

그런데 놀랍게도 1년 뒤에 순채가 귀화서로 돌아왔다. 남편은 수술이 잘 끝나 회복해 일상으로 돌아갔다고 했다. 아버지가 유산으로 물려준 옛집을 팔아 빚도 전부 갚았다. 이제 마음의 짐은 없었다. 모든 걸 처음부터 다시 시작하는 마음으로, 그리고 아버지에게 속죄하기 위해 공양주가 되고 싶다는 뜻을 전해왔다. 백선은 원하는 대로 머물다 가시라면서 순채를 공양주로 따뜻하게 맞아주었다.

✿✿✿

고본이 쑥스러워하며 "이야기는 여기까지."라고 말했다. 마리가 옆에 앉은 순채를 끌어안았다. 아버지에게 지은 죄를 갚기 위해 고행의 길로 들어선 순채에게 자신이 해줄 수 있는 건 안아주는 것뿐이었기 때문이다. 돌아가신 아버지에게 더는 드릴 수 없는 마음을 다른 힘든 이들에게 잘 대해주는 것으로 대신하는 것이 순채의 일인 것처럼. 순채도 부모를 잃은 마리의 마음을 이해하기에 힘껏 마주 안아주었다.

마리는 아직 들어야 할 말이 있었다. 아버지의 영혼이 깃든 사혼수를 받아들였는지, 아닌지. 받아들였다면 과연 어떤 말을 들었는지를.

"공양주가 되기로 한 날, 의식을 하기로 마음먹었어요. 무슨 말을 듣더라도 다 내 탓이라고 생각한 터라 그때 아버지를 만나는 게 무섭지 않았죠. 의식은 날이 좋은 날로 골라서 국장님이 주관해주셨어요. 사혼수는 아무 맛도 나지 않더라고요. 대신 가슴에 뜨듯한 기운이 퍼지는 느낌이 났어요.

물방울 모양의 빛이 바닥으로 떨어지기 시작했어요. 빛으로 된 방울들이 모여 웅덩이지더니 그 안에서 점차 형체를 만들어갔어요. 구부정한 모습이 딱 우리 아버지더라고요. 아버지인 걸 알아보자마자 눈물이 막 흐르기에 이래선 안 돼, 마지막으로 아버지에게 보여드리는 모습은 웃는 모습이어야 해, 하며 간신히 눈물을 닦고 아버지를 보았어요.

30년 동안 뵙지를 못했는데 아버지는 기억 속 모습 그대로더라고요. 기억 속 모습 그대로 환히 웃고 계셨어요. 웃으시는 걸 보니까 안심이 되더라고요. 아버지는 돌아가실 때 걱정만큼 외롭지 않으셨구나 싶고. 지금 계신 곳에서도 잘 계시는구나 안도했어요. 제가 먼저 아버지의 손을 잡았어요. 굳은살 박인 거친 손을 잡으니까 준비해둔 말이 하나도 떠오르지 않는 거예요. 어릴 때는 자주 잡았을 텐데, 머리 크고 나선 아버지 손을 잡은 적이 없다는 걸 깨달았거든요. 우리 아버지 진짜 고생 많았겠구나 싶은데 입이 차마 떨어지질 않았어요. 거친 손을 그저 쓰다듬고만 있었어요.

향이 타들어가는 게 언뜻 보여 초조해진 찰나에 아버지가 먼저 말씀하시더라고요. 아버지는 괜찮으니 너 하고픈 거 다 하고 살아라. 그제야 왜 그동안 아버지가 절 찾지 않았는지를 알겠더라고요. 가난한 살림에 묶여 제가 속상해가며 살까 봐, 아버지처럼 하고 싶은 일들 못다 하며 살까 봐 그러신 거였죠. 어릴 때 못 해줬던 것이 가슴에 가시처럼 남아서요. 눈물이 하도 나와서 앞도 안 보였어요. 그런 아버지 마음도 모르고 불효했으니. 가슴에 묵은 말들이 전부 눈물로 쏟아지는 것 같았어요.

아버지가 거친 손으로 제 뺨을 어루만졌어요. 괜찮다, 괜찮아. 들리지는 않는데 입 모양으로 무슨 말씀을 하시는지 알겠더라고요. 그 손길 덕에 용기를 얻어 저도 아버지에게 30년간 간직해온 제 속마음을 전할 수 있었어요. 아버지, 손 자주 잡아줄 걸 그랬어. ……아빠, 미안해. 아빠, 정말 보고 싶었어. 아빠, 아빠, 내가 진짜 잘못했어. 아빠! 사랑해!"

의식에서는 영혼에게 단 한 문장만 전달된다. 손 자주 잡아줄 걸 그랬다는 말 뒤로는 아버지에게 순채의 목소리가 들리지 않았을 것이다. 그러나 순채는 아버지가 모든 말들을 알아들었을 거라고 여겼다. 아버지가 순채를 향해 고개를 끄덕이며 끝까지 딸의 손을 꼬옥 잡다가 연기를 타고 사라졌으므로.

마리도 순채의 말들이 아버지에게 전달되었을 거라고 확신했다. 우리는 말이 아니더라도 눈빛으로, 표정으로, 몸짓으로 마음을 전할 수 있고, 느낄 수 있기 때문이다. 30년간 하지 못했던 말들이 터져 나왔지만, 결국 한마디로 압축하면 아버지를 사랑한다는 말이다. 그 말 한

마디로 아버지는 하늘에서 편안하게 지낼 수 있게 되었 겠지. 이제라도, 그렇게라도 순채는 아버지에게 효도하고 싶었을 것이다.

순채가 눈물을 훔쳤다. 마리와 시호도 울고 있었다. 울음바다가 된 귀화서의 하늘 위로 별똥별이 선을 그으며 떨어져 내렸다.

별똥별은 공양주님의 아버지가 흘린 눈물이었을까. 아니면 웃음이었을까.

마리는 별똥별이 연이어 떨어지는 밤하늘을 바라보며 그건 아마도 웃음이었을 거라고 결론을 내렸다. 여전히 너는 애쓰면서 잘 살아가고 있다는 인정이 담긴 웃음 말이다.

순채가 귀화서로 오게 된 사연을 전해 들은 밤, 마리는 자리에 누워 뒤척이다가 방 밖으로 나왔다. 마루에서 문재가 밤하늘을 올려다보고 있었다. 마리는 문재를 지나쳐 운동화를 신었다. 마리를 물끄러미 보던 문재가 손을 내밀었다.

"동전 있어요?"

"동전은 갑자기 왜요?"

"전화 걸 데가 있어서요."

"핸드폰 안 되세요? 빌려드릴까요?"

"공중전화로 거는 게 좋을 것 같아서요."

마리가 방에서 들고 온 지갑을 뒤져 100원짜리 동전
두 개를 문재에게 건네주었다. 그러고는 공중전화 부스
가 있는 데까지 같이 가주겠다면서 먼저 정문을 나섰다.
마리와 문재는 별다른 대화 없이 버스 정류장까지 터벅
터벅 걸어갔다.

먼지 쌓인 공중전화는 다행히 고장 나지 않아 통화가
가능했다. 문재가 동전을 넣는 모습을 본 뒤 마리는 멀
찍하게 떨어져 별을 세었다. 별이 하나, 별이 둘, 별이
셋, 하고 숫자를 외는 마리를 향해 짧은 통화를 마친 문
재가 다가왔다.

"통화하셨어요?"

"네."

"늦은 밤인데 용케도 되셨네요."

"귀화서로 온 뒤에 제가 먼저 거는 첫 전화인데 타이
밍이 맞았어요."

"왜 공중전화로 거신 거예요?"

"저도 집에서 도망쳐 나온 무도한 아들이니까요."

문재에게도 비밀이 있는 모양이다. 비밀은 비밀일 수밖에 없는 이유가 있다. 먼저 말할 용기를 내기 전까지 마리는 비밀에 대해 묻지 않기로 마음먹었다.

"누구에게 걸었는지 안 물어보네요."

"물어봐주면 좋겠어요?"

"그런가?"

"누구에게 걸었는데요?"

"어머니."

"어머니가 뭐라고 하시는데요?"

문재가 조금 잠긴 목소리로 대답했다.

"마음 빨리 추스르고 밥 먹으러 오래요. 제가 좋아하는 음식 해주신다고요."

"동전 두 개짜리 대화치곤 좋네요."

"그때 공양주님이 가져온 동전이랑 씨름하느라고 손이 다 까매졌었거든요. 그래서 이번에는 절 동전 신伸이 잘 봐주었나봐요."

"와! 이것도 행운인 것 같은데, 오늘 밤은 번지 정원 한가운데로 동전 던져서 떨어진 곳의 사혼화를 찾아봐요. 동전 신이 사혼화를 더 찾을 수 있도록 도와줄지도 모르잖아요."

"지금요?"

"어차피 눈 붙이긴 힘들 것 같으니까 같이 번지 정원에 가요."

"어두워서 동전 던진 곳이 안 보일 텐데."

"그건 그때 가서 생각해요."

"동전은 핑계고, 같이 파수나 보자는 말처럼 들리는데요."

"들켰네요."

마리와 문재는 소소한 대화를 나누면서 사이좋게 번지 정원으로 걸어갔다.

짤랑짤랑.

어딘가에서 동전 소리가 들려오는 것 같은 밤이었다.

六.

그깟 사랑이 뭐라고

마리는 문재와 함께 정화 소금을 제조할 소금을 사러 염전에 방문했다. 문재가 소금 상태를 확인하는 동안 마리는 염전을 나와 주변을 돌아봤다. 가까운 곳에 요양 병원이 보였다. 요양 병원으로부터 쭉 이어진 풀숲에는 가을꽃들이 피어 있었다. 한들거리는 꽃들 사이에 무언가 웅크리고 있어 확인할 겸 마리는 그쪽으로 천천히 걸어갔다. 가까이 다가가 보니 당혹스럽게도 마리와 비슷한 나이대로 보이는 웬 여자가 들꽃을 먹고 있었다.

꽃잎을 한 장씩 떼어내 맛보듯 먹는 게 아니라 꽃대째 뜯어서 우걱우걱 먹는다. 꽃에 쌓인 먼지를 털어내지도 않고 따먹는 통에 간간이 기침까지 했다. 환각 카페인 제조 방식이 그새 바뀌었다고 보기에는 증류라는 개념 자체가 없어 보였다. 여자는 마른 편이나 오랫동안 거리를 헤매고 다닌 모습은 아니었다. 심상치 않은 사연이 있음이 분명했다.

"저기요. 꽃 그만 먹어요."

여자는 돌아보지 않고 계속 꽃을 따먹었다. 귀화서에서 일하느라 눈썰미가 좋아진 덕에 마리는 여자가 아무 꽃이나 먹는 게 아니라 꽃잎이 분홍색인 꽃만 골라 먹고 있다는 사실을 눈치챘다. 분홍색 꽃 중에는 독성분이 있는 꽃도 더러 있었다. 더 두고 볼 수 없어 풀숲으로 들어가 부러질 듯 가느다란 여자의 손목을 붙잡았다.

"뭐야. 이거 놔요."

"분홍색 꽃 찾고 있는 거죠? 죽으려고 그러는 거예요?"

"내가 뭘 하든 댁이 무슨 상관이에요?"

"죽으려는 이유는 모르겠으나 우선 같이 나가요. 여긴 사혼화가 있을 수도 있어요."

"사혼화라고? 어디? 어딨어?"

마리의 손을 쳐낸 여자가 들꽃들을 마구잡이로 짓밟으며 뽑기 시작했다. 당황한 마리가 여자를 뒤에서 안고 말렸다. 벗어나려고 몸부림치던 여자가 마리의 발에 걸리며 풀꽃들 사이로 넘어졌다. 여자가 꽃을 움켜쥔 채 드러누워 오열했다.

"대체 왜? 왜? 왜? 대체 왜…….'

여자가 울음에 젖어 있는 동안 마리는 부근에 핀 풀꽃들을 눈으로 살펴보고 사혼화가 없다는 걸 확인했다. 여자는 울음을 그친 뒤에도 일어나지 않은 채 하늘을 노려보고 있었다.

"이제 일어나요. 팔뚝에 발진 생겼어요."

여자가 눈을 감자 눈물이 관자놀이를 타고 흘러내렸다. 문재가 기다리고 있을 것이다. 그렇다고 여자를 내버려 두고 갈 수도 없어 마리는 억지로 여자를 일으켰다.

"나는 사혼화를 지켜야 해서 그쪽을 여기 놔두고 갈 수가 없어요. 그게 귀화서 사람이 할 일이니까요. 집이 어디예요? 데려다줄게요."

"지금 귀화서라고 했어요?"

여자가 작업복을 입은 마리를 쏘아보았다. 여자의 손은 그간 해온 일을 증명하듯 풀에 베인 상처로 가득했다.

"귀화서는 사혼화를 숭배하고 있죠? 그따위 꽃은 불행만 가져다줄 뿐인데도. 영혼이랑 말 한마디 나눈다는 핑계로 독풀을 보호하는 귀화서는 망해버려야 해. 사혼화 따위도 다 없어져야 하고."

마리는 방심하고 있었다. 여자가 사혼화에 증오심을 보이고 죽으려고 할 때는 연유부터 헤아렸어야 했다. 그런데 사혼화가 독풀로도 필 수 있는 걸까? 혹시 사혼화가 아니고 사념이 들러붙은 꽃이라면? 비록 계약직이지만 마리에게는 진실을 알아낼 의무가 있다.

"독풀로 핀 사혼화 때문에 사랑하는 사람을 잃으신 건가요?"

"그래요. 당신들 때문에."

"귀화서 사람으로서 책임을 다하고 싶어요. 어떤 일이 있었던 건지 들려주실 수 있을까요?"

여자의 흐느낌에 장단이라도 맞추듯 바람 소리가 사락사락 허공에 음표를 찍었다.

두 달 전, 여자의 연인이 사혼화를 찾아냈다. 영면한 여동생의 영혼이 깃든 분홍색 꽃이었다. 여동생이 입원했던 요양 병원 근처, 종종 찾아가던 산책로 수풀에 피었기에 찾는 것도 그다지 어렵지 않았다. 연인은 죽은 여동생에게 천국에서 부모님과 잘 지내라는 말밖에 더는 할 말이 없다고 했다. 오래 투병한 탓에 남매는 자주 시간을 보냈고 그때 해야 할 말은 다 했다고.

그런데 증류하는 과정에서 연인이 찾은 사혼화가 뜻밖에도 목숨을 잃게 할 수 있는 독풀이라는 사실이 밝혀졌다.

"플라워 클래스에서 꽃대를 꺾었는데 줄기에서 하얀 진액이 나왔어요. 라텍스 장갑을 끼고 마스크를 쓴 직원이 하얀 진액이 흐르고 있는 꽃대를 들고 와선 독풀이라고 알려주더군요. 정말 사혼화가 맞는 건지 의심하면서요."

연인은 꽃송이를 한참 다시 들여다보았다. 그러고는 여동생의 사혼화가 맞는 것 같다고 대답했다. 직원이 이 꽃이 사혼화인지는 모르겠지만 독풀은 확실하다며 증류된 사혼수를 마시면 미량으로도 죽을 수 있다고 경고

했다. 연인은 마시지 않을 거라면서 사혼수를 증류해달라고 요청했다.

"독을 우린 독약이 완성된 거죠. 저는 그 사람에게 독약이 된 사혼수를 절대 마시면 안 된다고 말렸어요. 사혼화가 어떻게 독풀로 필 수 있겠느냐고요. 설혹 그 독풀이 정말 사혼화라고 하더라도 동생은 오빠의 죽음을 원할 리가 없다고요."

진짜 사혼화를 증류한 게 맞는지 귀화서에 가서 확인해보기로 약속했다. 그러기 전까지 자신에게 사혼수를 맡기라고 계속 설득했지만 연인은 손대지 않겠다는 말만 되풀이했다.

"불안했어요. 정말 마시지 않을 거라면 내게 사혼수를 맡기면 되는데 그러지 않았으니까요. 그래서 그날 밤 그 사람 집으로 찾아갔는데…… 이미 늦었더라고요."

연인은 약속을 지키지 않았다. 연인의 집에 도착했을 때 그는 이미 싸늘한 주검이 되어 있었다. 한 손으로는 가슴을 부여잡고 다른 손으로는 시약병을 움켜잡은 채.

"마시지 않겠다고 약속해놓고 대체 왜 마셨을까요? 그게 독풀이라는 걸 알았으면서 대체 왜 사혼수를 증류해달라고 한 걸까요? 여동생의 영혼이 깃든 사혼화였으니까 죽지 않을 거라고 생각한 걸까요? 동생에게 들어야 할 마지막 말이 있긴 했을까요?"

여자는 연인을 이해할 수 없었다. 연인을 죽게 만든 여동생의 영혼도 이해할 수 없었다. 그래서 지독한 상실감에 시달리면서도 끊임없이 허공에 대고 절규할 수밖에 없었다. 대체 왜 그랬냐고.

"그 사람 영혼에게 물어보고 싶어도 저는 그 사람 가족이 아니라 사혼화가 보이지 않아요. 이렇게 불공평한 게 어디 있어요? 저는 그 사람을 정말 사랑하는데 가족이 아니라는 이유만으로 사혼화가 보이지 않는다니요. 너무 분해요. 억울해요. 화가 나요. 차라리 사혼화 따위 세상에서 전부 사라져버렸으면 좋겠어요."

여자는 더는 말을 이어가는 게 버거운 듯 하늘을 다시 노려보았다. 마치 하늘에게 따지기라도 하려는 듯. 바람이 불어와 여자의 머리카락이 부풀어 오르듯 날렸다. 여자의 연인이 이 모습을 보았더라면 틀림없이 여자의 귀 뒤로 머리칼을 쓸어 넘겨주고 싶었을 것이다.

"일반적으로 사혼화를 보는 사람이 가족인 건 맞아요.

근데 모든 사혼화가 가족에게만 보이는 건 아니에요. 가족이 모두 사망했거나 가족보다 특별한 인연의 끈이 연결된 경우엔 핏줄로 이어지지 않았어도 사혼화가 보이기도 해요. 그게 때로는 엉뚱해 보이는 인연이기도 하고요. 사혼화가 왜 이 사람을 선택한 건지는 만난 뒤에야 이유를 알 수 있는 거니까요. 연인이었던 분의 부모님이 돌아가셨다고 했죠? 그렇다면 그분의 사혼화를 그쪽이 볼 가능성이 있어요."

"제가 그 사람의 사혼화를 볼 수 있다고요?"

"확답을 드릴 수는 없지만 가능성은 있어요. 자세한 건 저희 사무관님께서 더 잘 알려주실 수 있을 거예요. 마침 함께 오셨으니 만나보실래요?"

염전으로 돌아가니 문재가 소금을 픽업트럭에 다 실어놓고 마리를 기다리고 있었다. 끝났으면 연락하지 그러셨냐고 마리가 말하자, 볼일을 다 보면 돌아오겠거니 생각했다는 태평한 대답이 돌아왔다. 마리는 여자를 소개한 뒤 문재에게도 사정을 들려주었다. 이야기를 다 들은 문재가 자세를 바로 하고 고개를 정중히 숙였다.

"연인을 잃으셔서 상심이 크시겠어요. 위로를 전합니다."

마리는 번지 정원에서 시호에게 그랬던 것처럼 이번에도 한 방 얻어맞은 것 같은 기분이 들었다. 들꽃을 따 먹는 행동만 신경 쓰느라 사랑하는 사람을 떠나보낸 고통은 보지 못했다.

위로를 먼저 건네는 게 순서였는데. 난 언제쯤 상황에 반응하는 것보다 사람 마음을 먼저 헤아릴 줄 알게 될까.

문재가 강한 인연이라면 사혼화와 연결될 수 있다고 설명하자 여자가 매달리듯 문재의 말끝을 붙잡았다.

"머릿속에 온통 그 사람과 행복했던 기억뿐인데 꽃 한 송이로 인해 행복이 끝장났다고 생각하면 미칠 것 같아요. 죽은 이를 만나겠다는 마음보다 현실의 날 사랑한 마음이 작았던 거구나 싶어서 잠을 잘 수도 없고요. 그 사람 미래에 나는 포함되지 않은 존재였나 싶어서 밥을 먹을 수도 없어요. 제발 그 사람 사혼화를 찾아서 날 사랑했던 게 맞는지 물어볼 수 있도록 해주세요."

"연인의 사혼화를 찾으시려면 독풀을 먹고 죽겠다는 마음부터 버리셔야 합니다. 그럴 수 있으시겠습니까?"

"꼭 죽으려던 건 아니에요. 죽어도 달라지는 건 없겠지, 체념하다가도 그 사람을 내게 보내줬다가 데려간 하늘이 밉고, 날 버린 그 사람이 미우니까. 무엇보다 모든 걸 미워하는 일밖에 하지 못하는 제가 싫으니까 독풀로라도 비참한 상황을 벗어나고 싶었던 거예요. 우습죠? 그깟 사랑이 뭐라고……."

"저는 그깟 사랑이라고 생각하지 않습니다."

문재가 처음으로 시선을 돌려 마리를 쳐다보았다. 시선이 마주치는 순간 이상하게도 마리의 가슴이 두근거렸다. 화끈거리는 뺨에 마리가 당황한 사이 문재는 담담하게 말을 이었다.

"그깟 사랑이었다면 죽은 자들이 꽃이 되어서라도 생전에 소중했던 사람을 만나려고 오랜 시간을 기다리지 않을 겁니다. 사랑하는 마음에 따라 사람의 삶은 깊이와 방향이 달라지죠. 사혼화는 우리가 살아온 삶과 사랑에 관한 질문이자 답이라고 생각합니다. 그러니 사랑했던 시간을 귀중히 여기며 살아주십시오."

소중한 사람이 생기면 그동안 알지 못했던 자신을 발견하고, 새로운 세상이 보이기 마련이다. 다른 누구도 아닌 오직 그 사람만이 행복한 세상을 보여주기에 사랑을 잃어버리면 자신의 전부를 상실해버린 기분이 되고 만다. 사랑하고 싶은 마음이, 보고 싶은 마음이, 그리운 마음이 한 번 더 기회를 얻어 사혼화로 피어나는 것도 상대에게 다시 행복한 세상을 되찾게 해주고 싶어서가 아닐까.

어딘가에서 날아온 무당벌레가 여자의 손등을 타고 기어갔다. 여자는 손사래 치지 않고 차분하게 무당벌레를 풀잎으로 옮겨주었다. 침착한 행동에 조금 전 풀밭 한가운데 누워 절규하던 여자와는 다른 사람처럼 보였다.

"그 생각은 하지 못했어요. 여동생이 사혼화로 피어난 것은 오빠를 소중하게 생각하는 마음이 있었기 때문일 테고, 그 사람이 사혼화를 찾은 것도 마찬가지로 동생이 하늘에서 잘 지내는지 걱정되어서였겠죠. 사랑했을 텐데. 동생을 잃어서 아팠을 텐데. 다시 보고 싶었을 텐데. 그저 내 생각만 했네요. 나를 남겨둔 채 떠나버렸다고 원망만 했어요."

여자는 의외로 문재의 말을 듣고 자신과 연인의 사랑

을 마주한 게 아니라 가족 간의 사랑을 떠올렸다. 마리는 문득 여자의 이런 예상 밖의 모습을 연인이 사랑한 게 아닐까, 하는 생각이 들었다. 문재가 부드럽게 미소 지으며 연구자다운 자세로 돌아갔다.

"좋은 결론에 도달하셨네요. 한 가지 질문을 드려도 될까요? 연인께서 여동생의 사혼화를 찾고 나서 꽃에 관해 뭐라고 말씀하셨는지 기억나시나요? 꽃에 관한 사소한 정보라도 좋습니다."

여자가 바로 어제 일을 이야기하듯 바로 말을 받았다.

"꽃은 나팔 모양이었고 잎이 덩굴져 있어 뿌리를 캐낼 때 잎이 상하지 않도록 하는 게 힘들었어요. 그이는 꽃에서 은은한 빛이 난다고 했어요."

"어떤 소리가 들린다고 하지 않으셨나요?"

"소리 얘기는 못 들었어요. 다만 사혼화가 자꾸 자신을 부르는 것 같은 기분이 든다고 했어요. 꽃을 가만히 쳐다보면 동생 얼굴이 겹쳐 보인다고요."

동생 얼굴이 어떤 식으로 보였는지 질문을 주고받던 문재가 진지하게 고민에 빠졌다. 이윽고 여자에게 양해를 구한 뒤 마리를 따로 불러 염전 안으로 들어갔다. 마리 옆에 가까이 선 문재가 목소리를 낮춰 우려하는 바를 설명해줬다.

"사혼화에 관한 연구는 지금도 계속 진행 중이라 단정할 순 없지만 아무래도 저분의 연인은 사혼화를 만난 게 아닌 것 같아요. 사념이 들러붙은 꽃에 홀린 듯해요."

"제가 듣기엔 사혼화 특징이랑 정확하게 일치하던데요. 그렇게 생각하시는 근거가 있으세요?"

"통상적으로 사혼화는 스스로 내뿜는 빛과 자신을 부르는 듯한 느낌이 드는가로 여부가 결정돼요. 사혼화를 본다고 고인의 모습이 떠오르지는 않죠. 반면 사념이 들러붙은 꽃은 사람의 기억을 헤집어 고인의 모습으로 상대를 홀려요. 그래서 더욱 사념에서 벗어나지 못하는 거죠. 아마 증류된 후에도 사혼수에서 계속 동생의 얼굴이 보이고 부르는 느낌이 났을 거예요. 마치 동생이 사혼수를 마시라고 종용하는 것처럼요. 사념이 동생으로 가장해 연인을 죽음으로 끌고 간 거예요."

마리는 충격을 받아 입만 벌린 채 아무 말도 하지 못했다. 문재가 설명한 것에 빗댄다면 자신이 물류 창고 화재 현장에서 찾아낸 부모님의 사혼화도 사념이 들러

붉은 꽃일 수 있었다. 사혼수가 든 시약병을 만질 때마다 부모님의 모습이 보이니까. 마리가 세상이 뒤집힌 듯한 기분에 휩싸인 것도 모른 채 문재가 마리의 어깨를 두드리고는 가볼 곳이 있다고 했다.

"플라워 클래스는 증류하고 남은 꽃을 일정 기간 보관하기도 해요. 저는 그곳에 들러 꽃의 잔해를 확보해볼 테니 서기보님은 귀화서로 가서 저분이 연인의 사혼화를 찾고자 의뢰를 할 의향이 있는지 상담해주세요. 사념에 관한 건 확실해질 때까지 함구해주시고요."

마리는 세상이 빙글빙글 도는 것 같아서 어지러웠지만 그렇게 하겠다는 의미로 고개를 끄덕였다. 여자에게로 돌아간 문재가 혹시 플라워 클래스에 사혼화 잔해를 보관해달라고 했는지를 물었다. 뜻밖에도 사혼화의 잔해는 여자가 보관하고 있었다. 여자가 메고 있던 작은 가방에서 코팅지에 끼워둔 꽃 뿌리를 꺼냈다. 만약을 대비해 따로 간수하고 있었다면서.

꽃 뿌리가 말라서 일부가 부서지며 코팅지에는 부스러기가 떠돌았다. 빛은 이제 사라졌지만 그것이 사혼화가 소임을 다해서인지 아니면 사념이 들러붙어 애초에 당사자 외에는 빛이 보이지 않기 때문인지를 판단할 근거가 부족했다.

"저희가 가져가서 살펴봐도 될까요? 연구 후에 돌려드리겠습니다."

여자가 내민 꽃 뿌리를 마리가 조심스럽게 건네받았다. 꽃 뿌리가 더 상하지 않도록 가방에 넣기 전에 손수건으로 감싸다가 코팅지 겉면에 붙은 뿌리 부스러기가 눈에 들어왔다. 뿌리 부스러기를 떼어내려고 만진 순간 마리의 머릿속으로 여러 장면이 빠르게 흘러갔다.

교실에서 동급생들에게 괴롭힘당하는 남학생의 모습, 남학생이 중학교를 자퇴하는 모습, 거실에서 싸우는 부모님의 목소리를 듣지 않으려고 귀를 막는 모습, 남학생이 수면제를 한 움큼 삼키는 모습, 위세척을 받고 깨어나는 모습, 방에 혼자 우두커니 앉아 있던 남학생이 아파트 옥상으로 올라가는 모습이 이어지더니 뛰어내린 후 암전. 긴 어둠이 지나간 후 새싹이 땅 위로 올라와 줄기를 밀어내고 꽃으로 피어났다. 그곳은 아파트 화단이다. 꽃의 시선으로 세상이 보인다. 중년의 사람들이 언성을 높이고 있다.

"영혼이 꽃으로 피어난다는 게 논리적으로 설명될 수 있는 일입니까? 사혼수인가 뭔가를 마시고 영혼과 대화했다는 건 환각이에요. 그랬으면 좋겠다는 바람이 만들어낸 망상일 뿐이라고요. 저희 부부는 사혼화를 믿지 않으니까 죽은 아들 운운하면서 화단 운영에 대한 책임 떠넘기기로 더는 우롱하지 마세요."

"말씀이 지나치시네요. 얼마 전에 이 화단에 핀 꽃에서 빛이 난다고 말씀하셨대서 도와드리려는 거잖아요. 아파트 화단 재정비 예산을 없애면 여기 꽃들도 죄다 뽑혀나갈 텐데 진짜 괜찮으시겠어요?"

엄마…… 아빠……. 나 여기 있어요. 나 여기 있는 거 알잖아요. 보이잖아요. 여기 봐요. 엄마, 아빠! 내 목소리 안 들려요? 내가 부르고 있잖아요. 여기 좀 봐 봐요. 나라고요.

"잘못 본 거였어요. 우리 부부는 사혼화를 믿지 않으니 화단 정리를 하셔도 상관없습니다."

그러지 마요! 엄마, 아빠! 나 여기 있잖아요. 보이잖아요. 내가 잘못했어요. 그러니까 제발. 제발 나를 좀 봐

줘요. 엄마! 아빠! 나 여기 있다고요. 제발 나를 봐요.

꽃을 흘깃 보고 뒤돌아 집으로 돌아가는 부모의 뒷모습. 화단이 갈아엎어지는 광경. 뿌리가 뽑히며 사혼화에 깃든 영혼이 울부짖는다. 커다랗고 날카로운 분노. 아픔. 절망감. 그리고 부모님을 향한 그리움이 마리의 마음으로 왈칵 밀려 들어왔다.

나를 이렇게 만든 세상을 저주할 거야. 나의 증오를 너희들에게 되돌려줄 거야. 나의 원한을 되갚을 거야. 두고 봐. 전부 다⋯⋯.

"정신이 들어요?"

마리가 눈을 떴을 때 문재의 걱정 어린 얼굴이 제일 먼저 보였다.

"어떻게 된 거예요?"

"뿌리 부스러기를 만지고 정신을 잃었어요. 몸은 어때요?"

괜찮다며 일어나 보니 염전 사무실 소파였다. 주변에 둘러서 있던 염전 관리자들이 쓰러진 마리를 문재가 안아서 옮겼다고 말해줬다. 의식을 잃은 건 불과 1분 남짓. 조금 전 구급차를 불렀다기에 마리가 난처해하며 병원에 안 가봐도 된다고, 취소해달라고 부탁했다. 문재의 표정이 심각해졌다.

"이상이 있는지 없는지는 의사가 판단하는 겁니다."

"사무관님! 저 진짜 괜찮아요. 제 말대로 해주시면 이유는 따로 말씀드릴게요."

문재는 내키지 않는 듯했으나 마리의 말대로 해주었다. 사무실에서 사람들이 우르르 나가자 마리가 크게 숨을 들이쉬었다. 이제 더는 자신의 비밀을 숨기고 있을 수 없게 되었다. 마리가 결심을 굳히고 비밀을 털어놓으려는 찰나, 소파 옆자리에 앉은 문재가 먼저 입을 열었다.

"정신 잃었을 때 어떤 이미지를 봤죠?"

"어떻게 아셨어요?"

마리가 뒤이어 자신이 본 장면들에 관해 설명하자 문재의 표정이 더욱 심각해졌다.

"사실 뿌리 부스러기를 만지고 서기보님이 정신을 잃은 건 3분 정도가 지난 뒤예요. 그 사이 서기보님 얼굴과 몸에 10여 송이의 꽃 그림자가 졌어요. 꽃송이나 잎이 줄기로 이어진 듯한 모양이었어요. 꽃 그림자가 몸에서 사라진 뒤에 정신을 잃은 거고요. 혹시 몰라서 사진으로 찍어뒀어요."

사진 속 마리의 얼굴과 목에는 그림자를 드리운 것 같은 형태로 얼기설기 뒤엉킨 다양한 꽃들이 보였다. 물류 창고 담벼락에서 사혼화를 건드렸을 때처럼. 부모님의 사혼수를 만질 때처럼. 그때와 다른 점은 마리가 정신을 잃었다는 점이다.

"사진을 보고도 놀라지 않는 걸 보니 이전에도 이런 적이 있었던 거죠?"

마리는 이미 고등학생 때 사혼화를 만지면 몸에 꽃 그림자가 지면서 어떤 장면들이 보인다는 걸 알았다. 그 장면들이 사혼화에 깃든 영혼의 기억이라는 것도. 부모님의 사혼화 두 송이를 만진 후 자신을 바라보는 엄마와 아빠가 각자 다른 추억을 가지고 있다는 걸 깨닫고는 영혼의 기억이 맞다고 확신했었다. 그렇기에 파란색 사혼화를 증류할 수 있던 것이다.

그런데 사념이 들러붙은 꽃에서도 기억이 보인다는 건 마리가 찾은 사혼화가 부모님이라는 확증이 사라졌다는 걸 의미했다. 마리가 눈물을 뚝뚝 흘렸다.

"사무관님, 저 어떻게 해요. 어떻게 해요, 이제."

마리는 그동안 지켜온 비밀을 숨김없이 말했다. 문재는 손수건을 건넨 뒤 말없이 이야기를 들어주었다. 비밀을 털어놓은 뒤에도 훌쩍이는 마리를 향해 문재가 조심스럽게 입을 열었다.

"윤시호 서기님이 서기보님의 부모님 사혼수를 봤을 때 빛이 난다고 했나요?"

마리는 미처 거기까지 되짚지 못했던 탓에 그제야 고개를 들어 문재를 바라봤다. 만약 사념이 들러붙은 꽃이라면 사혼수에서 흘러나오는 빛을 시호가 알아보지 못했을 것이다. 비로소 마리가 소파에 기대며 안도했다.

"빛을 봤다고 했어요."

"서기보님이 부모님의 사혼화를 찾은 게 맞다는 거네요. 부모님의 사혼화를 만난 걸 축하해요."

문재가 방긋 웃자 마리는 또 가슴이 뛰었다. 방금 문재가 해준 진심 어린 축하는 지난 10년간 마리가 가장 듣고 싶었던 말이었다. 부모님이 아닌 다른 영혼이 깃든 엉뚱한 사혼화를 증류했을까 봐 죄책감에 시달린 적도 있을 만큼 계속 마음이 쓰였었다. 이제야 마음을 놓아도 되겠다 싶었지만 여전히 의문은 남았다.

"고맙습니다. 그런데 제가 사혼화의 기억을 보는 건 어째서일까요?"

"옛 문서에서 본 적이 있어요. 사혼화를 만지면 꽃 그림자가 지는 사람에 대해서요. 사혼화를 보는 이들 가운데 꽃 그림자가 지는 일부는 사혼화의 이야기를 듣는다고 쓰여 있더군요. 기억, 추억, 의지 같은 것들을요."

"사념도요?"

"아마도 사념은 강한 의지가 있으니까 사혼화처럼 이야기를 들었던 것 아닐까요? 서기보님이 사념의 과거를 본 거죠. 사혼화의 이야기를 듣는 능력은 대물림 되어 나타난다고 해요. 혹시 부모님도 같은 능력이 있으셨나요?"

부모님이 파란색 사혼화로 핀 것과 엄마의 능력, 시호 할아버지에게 들은 전설까지 마리가 아는 내용들을 들려주자 문재가 자신의 지식을 총동원해 추측한 바를 들려주었다.

"사혼화를 보는 것도 특수한 능력이긴 하지만 그것만

으로 파란색 사혼화로 핀 사례는 아직 듣지 못했어요. 앞뒤 맥락을 미루어 보아 서기보님의 어머니도 사혼화의 이야기를 듣는 능력이 있으셨던 것 같아요. 어릴 적 무당 취급을 당한 경험은 사혼화나 사념의 이야기를 들었기 때문일 수 있어요. 사혼화를 만지지 못하도록 한 것도 서기보님의 능력을 알아보셨기 때문일 테고요. 파란색 사혼화가 지신과 연관이 있다는 건 저도 들어본 적이 있어요. 그게 자손이기 때문인지는 더 조사해봐야겠지만 사혼화의 이야기를 듣는다는 건 지신이 준 또 다른 능력이 아닐까 싶긴 해요."

엄마도 사혼화의 이야기를 들었을 수 있었다고? 그러고 보면 사혼화를 보는 건 일반적인 일이야. 미신으로 취급받는 시대에 살고 있기는 하지만 아직 귀화서나 플라워 클래스처럼 사혼화와 관련된 일을 하는 곳이 있을 정도니까. 엄마가 말했던 애처로운 것들의 이야기를 듣고 산다는 건 단순히 사혼화를 보는 것이 아니라, 기억을 보는 걸 말했던 걸까.

"근데 사무관님, 우리 아빠도 파란색 사혼화로 피어났어요. 그건 엄마의 능력 때문에 파란색 사혼화로 피어났다는 전제를 거스르는 거잖아요."

"부모님이 돌아가실 때 특이한 상황은 없었나요?"

"특이한 상황이요? 글쎄요. 어떤 걸 말씀하시는 건
지……. 두 분이 물류 창고 화재로 돌아가실 때 손을 잡
고 계셨다는 것 외에는……. 아……, 혹시 그게 영향을
끼친 걸까요?"

"그것까지는 알 수 없죠. 다만 지신은 잡귀를 물리치
고 저승으로 가는 망자의 명복을 빌며 따라가는 존재예
요. 그런 지신이 돕는 어머니셨다면 돌아가시는 순간 두
분이 손을 잡고 몸과 마음이 이어진 상태였던 것이 어
떤 영향을 미친 게 아닌지 조심스럽게 추측해볼 수 있
겠지요."

돌아가실 때 부모님이 손을 맞잡고 있었다는 건 마리
에게는 하나의 위안이었다. 마지막까지 두 분이 서로에
게 힘을 나눠주면서 함께 했다는 위로. 지신이 두 분을
같은 파란색 사혼화로 피어나도록 도운 거라면 그 이유
도 분명히 있을 것이다.

"이제 저는 어떻게 해야 할까요?"

"사혼화나 사념의 이야기를 듣는다는 건 당분간 비밀

로 하기로 해요. 그 능력이 어떤 식으로 발현되고 영향을 미쳤는지 옛 문서에서 사례를 더 찾아볼 테니 그때까지만요. 그런 뒤에는 국장님께 말씀드리고 앞으로의 입장을 정해봐요."

명쾌하게 결론을 내준 문재 덕분에 염전 사무실을 나가 걱정 끼친 관리자들에게 인사를 전할 땐 마리의 마음이 한결 가벼워져 있었다. 여자는 염전 밖에 멀찍하게 떨어져 있었다. 마리에게 꽃 그림자가 드리워지는 걸 본 문재가 재빠르게 여자를 돌려세워 뒤를 보지 못하도록 했기에 여자는 상황을 제대로 파악하지 못하고 있었다. 아마도 꽃 그림자를 보긴 했을 테지만 그 사실을 아는 척할 만큼 무례하지도 않았다. 마리는 괜찮냐고 묻는 여자에게 고마움과 동시에 책임감을 느꼈다. 여자의 처지가 더욱 가슴에 와닿았기 때문이었다.

"우리는 아직 할 일이 남았잖아요. 이제 시작해야죠. 같이 가봐요. 사혼화를 찾으러."

여자의 눈동자가 커졌다.

"지금요?"

"지금부터요. 지금부터 찾는 거예요."

원칙대로라면 의뢰서를 작성하러 귀화서로 향했어야 하지만 세 사람은 우선 여자의 연인이 살던 집으로 가기로 했다. 자신의 의지와 상관없이 소중한 사람을 잃은 절망을 추스르는 게 이 일의 시작이었으므로.

　남자는 집에서 생을 마감했으니 집 근처부터 찾는 게 관례였고 연인의 사랑이 사혼화를 그리 멀지 않은 곳에서 발견하게 해줄 거라는 예감이 마리에게는 있었다.

　그러나 마리의 예상은 틀렸다. 연인이 살던 집의 대문을 여는 순간, 어쩌면 사랑은 마리가 예측한 것보다 더 막강한 힘을 가졌을지도 모른다는 생각을 했다. 사혼화는 찾아다닐 필요조차 없었다. 마당에는 이미 긴 타원 모양으로 핀 빨간색 꽃 여러 송이가 모여 환하게 빛나고 있었다. 마치 연인이 올 것을 알고 준비했다는 듯이.

　"아! 정말 당신이구나."

　여자가 연인의 영혼이 깃든 사혼화를 어루만졌다. 강렬하게 빛나는 사랑이 여자를 감싸 안는 것을 하늘도 내려다보고 있었다.

　그렇게 긴 하루의 늦은 오후, 세 사람은 귀화서로 돌

아왔다.

　여자는 의식을 바로 진행하고 싶어 했다. 아직 연인이 사념에 홀렸던 건지 확인되지 않았고 의식을 준비할 시간이 부족하다고 설명했으나 여자는 막무가내였다. 한시라도 빨리 의식을 진행해 이별을 받아들이고, 연인에게도 안식을 주고 싶다고 간청했다. 결국 귀화서로 출발 전, 전화로 백선에게 허락을 구해 당일 바로 의식을 치르기로 결정했다.

　곧 세상의 테두리가 흐려질 시간이었으므로 의식을 진행하려면 다 같이 서둘러야만 했다. 문재가 여자에게 의식 절차를 설명하는 동안 시호는 사혼화를 들고 곧장 증류실로 들어갔다. 고본은 위패에 이름을 새겨넣었고 백선은 상복으로 갈아입은 뒤 기도에 들어갔다. 순채는 연인을 위한 음식을 할 수 있는지 냉장고를 열어보고는 웃으며 밑 작업에 돌입했다. 마리는 의식에 쓰일 제구를 정리했다. 죽은 영혼을 무사히 만나게 해주겠다는 마음들이 하나 되어 일사불란하게 움직였다.

　저문 하늘에 까만 새들이 날고 있었다. 마리가 사당에서 나오니 동문 앞에서 문재와 여자가 기다리고 있었다.

여자는 연인이 가장 좋아하던 흰 원피스로 갈아입고 시약병을 두 손으로 감싸 들었다.

"더 오실 분은 없으실까요?"

마리가 확인차 묻자 여자가 고개를 가로저었다. 연인의 부모님은 모두 돌아가셔서 가족이 없었다. 이번 의식에 참석하는 건 오직 여자뿐이다. 사당으로 발걸음을 옮길 때마다 여자가 들고 있는 시약병이 흔들리며 붉은빛 사혼수가 출렁였다. 엄숙한 사당 분위기에 짓눌려 여자는 밖에서보다 더 긴장한 듯 보였다.

시간이 촉박했으나 백선이 차분하게 의식을 주도해 나갔다. 위패에 적힌 이름을 세 번 부른 걸 확인한 후 마리가 종을 울리자 가운데 문으로 서늘한 기운이 스르륵 넘어왔다. 신호에 맞춰 여자가 사혼수를 천천히 받아들였다.

사당 사방에서 빛이 쏟아졌다. 밝은 빛과 어두운 빛이 섞여 여자의 몸 전체에서 발산되고 있었는데, 그 빛은 곧이어 사당 바닥에 물결처럼 퍼지기 시작했다. 안팎의 빛이 마주치는 지점에서 연인의 영혼이 나타났다. 키가 크고 마른 남자였다. 연인을 본 여자가 놀란 나머지 규칙을 잊고 입을 열었다.

"우석 씨! 우석 씨!"

연인에게 달려간 여자가 품에 안겨 눈물을 쏟아냈다. 왜 약속을 어겼느냐고, 나를 사랑한 게 아니냐고, 보고 싶었다고 두서없이 말을 뱉던 여자가 갑자기 자리에 주 저앉아 입을 틀어막았다. 그제야 자신이 연인의 이름을 애타게 부른 순간 마지막 말을 건넨 게 됐다는 사실을 깨달은 것이다. 이름을 부른 뒤로 여자의 목소리는 연인 에게 들리지 않았다.

종을 울려 주의를 상기시킬 틈도 없이 일어난 일이다. 마리는 재빨리 말리지 못한 자신의 탓인 것만 같아 안 타깝게 여자를 바라보았다. 이제 연인의 차례만이 남았 다. 연인은 미안함과 애틋함이 뒤섞인 눈빛으로 여자를 내려다보고 있다. 가슴을 부여잡고 있는 여자의 손을 부 드럽게 가져와 그녀의 손바닥에 손가락으로 글씨를 썼 다. 아끼고 사랑한 마음을 손바닥에 쓸 때마다 여자가 미소 지었고, 답문을 연인의 손바닥에 적었다. 서로가 전하려고 했던 말들이 손바닥 필담으로 이어졌다.

마리가 안도하며 두 사람을 건너다보고 있는데 문재

가 살며시 다가와 어깨에 손을 짚었다. 그러고는 향을 가리켰다. 어느새 향의 끝부분만 남아 있었다. 사혼수를 받아들인 시간에 비해 향이 너무 빠르게 타들어간 게 이상해 문재를 보니 손바닥에 쓰는 시늉을 했다. 여자와 연인이 손바닥에 써서 주고받은 말들이 시간을 대가로 전해지고 있던 것이다. 마리가 다급하게 종을 울렸다.

딸랑-.

묵직하면서도 맑은 종소리에 연인과 여자가 마리를 쳐다봤다. 마리가 손바닥에 쓰지 말라는 제스처를 취한 뒤 향을 가리켰다. 향이 다 탄 걸 본 여자가 뭔가 말할 듯이 입술을 움직였으나 아무런 말도 나오지 않는 듯 가슴을 손으로 눌렀다. 이제 시간이 없다. 꽃으로 피어나는 순간부터 계속 생각해온 말을 해야만 했다. 연인이 여자가 그토록 듣고 싶어 하던 마지막 진심을 전했다.

"우리가 함께한 시간은 무엇과도 바꿀 수 없는 행복이었어!"

여자가 그랬듯 연인도 같은 마음으로 미래를 그려온 것이다. 여자와 행복할 수 있었을 미래를 비록 손수 걸어내었다고 해도 사랑한 마음만큼은 진심이었다. 연인이 여자를 두 팔 가득 안고 입을 맞췄다. 두 사람의 윤곽이 빛에 감싸인 채 흐릿하게 보였다. 시간이 멈췄으면 하는 소원은 이뤄지지 않고 영혼에게서 흘러나오던 빛이 서서히 물러가고 있었다.

영혼을 무사히 승천시키기 위해 서둘러 소지에 불을 붙인 백선이 하늘을 향해 종이를 띄웠다. 불타며 나풀나풀 날아가는 소지가 제 몸을 태워 천장에 가 닿자 남자의 영혼이 향의 연기에 실려 함께 하늘로 올랐다. 여자가 연인을 붙잡으려고 손을 뻗으며 절박한 목소리로 외쳤다.

"영원히 사랑……해."

이미 연인의 영혼은 사라지고 없었다. 사라진 자리에는 야속하게도 재만 남아 있었다. 백선이 위패를 여자에게 건네며 마음을 다독여주었다.

"소지가 활활 타오른 걸 보니 좋은 곳으로 무사히 가신 모양입니다. 이제 미련도 태워서 함께 보내주도록 하세요."

여자가 위패를 끌어안고 숨을 쉬지 못하는 사람처럼 아주 힘겹게 울었다. 그 울음은 위문을 위해 상이 차려질 때까지도 계속됐다. 대청에 마련된 상으로 순채가 토마토 파스타를 내왔다. 토마토 파스타는 연인이 생전에 여자를 위해 자주 만들어주었던 음식이다. 고인이 사랑하는 이에게 해줬던 음식을 먹는 것도 의미 있을 거라면서 순채가 준비해주었다.

여자는 고맙다고 하면서도 파스타를 먹지 못했다. 고인을 위해서 먹는 음식이니 조금이라도 먹어보라는 순채의 말에도 울기만 했다. 의식을 통해 영혼을 하늘로 잘 보내줬다고 해도 손바닥 뒤집듯 쉽게 소중했던 사람을 놓을 수는 없을 것이다. 다들 위로를 더 얹지 않고 여자가 깊은 슬픔에서 빠져나오길 가만히 기다려주었다.

그때 마당을 가로질러 양하가 다가왔다. 저녁나절에 놀러 왔다가 컨디션이 안 좋아져 잠시 잠들었는데 금방 깬 모양이었다. 순채가 여분의 음식을 가지러 간 사이 고본 옆자리에 양하가 앉았다. 고본은 내성적인 성격이라 귀화서 사람들과 있어도 말수가 적었으나 양하에게는 장난도 곧잘 쳤다. 두 사람이 곧장 귓속말로 뭔가를 속닥였다.

위문에 참석하게 되면 고인을 생각하며 남김없이 음

식을 비워야 한다는 가르침을 잘 이행하는 양하가 이번에도 먼저 파스타를 먹기 시작했다. 아이가 먹자 다들 엉거주춤 포크를 들었다. 파스타를 포크로 돌돌 말아 한입에 넣은 양하가 고본과 다시 소곤거렸다. 그러고는 눈두덩이가 붉어진 여자를 향해 질문을 던졌다.

"의뢰인님! 저 궁금한 게 있는데 물어봐도 돼요?"

양하의 목소리에 여자가 손등으로 눈물을 훔치며 고개를 들었다.

"의뢰인님을 선택한 사혼화가 고인의 집 마당에 피어 있었다고 들었거든요. 사혼화가 다른 곳도 아니고 왜 집 마당에 피었다고 생각하세요?"

여자는 질문의 의도를 파악하지 못했는지 그저 눈을 동그랗게 뜨고 있었다. 양하가 포크를 내려놓고 자신의 질문에 스스로 답했다.

"집 마당에 사혼화가 핀 건 자신에게 미련 두는 시간을 짧게 가지라는 의미가 아니었을까요? 사혼화를 찾는 시간이 길어지면 그만큼 새출발이 늦어지니까요."

"나보고 다른 사람을 만나라고, 자기를 어서 잊으라고 그 사람의 사혼화가 마당에 피었다는 말이니?"

여자가 날 선 반응을 보였다.

마음이 아픈 건 이해하지만, 아직 어린아이에게 화낼 필요까지는 없을 텐데.

마리가 나서려는 걸 눈으로 말리며 고본이 대신 여자의 말을 받았다.

"잊으라는 말이 아니에요. 두 사람이 함께 사랑한 건데, 다른 한 명이 떠났다고 당장 이별을 받아들일 필요는 없지요. 이별을 언제 받아들일지는 오롯이 내가 결정하면 돼요. 충분히 기억하고 그리워하세요. 그러다보면 언젠가 추억을 떠올려도 아프지 않을 때가 올 텐데, 그건 그 사람을 잊은 게 아니고 심장에 영원히 새겨둔 거랍니다. 그즈음 보일 거예요. 자신을 미워하지 않아도 세상을 살 수 있다는 사실을요. 그리고 떠난 상대도 이별에 대해 책임진다는 점도 기억하셨으면 해요. 그렇기에 의뢰자님이 짧게 아프길 원해서 마당에 핀 거랍니다. 아이의 표현이 비록 투박했지만, 그 말을 해드리고 싶었던 거예요."

이별을 겪으면 필연적으로 한동안 인생이 정지된 것처럼 느껴진다. 인생의 길목마다 새로운 인연과 기회가 자리 잡고 있다는 사실을 알면서도 이미 떠난 사람에 대한 끈을 놓지 못해 기회를 잃어버리기도 한다. 그러나 기회를 얻지 않는 것 또한 선택이다. 아이러니하게도 선택하지 않은 방향을 따라가다보면 또 다른 기회가 온다. 인생은 다양한 선택과 방향이 쌓인 궤적이기 때문이다.

마리는 언젠가 길에서 우연히 여자를 마주치게 된다면, 그녀가 이별에 대한 두려움을 극복했다고 말해주길 바랐다. 그러니 지금은 울도록 내버려두기로 했다. 다시 일어서려고 할 때 지금 흘린 이 눈물이 새로운 희망의 밑바탕이 될 것을 알고 있으므로.

여자를 보낸 뒤에 마리는 시호에게 부탁해 증류실에서 부모님의 사혼수를 마주했다. 파란색 사혼화에 부모님의 영혼이 깃든 사실까지는 확인했으나 시간이 너무 흘러 제대로 영혼을 만날 수 있을지가 걱정이었다. 그래도 마리는 때가 되면 사혼수를 받아들일 것이다. 부모님과 헤어질 날을 용기 내어 맞이할 수 있을 때.

마리가 증류실을 나오자 밖에서 기다리고 있던 시호가 산책하자며 걸음을 떼었다. 시호가 콧노래를 흥얼거리다 마리를 길 안쪽으로 걷게 하고 자신은 길 바깥쪽에 섰다. 시호에게도 사혼화의 이야기를 듣는다는 걸 비밀로 하자니 어쩐지 배신하는 것 같아 슬쩍 자신의 능력에 대해 털어놨다. 시호는 평소와 달리 호들갑을 떨지 않고 진지하게 비밀을 지켜주겠다고 대답했다. 안심하며 마리는 오늘 일어난 많은 일들에 대해 이어서 조잘조잘 이야기했다. 부모님의 사혼화가 맞다는 것을 확인하고 느낀 안도감과 의식에서 미처 향이 타는 속도를 확인하지 못해 느꼈던 당혹감까지 이야기하다가 사념으로 주제가 넘어갔다.

"사념이 연인의 목숨을 앗아간 건 복수하겠다는 마음 때문이잖아. 사람 목숨을 빼앗은 건 물론 잘못된 일이지만 그것과 별개로 원인이 된 상황을 돌이켜보면 안타까운 면도 있어. 학폭을 당해 자살로 내몰렸고 마지막으로 부모님과 만나려던 기회도 허무하게 사라졌잖아. 자신을 알아봐주길 기다린 마음 안에 원망도 있고, 괴로움도 있어서 독풀로 피어난 걸까?"

"그럴 수도 있지. 사념이 들러붙은 꽃은 독풀인 경우가 많으니까. 반대로 평범한 꽃을 독풀로 만들기도 하고. 독풀을 섭취하면 심한 경우 사망에 이르기도 하지만 대개는 알레르기 반응이나 장애를 얻는 것으로 끝나. 근데 사념이 들러붙으면 독성이 더 강해지니까 최악의 결말을 맞는 거지. 이번에 네가 기절한 이유는 아마도 이전에 사혼화를 만졌을 때와는 달리 사념의 악한 기운이 꽃에 서려 있었기 때문일 거야."

"사념이 된 아이의 부모는 지금도 사혼화를 안 믿을까?"

시호가 생각에 잠겼다.

"글쎄. 사람은 변하기 마련이니까 기다리다보면 믿는 날이 올 수도 있겠지."

"사람은 안 변해. 기본적인 성향이라든가 성격은 세월이 지나도 그다지 변하지 않잖아."

"변하지 않는 사람은 바꾸려는 노력을 안 해서 그런 거지."

"너는 노력하면 사람이 바뀔 수 있다고 생각해?"

"한계를 지어놓지 않으면 변할 가능성은 있다고 봐. 나는 지금 변하려고 노력하는데 주위에서 믿어주지 않으면 가능성이 줄어들게 되잖아. 더불어 자신이 변할 수 있다는 믿음까지 줄어들고. 그러니까 믿어주는 게 좋아.

난 믿고 싶기도 하고. 변할 수 있다는 걸."

"그래서 그 아이 부모가 언젠가는 사혼화를 믿을 거라고 생각한다?"

"빛나는 꽃이 보인다고 말했다는 건 사혼화를 봤다는 거고, 계속 빛을 보다보면 밀져야 본전이다, 하고 증류도 했을 테니까. 그래서 안타깝지. 화단이 계속 유지됐다면 그 아이도 결국은 부모님을 만났을 텐데. 뭐, 사념이 되었으니 다시 꽃에 들러붙겠지만."

마리가 놀라서 자리에 멈춰 섰다.

"또 들러붙는다고? 그 아이 사념은 사라진 거 아니야?"

"영혼이 깃든 사혼화를 증류해서 사혼수가 되면 이후에 원하던 상대와 대화를 나누든, 나누지 못하든 사혼수가 증발하면서 영혼이 승천하게 되어 있어. 어쨌든 영혼을 찾아내준 순간에 상대를 만난 거니 소명을 다한 거지. 하지만 사념은 그 소망을 이루지 못한 채 소멸한 거라 원망을 가득 싣고 다른 꽃에 들러붙잖아. 그래서 애꽃은 사람의 목숨만 앗아갔을 뿐, 소망을 이뤘다고 볼수는 없는 거야. 소망을 이룰 때까지 다시 꽃에 들러붙길 반복하지.”

“들러붙은 꽃은 이미 말라버렸는데 어떻게?”

“꽃은 열매를 맺잖아. 꽃의 열매가 퍼지면서 옮겨가는 거야.”

“그렇다면 사혼화에 깃든 영혼도 열매가 퍼질 때 옮겨갈 수 있는 거 아니야?”

“사혼화는 영혼의 씨앗이 땅에 뿌리를 내리면서 생기는 거고, 사념은 꽃에 들러붙는 거잖아. 차이가 있지.”

“뭔가 억울해. 사혼화가 더 연약한 기반에 있잖아.”

시호가 설핏 웃고는 “그렇지.” 하며 콧노래를 다시 흥얼거렸다.

변한다는 가능성을 믿어준다면 사념도 변할 수 있을까.

마리는 시호의 말을 곰곰이 생각하며 걷다가 발을 헛디뎌서 넘어질 뻔했다. 그런 마리를 시호는 잡아주지 않았다. 지금은 넘어지고 혼자 일어나봐야 할 때라는 듯이. 시호의 흥얼거림에 수풀 속에 숨은 벌레가 따라 울었다. 듣기 좋은 앙상블이 거리로 퍼져가는 휴식 같은 밤이었다.

七.

내 손을 잡아줘

늦가을로 접어든 거리 곳곳에 낙엽이 쌓여갔다. 마리는 오토바이를 몰며 최근 반복적으로 꾸는 꿈에 대해 생각하고 있었다. 꽃 뿌리의 부스러기를 만지고 기절한 이후 꿈에서 사념으로 변한 아이의 모습을 계속 보고 있었다. 아파트 단지로 들어가 어떤 집 앞에 서서 초인종을 누를지 말지 망설이는 모습이다. 사념의 과거 기억이라면 누구의 집이고 왜 머뭇거리는 건지 마리는 알고 싶었다.

코너를 돈 뒤 내리막길을 달려가는데 저만치 아래 인도를 따라 걷는 양하의 뒷모습이 보였다. 마리는 길 가장자리로 붙어 서며 오토바이 속도를 서서히 줄였다.

"양하야!"

마리가 부르는 소리에 양하가 고개를 돌렸다. 평소처럼 반가워할 줄 알았는데 도리어 마리를 보자마자 양하가 냅다 뛰기 시작했다. 꺾어 신은 운동화를 끌면서 뛰는 폼이 불안해 보였는데 결국 얼마 가지도 못하고 운동화 한쪽이 벗겨지며 넘어졌다.

운동화를 꺾어 신지 말라고 몇 번 지적했더니 도망간 건가.

마리가 오토바이를 세워두고 양하가 있는 데까지 달려갔다. 길바닥에 주저앉은 양하는 무릎을 감싸 안은 채 입술을 깨물며 마리를 올려다보았다. 양하는 불안하면 입술을 깨무는 버릇이 있기에 넘어진 것과는 별개로 뭔가 곤란한 사정이 생겼다는 걸 추측할 수 있었다.

"누나! 나 아파요."

마리는 양하 앞에 쪼그리고 앉아서 피가 배어 나오고 있는 까진 무릎과 팔꿈치를 살펴보았다. 상처가 심하진 않았다. 양하를 벤치에 앉힌 후 약국에서 사 온 약을 바르고 반창고를 붙여주었다. 그러는 동안 양하는 가방을 열었다가 닫았다가 하며 계속 입술을 깨물었다.

"학교에서 무슨 일 있었어?"

"……오늘 방과 후 교실에서 아빠 얼굴 그리기 수업 했어요. 난 못 그렸어요."

양하는 두 살이었을 때 보육원 앞에 버려졌다고 한다. 그러니 부모님 얼굴을 모른다. 다른 아이들이 아빠 얼굴을 떠올리며 크레파스를 들었을 때 양하는 하얀 스케치북을 마냥 들여다보고 있을 수밖에 없었다. 뒤늦게 선생님이 원장님 얼굴을 그려보라고 했지만 양하는 미술 교실이 끝날 때까지 크레파스를 들지 않았다고 했다.

"미술 교실이 끝나고 애들이 신나게 '오늘 그린 그림을 아빠한테 보여줘야지' 하면서 가방에 그림을 집어넣는 걸 보는데 갑자기 나만 작아진 것 같았어요."

마리 역시 부모님이 돌아가신 후 가족과 연관된 행사나 이벤트가 있을 때마다 혼자 동떨어져 외로움을 맛봤으므로 양하의 마음이 어떨지 이해할 수 있었다. 앞으로 수많은 삶의 계단을 오를 때마다 양하는 점점 더 쓰라린 감정을 느낄 거라는 데 생각이 미치자 잠시 숨을 고르는 방법을 알려주고 싶었다. 바로 좋아하는 일로 안

좋은 생각을 덮어버리기. 마리는 하프 헬멧을 쓰고 오토
바이에 시동을 걸었다.

"귀화서 업무 수행하러 같이 갈래?"

양하가 함박웃음 지으며 고개를 여러 번 끄덕였다. 마
리는 안 그래도 귀여운 양하가 웃으니까 참으로 귀엽다
고 생각했다. 자신이 쓰고 있던 하프 헬멧을 양하에게
씌워주고 안장을 열어 다른 헬멧을 꺼내 썼다.

마리는 꿈에서 보았던 장면을 더듬으며 아파트 단지
를 둘러보았다. 가는 길에 빵과 우유를 사서 함께 나눠
먹으며 양하에게도 상황을 에둘러 설명해줬다. 양하는
의외로 꿈에 관심을 보이며 적극적으로 의견을 냈다. 양
하의 의견대로 아파트 단지를 걸으면서 출입구 형태나
조경을 살펴보았다. 양하가 숨이 차면 중간중간 쉬었다
가 걷길 반복하며 천천히 단지를 돌았다.

마침내 꿈에서 본 입구를 찾을 수 있었다. 마리는 호
수를 정확하게 기억하고 있었지만 그것만으로 그 집에
누가 사는지까지는 알 수 없었다.

"일단 가서 초인종 누르고 물어봐요."

양하가 거침없이 엘리베이터로 향하는 바람에 마리

도 얼떨결에 함께 타고 올라갔다. 해당 호수를 찾아 문 앞에 섰으나 마리는 초인종 누르는 걸 망설이고 있었다. 만약 사념과 관계가 있다면 이후에는 어떻게 해야 하는가 하는 고민 때문이다. 말릴 새도 없이 양하가 대신 초인종을 눌렀다. 안에서는 인기척이 없었다. 때마침 옆집에서 나온 이웃에게 이 집에 사는 분들이 언제 들어오는지를 물었더니 맞벌이라 늦을 거라는 답변이 돌아왔다. 돌아서 가려는 이웃을 마리가 다급하게 불러세웠다.

"저기, 하나만 더 여쭤볼게요. 혹시 이 집에 학생이 있나요? 남학생이요."

"그 집 아들은 5년 전에 죽었어요. 그때 이 아파트 단지가 얼마나 난리가 났는지 몰라요. 하필 여기서 뛰어내려선. 어휴, 그때 생각하면 아직도 꿈자리가 뒤숭숭하다니까요."

이웃이 인상을 쓰며 어깨를 부르르 떨었다. 자살한 아이. 마리는 사념의 집을 찾은 것이다.

그 일이 5년이나 되었구나. 그사이 사념은 계속 원망에 찬 상태였을 거고.

생각도 정리할 겸 귀화서로 데려다주겠다고 하자 양

하가 안 가겠다고 버텼다. 양하가 끝까지 같이 있겠다고 고집을 부려 결국 놀이터에서 그 집에 사는 사람들을 기다리기로 했다.

노을이 내려앉자 바람이 싸늘하게 불어왔다. 양하의 건강이 걱정된 마리는 놀이터에서 아파트 층계참으로 이동해 시간을 보냈다. 사념의 원한을 풀기 위해서는 들러붙은 꽃을 찾아 증류한 뒤에 의식을 치러야 할지도 모른다. 하지만 그러려면 사혼수를 받아들여야 할 텐데, 그러다 부모도 사망할 수 있다는 게 문제였다. 물론 그보다 우선, 자식이 사념이 되었다는 걸 믿어줄지가 관건이었다.

사혼화도 믿지 않는다고 했는데, 사념을 믿어줄까.

마리는 사념을 믿게 할 방법을 골똘히 고민해보았지만 아무리 머리를 굴려보아도 이렇다 할 결론은 나오지 않았다. 그때, 양하가 크게 기침을 해서 돌아보니 그새 얼굴이 새파랗게 질려 있었다. 이마에 손을 대보니 열이 난다. 그만 돌아가자는 마리의 손을 양하가 붙잡았다.

"가지 마요. 어차피 돌아가면 고본 아저씨가 걱정할 거예요."

"열나는 걸 아는데 나는 걱정 안 할까?"

"누나는 나랑 같으니까요."

마리도 부모님을 여읜 뒤 여기저기서 눈치를 보며 살았다. 상대는 편하게 지내라고 하는데도 혼자 전전긍긍하며 괜히 상대의 기분이나 태도를 살핀 것이다. 겉으로 잘 지내는 듯 보였으나 양하도 같은 마음이었나 보구나, 하고 마리는 생각하며 다시 계단참에 자리를 잡았다.

"누나, 나 비밀 하나 말해도 돼요? 대신 아무한테도 말하면 안 돼요."

"뭔데?"

양하가 약속하자는 의미로 새끼손가락을 내밀었다. 마리가 손가락을 걸자 양하가 아이답지 않게 한숨을 쉬었다.

"사실, 나 죽을까 봐 무서워요."

마리는 양하가 아이에서 어른으로 성장하는 순간을 목도하고 있다고 생각했다. 죽는다는 게 무엇인지 아는 것. 양하는 이제 어른이 되려고 날개를 켜고 있었다. 그러나 그 날개는 아직 무겁고 버거워 보였다. 날개를 지탱해주려고 마리가 새끼손가락을 내밀었다.

"만약에, 만약에라도 네가 위급한 상황이 되면 내가 무슨 짓을 해서라도 지켜줄게. 약속해."

"진짜요?"

"진짜지. 반드시 지켜낼 거야. 그러니까 누나만 믿어."

양하가 새끼손가락을 걸고 배시시 웃었다. 마리가 새끼손가락에 힘을 주며 기필코 그러리라, 다시 한번 다짐했다.

이웃의 말대로 사념의 부모가 돌아온 건 늦은 저녁 무렵이었다. 조금 전까지 기진맥진하던 양하가 언제 지쳐 있었냐는 듯 일어나 집 앞으로 뛰어갔다. 날카로운 눈매를 가진 남자가 복도를 달려 오는 마리와 양하를 경계하며 눈을 더욱 가늘게 떴다.

"안녕하세요. 저희는 귀화서에서 나왔습니다. 저는 서기보인 고마리고요. 불쑥 이런 말씀을 드려서 당황스러우실 텐데 저희가 아드님의 사념을 만난 것 같아서요. 아드님의 영혼이 옮겨 간 꽃을 발견했는……."

남자가 미간에 주름을 잡은 채 마리의 말을 중간에서 끊었다.

"잠깐만요. 우리 아들의 사념이라고요? 보아하니 옆에 아이는 초등학생처럼 보이는데. 요즘 귀화서에서는 학생한테 영업도 뛰게 하나 보죠? 귀화서가 망해간다는 이야기는 들었어요. 그렇다고 해도 죽은 우리 애를 들먹이며 염치없이 사기까지 칠 줄은 몰랐네요."

"아니, 저희는 다른 뜻이 있어서 온 게 아니고 아드님의 영혼이……."

"영혼이니, 사혼화니, 사념이니 헛소리 마시고 돌아가세요."

"하지만……."

이번에는 죽은 학생의 어머니로 보이는 여자가 신경질적으로 말했다.

"믿지도 않는 사혼화에 대해 들어줄 시간 없으니까 비켜주세요. 이제 집으로 들어가서 쉬고 싶네요."

부부가 현관문을 열고 들어가려고 하자 조급해진 마리가 문을 붙잡았다. 사기꾼 취급에 기분이 나빠져 마리의 말투가 저절로 통명스럽게 흘러나왔다.

"사혼화든, 사념이든 믿어달라고 부탁하러 온 게 아니에요. 아드님의 영혼은 사혼화에 깃들어 이 아파트 화단에 피었었어요. 기억하시죠? 화단이 사라지면서 사혼화가 같이 뽑혀나간 것도요. 그래서 아드님은 사념이 되어 다른 꽃으로 옮겨 간 거예요. 그대로 두면 사람들에게 어떤 해를 입힐 수도 있어요. 아드님이 사념이 된 마음을 두 분께서 이해해주셔야만 사념에서 벗어날 수 있기에 온 거예요."

빠르게 말을 쏟아낸 마리를 부부가 뜨악한 표정으로 보고 있었다.

"지금 우리 아이가 사념이 돼서 다른 사람한테 해코지한다고 한 거예요?"

"맞아요. 벌써 사람이 죽었다고요."

마리가 말을 받을 새도 없이 양하가 끼어들었다. 양하의 기분을 북돋는다고 사념이 한 일을 에둘러 알려줬는데 어느새 양하가 이전 연인의 위문에 참석했던 일과 연관시켜 죽음까지 유추한 모양이다. 그렇다 해도 아들의 영혼이 사람을 해쳤다는 말까지 할 생각은 없었던 터라 마리는 적잖이 당황했다. 여자가 이마를 짚고 비틀거렸다. 남자가 충격받은 아내를 부축하며 현관문을 닫으려고 했다. 이대로 부부에게 상처를 주고 끝내면 돌이킬 수 없을 것 같아서 마리가 온몸으로 문을 막아섰다. 남자가 비키라면서 문을 세차게 닫았다.

"저기, 방금 들으신 말에 대해 설명해드릴게요. 제 말 좀 들어주세요."

마리가 문을 두드리며 사정했지만 끝내 문은 열리지 않았고 잠시 뒤에 경찰이 출동했다.

두 사람을 데리러 문재가 경찰서에 왔다. 그 사이 비가 내리기 시작해 마리도 오토바이를 두고 픽업트럭으로 다 같이 이동했다. 보육원 정문 앞에서 원장이 우산을 쓰고 기다리고 있었다. 원장이 자꾸 뒤를 돌아보는 양하를 채근해 보육원 안으로 데려갔다. 잠깐 눈이 마주쳤을 때, 마리는 걱정하지 말라는 의미로 살며시 웃어주었지만 양하는 시무룩한 채 고개를 숙였다.

문재는 귀화서 주차장에 도착할 때까지 말이 없었다. 무거운 침묵이 견디기 힘들어서 마리가 먼저 입을 열었다.

"제가 과격했죠?"

"사혼화가 화단에 피었다가 사념이 됐다는 말은 왜

한 거예요? 들으면 부모가 죄책감이 들 걸 알았을 텐데요."

"순간적으로 상황을 납득시키려다 보니까…….."

"감정을 다루지 못하면 귀화서에서 일하기 힘들어요. 그게 슬픔이든, 분노든, 혐오든, 어떤 감정이든 내려놓고 유족을 먼저 생각해야 해요."

"죄송합니다."

마리는 문재를 실망시킨 것 같아서 속상했다. 문재가 사수로서 자신을 얼마나 진지하게 가르치고 도왔는지 알기에 고개를 들 수가 없었다.

"국장님께서 시말서를 받아오라고 하셨는데 경찰서 다녀온 뒤에 다시 말씀 나누자고 보류해뒀어요. 지금 바로 국장실로 가야 할 거예요. 이참에 서기보님이 사혼화와 사념의 이야기를 듣는다는 말씀을 드리는 게 좋을 것 같아요. 어차피 '어떻게 사념의 부모인 줄 알고 찾아갔냐'로 질문이 거슬러 올라가면 밝혀질 일이기도 하니까요."

"국장님께서 이해해주실까요?"

"특수한 능력에 대해서는 이해하실 거예요. 그렇지만

그 능력을 토대로 오늘 한 행동은 서기보님이 책임을 져야 하는 일이에요. 그 능력을 끌어들여 면죄부를 받아서는 안 돼요. 물론 저도 같이 책임을 질 거예요. 저는 서기보님의 사수니까요."

문재는 국장실에 들르기 전 연구실로 먼저 들어가더니, 책상 위에서 사념이 들러붙었던 꽃의 뿌리를 찾아서 가지고 나왔다. 두 사람은 국장실 문을 노크하고 안으로 들어갔다. 백선은 내일 귀화서 예산 규모를 확정하기 위한 정부 회의에 참석해야 해서 고본이 올린 예산 계획서를 검토하고 있었다. 백선은 서류를 책상에 올려두고 두 사람이 회의 테이블에 앉는 모습을 지켜봤다.

"기다리는 동안 여러 가지 의문이 들었어요. 순서대로 듣는 게 순리겠지만 가장 이해하기 힘든 것부터 물을게요. 대체 무슨 생각이었죠? 사념의 유족을 찾아가다니요."

마리는 그간 일어난 일을 더듬더듬 설명했다. 중간중간 문재가 보충 설명하며 긍정적인 방향으로 대화를 유도했다. 자연스럽게 사혼화를 만지면 사혼화에 깃든 사연을 볼 수 있는 마리의 능력에 대해서도 설명하게 되었다. 백선이 연구실에서 가지고 온 꽃 뿌리를 유심히 살펴보고는 회의 테이블에 내려놓았다. 마리는 눈을 감고 생각에 잠긴 백선을 초조하게 기다렸다. 옆에 앉은 문재가 긴장한 것이 느껴져 목 근육까지 뻣뻣해졌다. 마침내 백선이 결론을 내렸다.

"제가 고마리 서기보님을 채용한 이유는 이전에도 말했다시피 사념에 대해 귀화서와는 다른 생각을 가졌기 때문이에요. 고마리 서기보님은 사념을 가여운 존재로 여겼죠. 그 측은지심이 사념을 퇴치해야 하는 우리에게 없으니 부족한 부분을 채워주리라 내심 기대했어요. 그런데 예의도 없이 사념의 부모를 찾아간 행동이, 사념을 가엽게 여기는 마음과 맥락을 같이 한다고 할 수 있나요? 아들의 죽음으로 가장 가슴 아파했을 유족을 비난한 게 사념을 대변해서 한 행동이었다고 할 수 있는 건가요? 산 사람을 죽음으로 몰아간 사념을 옹호하려면 적어도 명분이 있어야 하고, 그건 산 사람을 지키는 것에서부터 시작해요. 그게 마음이든, 목숨이든 간에요. 이번에 고마리 서기보님의 가벼운 행동과 말에 귀화서 책임자로서 무척 실망했습니다."

"죄송합니다. 제가 내일 다시 그분들을 찾아뵙고 사죄드리겠습니다."

"그건 마땅히 해야 할 일이고요. 앞으로 고마리 서기보님의 그 능력을 조금 더 지켜보도록 하지요. 사무관님 말처럼 귀화서에 필요한 능력이 될지, 아니면 짐이 될지를요."

"국장님, 옛 문서에서도 사혼화의 이야기를 듣는 것은 굉장히 희귀한 능력이라고 기록되어 있습니다. 꽃 그림자는 왜 드리워지는 건지부터 사혼화에 관하여 우리가 몰랐던 많은 정보를 고마리 서기보가 줄 수 있을 겁니다."

문재의 말에도 백선은 좀처럼 표정을 풀지 않았다.

"연구를 위해서라면 그럴 테지요. 그런데 고마리 서기보님에게도 과연 좋은 건가요? 고마리 서기보는 사혼화를 찾는 업무를 맡고 있어요. 사념은 들러붙으려는 사람 외에는 알아볼 수 없고요. 사무관님은 어디에 피어 있을지 모르는 사념의 꽃을 고마리 서기보가 건드리지 않고도 다른 사혼화들을 찾을 수 있다고 보는 겁니까? 사념이 들러붙은 꽃 뿌리의 부스러기를 만지고 고마리 서

210

기보가 기절했다고 하지 않았나요? 혼자 사혼화를 찾다가 우연히 사념과 마주친다면 고마리 서기보는 또다시 정신을 잃을 겁니다. 그 위험한 상황을 맞닥뜨릴 때마다 도와줄 사람이 옆에 있을까요? 사혼화를 찾는 사람에게 그건 극복 못 할 리스크입니다. 나문재 사무관님이라면 그 정도는 이미 예측했을 거라고 보는데, 아닌가요?"

"그건……. 위험성이 있기는 하지만 자운영 주무관이 돌아오면 액막이나 사념 퇴치에 대한 업무도 알려줄 테니 보완될 거라고 봤습니다. 두 명이 한 조가 되어 움직일 수도 있고요."

"자운영 주무관이 사념 퇴치에 뛰어난 것과 2인 1조 시스템은 별개의 사항입니다. 귀화서는 일당백의 인재가 필요하지, 다른 사람의 발목을 잡는 사람은 필요하지 않습니다. 물론 고마리 서기보님을 바로 내보내겠다는 말은 아닙니다. 그 능력은 아까 말한 대로 판단의 유예 기간을 두고 조금 더 지켜보도록 하겠습니다."

문재가 반박하려다가 어깨를 내려뜨리고 있는 마리를 흘깃 보고는 그만두었다. 국장실에서 나온 마리는 귀화서 입사 소식을 들었을 때 반지하 방에서 팔짝팔짝

뛰며 좋아했던 기억을 떠올렸다. 뒤이어 이제껏 사념의 꽃을 마주할 경우를 예상조차 못 한 자신이 한심하다고 생각했다. 유예 기간, 기절, 위험성, 연구 등 여러 단어가 뒤범벅되어 머릿속이 붕붕 울리는 듯했다. 마리는 머리가 아파 미간을 손가락으로 눌렀다.

"괜찮아요?"

염려스러운 표정의 문재를 보자 정신이 번쩍 들었다. 잘못을 저질러놓고 걱정까지 끼쳐서는 안 될 일이었다.

"저 때문에 괜히 사무관님까지 한 소리 들으셨네요. 죄송합니다."

"내일은 저도 같이 가서 사과드릴게요. 오늘은 일단 푹 쉬어요."

"아니에요. 그런 폐까지 끼칠 순 없죠. 저 혼자 갈게요."

"자꾸 잊어버리는 모양인데, 저는 고마리 서기보님의 사수예요. 같이 가는 게 당연한 거예요."

문재가 등을 두드려주고는 숙소로 들어갔다. 그날 마리는 이불에 누워 '계약직 중간 퇴사', '계약 종료', '계약 파기 조건' 등을 인터넷으로 검색하며 계속 한숨을 쉬었다. 1년은 다녀야 퇴직금이 나올 텐데, 라는 생각에 이르자 가슴이 답답해져 결국 자리에서 일어나 앉았다.

여기서 밀려날 수는 없어. 악바리 근성으로 문제를 해결할 방법을 반드시 찾아낼 거야.

그러나 상황은 마리의 생각처럼 풀리지 않았다. 다음 날 사과하기 위해 찾아간 사념의 부모는 대면할 기회조차 주지 않고 돌아가라는 말만 했다. 지난밤 마리가 문밖에서 한 말을 이웃들이 듣고 소문이 퍼진 게 악영향을 미쳤다.

마리는 제발 문을 한 번만 열어달라고 사정하다가 이내 힘 빠진 목소리로 "그 애가 부모님을 보고 싶어 해요……." 하고 중얼거리듯 내뱉었다. 그러고는 굳게 닫힌 문 앞에서 돌아서지도 못하고 멍하니 있는데, 잠시 후 문 뒤에서 울음소리가 들렸다. 처음에는 흐느껴 우는가 싶더니, 이내 꺽꺽 소리를 내며 오열했다. 어제도, 사념의 기억 속에서도 사혼화를 믿지 않는다고 말하던 두 사람의 모습은 꽝꽝 얼어붙은 얼음덩어리 같았다. 그런 그들이 5년이 훌쩍 지난 지금, 이렇게 슬피 운다는 건 상상하지 못한 일이었다. 마리는 아들의 사혼화를 애써 모르는 척했던 걸 후회하는 눈물이 아닐까 생각했다.

그날 저녁 끝내 문은 열리지 않았다. 마리는 더 이상 부모의 죄책감을 들쑤시지 말자고 생각했다. 진이 다 빠진 마리가 문재와 함께 터덜터덜 귀화서로 돌아오는데, 설상가상으로 양하가 아프다는 연락을 받았다. 오랫동안 찬바람을 맞은 탓인지 고열이 난다고 했다. 마리는 보육원에 들러서 해열제를 맞고 잠든 양하를 보다가 힘없이 귀화서로 돌아갔다.

다음 날에도 마리는 부부의 퇴근 시간에 맞춰 자신과 함께 찾아가기 위해 준비하는 문재를 보았다. 이 일정밖에 없는 마리와 달리 문재는 퇴근 후에도 연구실에서 사혼화를 연구하는 것을 알기에 마리는 더욱 미안한 마음이 들었다.

"오늘은 저 혼자 가볼게요, 사무관님. 제가 책임지게 해주세요."

"그럼…… 그렇게 해요. 대신 마음 단단히 먹고 가요."

마리는 문재가 순순히 물러나준 덕분에 조금은 마음 편히 귀화서를 나설 수 있었다. 그러나 아파트 단지로 들어서자 다리가 무겁게 느껴져 저절로 걸음이 느려졌다. 그때 20대 초반으로 보이는 남자들이 조경수를 둘러싸고 있는 게 보였다.

"야! 이게 진짜 빛난다고?"

"몇 번을 얘기해. 그렇다니까."

"진짜 사혼화 아니야? 근데 이 자식을 보고 싶어 하는 영혼이 있다고? 너 주변에 죽은 가족 있냐?"

"없어. 이 새끼야."

"근데 이게 어떻게 사혼화냐?"

"조상님이 로또 번호라도 알려주려고 만나러 왔나 보지."

"야, 로또 같은 소리는 집어치우고, 환각 카페인 만들어야지. 사혼화 찾는다고 여름 내내 번지 정원 뒤지느라고 고생했는데."

마리는 자꾸만 귓속으로 파고드는 익숙한 단어들 때문에 걸음을 멈췄다. 고개를 돌려 무리 쪽을 바라보자 때마침 고개를 든 남자들과 하나둘 눈이 마주쳤다. 역시나 예상대로 번지 정원에서 문재와 대치했던 이들이 틀림없었다. 무리도 마리가 입고 있는 작업복을 알아보고 씨익 웃었다.

"쟤 맨날 번지 정원에 있던 개 아니야?"

"맞는 것 같은데."

마리는 비웃는 말들에 아랑곳할 성미가 아니었다. 성큼성큼 걸어가 무리 사이를 밀치고 조경수 근처를 둘러보았다. 나팔 모양 화관이 분홍색인 꽃 한 송이가 덩그러니 피어 있었다. 그러나 아무리 쳐다보아도 빛은 없었다. 갑자기 바람이 윙윙 불어왔다. 마리는 말없이 핸드폰으로 분홍색 꽃 사진을 찍어 짧은 메시지와 함께 문재에게 전송했다. 그러고는 자신을 뚫어져라 쳐다보고 있는 무리에게 물었다.

"이 꽃이 빛나는 거 확실해요?"

"빛나면 어쩔 거고, 아니면 또 어쩔 건데?"

"안 빛나니까 물어본 거예요. 확실히 빛이 보이는 거 맞아요?"

"이번에는 사혼화 아니라고 우겨서 보호하려고? 아주 직업 정신에 눈물 나네, 눈물 나."

그사이 마리의 핸드폰으로 문재의 답장이 왔다. 문재 역시 빛이 보이지 않는다는 답변이었다. 마리가 핸드폰을 들어 무리에게 보여주었다.

"봤죠? 이 꽃에서는 빛 안 나요. 고로 사혼화가 아니라는 거예요."

무리가 고개를 빼며 메시지를 읽고 떨떠름한 표정을 지었다. 빛이 보인다고 주장한 남자가 코웃음을 쳤다.

"잘됐네. 댁은 그럼 가던 길 가면 되고, 우리는 하던 일 마저 하면 되겠네. 사혼화도 아닌데 참견할 필요 없잖아."

"사혼화가 아니라 사념이 들러붙은 꽃일 수 있어요. 일단 귀화서에서 조사할 테니 다들 환각 카페인은 잊어버려요."

마리가 전화를 걸려고 하자 "뭔 개소리야." 하며 남자가 핸드폰을 빼앗았다.

"야! 붙잡아. 멍때리지 말고 너는 빨리 사혼화 챙겨."

남자가 초조해하며 친구들에게 지시했다. 다들 우물쭈물하다가 "빨리!" 하고 다그치는 소리에 두 사람은 마리를 붙잡고 한 사람은 거칠게 흙을 파내 꽃을 뽑았다.

"건드리면 안 돼. 너희들 죽을 수도 있다고."

남자가 건들거리며 마리에게 다가왔다.

"죽어? 죽여주는 거 아니고? 환각 카페인 한번 맛보 겠다고 그 고생을 했는데 당신 말을 믿을 것 같아?"

"저 꽃은 진짜 사혼화 아니에요. 사념이 들러붙어 홀 리고 있는 거라고요. 얼마 전에도 그 사념 때문에 유명 을 달리한 분이 계시단 말이에요."

"연기력 죽인다. 깜박 속을 뻔했네. 그렇게 걱정되면 와서 봐. 우리가 죽나, 죽여주는 경험을 하나. 내키면 환 각 카페인 좀 나눠줄 수도 있고."

"어디로 갈 건데?"

남자가 친구의 물음에 히죽 웃으며 대답했다.

"당연히 번지 정원으로 가야지."

마리를 억지로 붙잡은 무리가 번지 정원에 도착했을 때 황혼의 시간을 막 지나고 있었다. 그들은 유튜브 라 이브를 켜놓고 난리법석을 떨었다. 남자가 사혼화를 찾 았다면서 흙을 털고 생수로 불순물을 씻어냈다. 가스버 너에 냄비를 올린 뒤 생수를 붓고, 꽃은 거름망에 담아 물에 넣었다. 이 모든 것을 영상으로 찍는 내내 누군가 마리가 소리 지르지 못하도록 입을 막고 있었다. 물이 끓자 칵테일 쉐이커에 꽃물과 에너지드링크를 1:1 비율로 넣어 섞은 뒤 칵테일 잔에 따랐다.

"다른 색 에너지드링크를 넣었는데도 핑크색으로 빛나네. 신기하다."

"야, 얼른 마셔 봐."

마리가 몸부림쳐서 입을 막은 손길을 뿌리쳤다.

"마시지 마. 마시면 안 돼. 사념에 홀려 죽을 수 있다고."

남자가 인상을 찌푸렸다.

"야! 저 목소리 들어갔지? 아니다. 오히려 스릴 있고 좋네. 지금 지나가는 행인1이 환각 카페인을 마시지 말라고 했는데, 사념? 그래, 그 사념에 홀릴지 아닐지 내기 한번 걸죠. 채팅창 불나네. 아씨, 주작 아니라고."

남자가 벌컥 성을 내고는 환각 카페인 잔을 들어 올렸다. 그러고는 라이브에 접속한 사람들에게 윙크를 날렸다.

"형님들! 내기 잊지 마요. 멋진 환영을 위해, 건배!"

남자가 환각 카페인을 단숨에 마셨다. 남자의 윤곽이 흐려지고 피부가 어두워지더니 곧바로 눈이 풀렸다.

"이거 진짜 좋은데. 나른하고 편한 기분이 들어. 뭐야,

저건. 하하. 와! 저거 진짜야? 졸라 웃기네. 저거 진짜냐고. 야, 너네도 마셔 봐."

남자가 환각 카페인이 든 칵테일 쉐이커를 친구에게 전달했다.

"그렇게 좋아?"

"끝내줘. 마셔."

남자의 권유에 친구들이 돌아가며 환각 카페인을 들이켰다. 모두 다 마시고 나자 남자와 같은 증상이 친구들에게도 나타났다. 윤곽이 흐려진 뒤 눈이 풀린 것이다. 그러고는 해해거리더니 "어? 저거 뭐야? 누구야?" 하고 겁에 질렸다. 친구들이 각자 다른 방향을 보며 기겁하다가 갑자기 비명을 질렀다.

"누, 눈이 안 보여."

"앞이 깜깜해. 누가 좀 도와줘."

저마다 눈이 안 보인다고 아우성을 치고 있었다. 마리를 붙잡고 있던 친구마저 환각 카페인을 마시고 허우적거렸다. 자유로워진 마리가 그들을 도와주려는데 남자가 실실 웃으며 마리 앞을 가로막았다.

"자, 너도 마셔 봐."

남자의 눈동자는 어느새 까맣게 변해 있었다. 피하려는 마리를 단숨에 제압한 남자가 칵테일 쉐이커를 입에 들이밀려고 했다. 마리가 입을 벌리지 않자 남자가 억지로 환각 카페인을 입술에 부었다. 마리의 입술을 타고 환각 카페인 몇 방울이 입안으로 들어갔다. 그 순간 마리의 몸에 꽃 그림자가 지며 사념의 기억이 흘러들었다. 학교 다닐 때 폭력을 가한 무리의 얼굴들. 사념이 죽음의 문턱에 서도록 끝까지 밀어붙인 가해자들은 지금 모두 번지 정원에 있었다.

저들이구나. 네가 5년 동안 원한을 흩뿌리며 만나고 싶어 한 사람들이.

마리가 정신을 차리자 눈앞에 선 남자에게 사념의 모습이 겹쳐 보였다. 사념은 학폭 가해자들에게 복수하고자 여기까지 왔다. 사념이 씨익 웃고는 남자를 조종하여 번지점프대로 휘적휘적 걸어가게 했다. 마리가 달려가 앞을 막아섰다.

"번지점프대는 폐쇄됐어."

"아아. 문 닫았구나."

사념이 뜻밖에도 순순히 수긍했다. 그러고는 고개를

천천히 젖히더니 34미터 높이의 번지점프대를 올려다
보았다.

"높네."

사념이 환하게 웃었다.

"근데 내려올 때는 떨어질 거라 금방 도착할 수 있
겠어."

마리가 비켜주지 않자 사념이 검은 눈동자에 힘을 줬
다. 덩달아 마리의 꽃 그림자가 옅어지며 정신이 혼미해
졌다. 그사이 사념은 번지점프대 입구까지 다다라 부서
진 출입구 자물쇠를 건드려보더니, 이내 여닫이문을 밀
며 안으로 들어갔다.

마리는 힘이 빠져 자리에 주저앉았다. 땅을 손으로 짚
자 꽃 그림자가 다시 짙어졌다. 마리는 번지점프대를 올
려다보았다. 사념은 점프대를 빙 두른 나무 계단을 올라
가고 있었다. 사념이 죽음의 페이지를 넘겨 새로운 이름
을 추가하기 위해 점프대로 올라간다는 걸 안 이상, 마
리는 가만히 있을 수가 없었다. 번지점프대 출입구를 빠
르게 지나 나무 계단을 올라갔다.

이전 의뢰인이었던 동생의 말처럼 계단이 나무로 만

들어져 있어서 밑이 빠진 곳이 많았다. 마리는 움직임을 최소한으로 줄이고 계단이 안전한지 발로 두드려본 후 한 계단씩 올라갔다. 나무 계단이 낡아 부서진 곳은 계단 골격을 이루는 가장자리 철근을 밟고 위로 갔다. 어떤 구간에서는 막 발을 뗀 계단이 부서지면서 나뭇조각들이 허공으로 우수수 떨어져 내리기도 했다. 마리도 호수로 추락할 것 같은 기분이 들었다. 플랫폼으로 올라가는 마지막 코너를 돌 때 나무 계단을 밟자마자 널빤지에 금이 가면서 발이 빠질 뻔했다.

대기실이 사라져 바람을 막아주지 못하니 거센 바람이 고스란히 몸을 훑고 지나갔다. 사념이 플랫폼 끝에 서서 휘청대고 있었다. 시간을 끌수록 상황이 나빠질 거라는 걸 마리도 알고 있다.

사념에게 말을 시키면 그대로 뛰어내릴 것 같아서 부르지 말고 우선 플랫폼에서 끌어내자고 결심을 굳히며 조심스럽게 손을 뻗었다. 마리가 손을 뻗은 것과 동시에 사념이 인기척을 느끼고는 몸을 돌려세웠다.

"살려줘."

남자의 눈동자를 뒤덮었던 검은색이 걷혀 있었다. 사

넘이 바로 뛰어내리지 않은 이유가 남자가 원래 상태로 돌아왔기 때문인 것 같았다. 남자가 몸을 바들바들 떨었다. 그러다 다시 눈동자가 검게 물들어갔다.

마리가 사념을 향해 말했다.

"네가 원하는 게 복수야? 저렇게 눈을 멀게 하고 여기서 뛰어내려서 죽게 하면 네가 얻는 건 뭔데?"

사념이 플랫폼 끝 난간을 한 손으로 잡고 위태롭게 호수를 내려다보았다. 금방이라도 손을 놓고 호수로 뛰어내릴 것처럼 아찔하게 상체를 숙였다. 그러고는 난간을 잡지 않은 손을 올리더니 장난처럼 한 손가락을 폈다.

"그만. 잠깐 얘기 좀 해. 내가 도와줄게."

"내가 죽을 때는 아무도 안 도와줬는데. 불공평하게 이 새끼는 도움을 받네."

마침내 사념이 반응했다. 남자는 입술을 떼지 않았지만 마리에게는 사념의 목소리가 들렸다. 마리는 자세를 낮추고 손을 내밀었다.

"일단 여기 와서 얘기해. 거긴 너무 위험해."

마리의 말에 사념이 손가락을 하나 더 펼쳤다. 마리가 다급하게 외쳤다.

"아, 알았어. 거기서 그냥 그대로 움직이지만 마. 나는 걔가 아니라 널 도와주려고 하는 거니까. 넌 날 모르겠지만 난 널 알아. 네가 학교 폭력을 당한 것도, 마지막 최후도, 네가 사혼화로 피어났던 것도 다 봤어. 네 기억을 통해서."

사념이 난간을 잡았던 손에 힘을 주어 상체를 일으켰다. 그러고는 꽃 그림자가 진 마리를 관찰하듯 바라봤다.

"내 기억을 들여다볼 수 있었던 건 그 꽃그림자 때문인가 보네. 기억을 다 봤으면 내가 왜 이러는지 너도 잘 알겠네. 근데 대체 뭘로 날 도울 건데? 대신 이 녀석을 죽여줄 건가?"

"아니, 나는 네가 더는 죄를 짓지 않도록 도울 거야."

"내 복수가 죄라는 거야?"

"독풀에 들러붙어 사람을 죽게 했지? 얼마 전에 병으로 죽은 동생의 모습으로 그 사람을 홀려서. 넌 그 사람이 동생을 사랑한 마음을 이용했어."

사념이 처음으로 시선을 회피했다.

"보고 싶어 한 사람을 보여줬을 뿐이야."

"그 사람은 사랑하는 사람도 있었어. 넌 계속 사혼수를 마시도록 유혹했고. 왜? 너한테 아무 잘못도 하지 않은 선량한 사람이었잖아. 죽일 필요 없었잖아. 애꿎은 사람의 미래를 앗아간 이유가 뭐야? 네 복수 때문에?"

"아니야! 난....... 난 그 사람이 죽을 줄 몰랐어. 그냥 그 사람 몸으로 이 새끼들한테 가려고 한 건데....... 하필 그 꽃이 독성이 강한 독풀이라 그랬던 거야. 내 탓이 아니야."

원한과 분노로 울부짖던 사념과 지금 변명하는 사념은 같은 아이였다. 마리는 모질게 느껴질망정 그 부분을 정확하게 짚었다.

"네가 지금 원한을 품고 있는 그 녀석한테 널 왜 괴롭혔냐고, 왜 죽게 했냐고 물으면 걔도 너랑 똑같이 말할 거야. 죽을 줄 몰랐다고. 그냥 장난친 거라고. 내 탓이 아니라고. 너랑 널 괴롭힌 놈이랑 대체 뭐가 다른 건데?"

"나는....... 나는 달라. 나는 이런 개자식과 다르다고."

"그러니까 이제 그만 하자. 너 자신을 위해서."

"......나를 위해서? 그게 왜 나를 위한 거야? 나는 죽을 만큼 힘들었는데...... 이제야 겨우 내 원한을 풀 수 있는데 왜 그만두래, 왜?"

사념의 복수하겠다는 의지가 조금 흔들리는 듯했다. 마리는 그 변화를 놓치지 않았다.

"너의 부모님을 위해서라고 하면 어때? 네가 평안하게 하늘로 올라가야 부모님도 너도, 슬픔에서 조금이나마 벗어날 수 있지 않을까?"

"거짓말하지 마. 부모님은 내가 사혼화로 핀 모습을 봤으면서도 땅을 갈아엎으라고 했어. 날 예전에 버렸어. 근데 이제와 슬퍼하는 게 말이 돼?"

"그렇지 않아. 네 기억을 들여다본 뒤에 내가 전해드렸어. 네가 사혼화로 피었던 것도, 승천하지 못하고 지금 이렇게 사념으로 남아 있는 이유도 두 분을 뵙고 싶어서라고. 부모님께 하고 싶은 말이 있어서 그런 거라고. 네가 떠난 지 5년이 지났지만 그분들은 지금도 울고 계셔. 네 사혼화를 보고도 믿지 못했던 걸 후회하고 계신다고. 그런데 너는 오로지 복수 때문에 죄 없는 사람도 해치고, 지금 이 사람까지 죽이려 하고 있어. 안 그래도 사혼화를 믿지 못한 부모님을 아예 등 돌리게 할 셈이야?"

"아빠랑 엄마가...... 울었어? 나 때문에......?"

"그래. 어제도 많이 우셨어. 누구보다 널 아끼고 사랑하시는 부모님인 걸 알잖아. 너도 부모님께 죄송하다는 말을 하고 싶었던 거 아니야?"

"......맞아. 내가 견디지 못하고 죽자고 결심했을 때 마음에 걸린 건 딱 하나, 부모님이었어. 유서도 쓰지 못했거든. 꼭 만나서 죄송하다고, 사랑한다고 말하고 싶었어. 그래서 사혼화가 되었던 건데......."

"부모님께 전하고 싶은 말이 있으면 뭐든 말해. 내가 전해줄게. 어쩌면 부모님께 하고픈 말을 전할 마지막 기회일지 몰라. 더 이상 후회할 일은 하지 마. 내가 도와줄 테니, 제발 내 손을 잡고 이리로 와줘."

사념이 컴컴해진 하늘을 우두커니 바라봤다.

"내가 죽던 날도 이렇게 어두웠어. 그땐 아무도 내 손을 잡아주지 않았는데...... 오늘은 잡아줄래?"

무섭지 않았다면 거짓말일 것이다. 사념이 마리까지 잡아끌고 언제든 호수로 뛰어내릴 수 있는 상황이었다. 그러나 믿어주지 않으면 변할 가능성이 없다는 시호의 말이 머릿속을 계속 맴돌았다. 마리는 신중하게 손을 뻗었다. 손끝에 사념의 손가락이 닿았다. 마리가 마음 속으로 제발, 이라고 빌며 사념의 손을 잡았다. 사념이 마리의 손을 힘주어 맞잡았다. 마리는 손을 놓치지 않으려고 더욱 손에 힘을 주었다. 사념이 맞잡은 손을 한동안 내려다보다가 희미하게 웃었다.

"죄송하다고 전해줘."

이 짧은 말을 끝으로 사념이 거품처럼 서서히 공중에서 사라졌다. 남자의 눈동자가 점점 정상으로 돌아오며 그 자리에 풀썩 주저앉았다. 마리도 자리에 주저앉아 사념이 사라진 방향을 바라보았다. 그곳에는 소중한 누군가를 만나고 싶어 한 이의 미련이 여전히 남아 있는 듯 보였다.

남자와 친구들은 실명 위기에서는 벗어났으나 후유증이 남아 가끔 눈이 흐릿해지는 증상을 겪었다. 그때마다 죽은 피해자의 얼굴이 보인다고 했다. 그건 심리적인 요인이 작용한 탓일 거라고 마리는 생각했다. 그들에게도 죄책감은 있을 테니.

백선은 그날 마리가 끝까지 사념의 손을 놓지 않았다는 사실을 전해 들었으나 따로 마리를 불러 그 사건을 언급하지는 않았다. 다만 문재를 통해 옛 문서를 전해주라고 했다. 그 문서에는 사념이 공중에서 분해되는 모습이, 다음 장에는 사념이 하늘에서 벌을 받는 모습이, 그리고 마지막 장에는 사념이 벌을 다 받고 다시 태어나는 모습이 그려져 있었다. 마리는 그림을 보면서 눈물이 쏟아지는 걸 멈출 수가 없었다.

모든 일이 수습된 뒤 마리는 사념의 부모를 다시 찾았다. 부모는 최근 동네를 시끄럽게 했던 번지점프대 사건의 관계자들이 자신의 아들을 괴롭힌 가해자들이라는 걸 알고 있었다. 그래서 마리를 만나기로 한 것이다. 마리는 부부가 듣고 싶어 한 그날의 정황을 설명하기보다 다른 이야기를 꺼내었다.

"믿지 않으실지 모르지만 사실 저는 꿈에서 아드님을 보았어요. 아드님은 매번 이 집 앞에 서서 초인종을 누를지 말지 고민하고 있었어요. 저는 그게 꿈이라고 생각하지 않아요. 아드님의 영혼이 보인 거라고 생각해요. 아드님은 계속 집 앞에서 생각했겠죠. 부모님을 마주한 자신의 모습을요. 얼마 전에 다시 아드님의 영혼을 만났어요. 저에게 죄송하다고 전해달라고 하더군요. 아드님은 부모님에게 그 말을 하고 싶어서 계속 집 앞으로 찾아왔던 거였어요. 엄마, 아빠를 두고 먼저 세상을 떠나서 미안하다고요. 오늘 아드님과의 약속을 지키고 싶어서 찾아뵀었어요. 아드님이 부탁한 말을 전해드릴게요. ……엄마, 아빠 죄송해요."

마리의 말을 듣는 동안 부부는 허공을 바라보며 참았던 눈물을 기어이 터뜨렸다. 시간이 지나면 상처는 아물고 새살이 돋아나는 법이라고들 한다. 하지만 그렇지 못한 경우도 많다. 부부가 그랬다. 한동안 울던 부부가 무릎을 꽉 누르며 마리에게 진심을 말했다.

"우리 부부는 사혼화도, 사념도 믿지 않아요. 이제 와

믿는다고 하면, 뭘 어떻게 추스려야 할지…… 정말 모르겠어요. 그러니 믿지 않는다는 걸 끝까지 밀어붙이며 살 거예요. 그래도, 그래도 이 말씀은 드리고 싶군요. 우리 아이를 이해해줘서 고마워요. 우리는 우리 아들을 하염없이 기다리게만 했으니까요. 마지막까지 손을 잡아줘서 고마워요. 정말 고마워요."

마리는 울지 말자, 울지 말자, 울지 말자, 하고 계속 되뇌었다. 하지만 눈물이 바닥으로 뚝뚝 떨어졌다. 마리는 고개를 숙여 마음에서 우러나오는 말을 전했다.

"아드님의 명복을 빌겠습니다."

八.

닭이 죽고 해가 지면 들리는

첫눈 오던 날, 귀화서에 새 의뢰인이 찾아왔다.

검은 패딩 차림의 아주머니가 귀화서 앞을 기웃거리는 걸 마침 시장에 다녀오던 순채가 보고 상담실로 모셔 왔다. 수척한 얼굴의 아주머니는 상담실에 들어와서도 연신 주변을 두리번거리며 불안해했다. 하나로 묶은 머리 옆에 흰 리본 핀을 꽂은 것으로 보아 얼마 전 상을 당한 듯했다.

문재가 난로를 틀고 방석을 권했다. 보조를 맞춰 마리는 쌉쌀한 향이 나는 차와 부드러운 파운드케이크를 내왔다. 파운드케이크는 며칠 전, 연인을 잃은 여자가 보내온 것이다. 번지점프대 사건 이후 마리는 문재와 함께 여자를 찾아가 연인이 사념에 홀려 희생당한 사실을 전해주었다. 사념의 아이가 자백했기에 연인의 의지가 아니었다는 사실을 말할 의무가 있었다. 여자는 가슴을 치며 사념에게 분노했지만 곧 현실을 받아들였다. 자신은 어떤 시련이나 괴로움에 빠지더라도 세상을 살아가야 한다는 것을. 사념을 용서할 수는 없으나 그 사람을 생각해서 더는 미워하지는 않겠다는 편지와 함께 직접 만든 파운드케이크가 배달되어 온 것을 보면 이제는 새로운 길목으로 들어선 듯했다.

"몸 덥혀주는 데 탁월한 차예요. 파운드 케이크도 맛있으니 꼭 드셔보세요."

차향을 맡은 아주머니의 표정이 누그러졌다. 아주머니는 귀화서에 찾아오는 걸 많이 망설였다며 말문을 열었다. 오로지 혼자 힘으로 사혼화를 찾아야 하는 건 아닌지. 전문가의 도움을 받으면 하늘에서 보기에 정성이 부족하다고 여기는 건 아닐지 고민했다고. 소중한 사혼화를 자신만의 힘으로 찾고 싶은 심정이 이해되어 마리는 고개를 끄덕였다.

"어느 분의 사혼화를 찾으시려는 건가요?"

"딸의……, 우리 딸 사혼화를 찾고 싶어요."

딸이라는 말이 나온 것과 동시에 마리의 얼굴에 벌써 울음기가 퍼졌다. 자신의 부모님이 떠오르며 자꾸 눈물이 비집고 나오려고 해서 마리는 벌떡 일어나 창문을 열었다. 눈이 섞인 찬 바람이 얼굴을 할퀴듯 지나갔다.

의뢰를 맡기도 전에 의뢰인 앞에서 심란한 모습을 보이면 안 돼. 지금 가장 울고 싶은 사람은 의뢰인이야. 정신 차려.

마리가 결기가 느껴지는 기세로 창문을 닫자 문재가 때마침 질문을 던지며 분위기를 주도했다.

"잘 오셨습니다. 따님의 사혼화를 찾기 시작한 지는 얼마나 되셨나요?"

"1년쯤 됐어요."

시간은 우리를 지나간다. 시간이 지나쳐 가는 만큼 무언가는 변한다. 아주머니는 시간에 자신을 내맡기지 못하고 정체되어 있었다. 방부제 친 시간을 먹으며 가슴앓이하고 있기에 장례식이 끝난 후에도 계속 흰 리본 핀을 꽂아온 것일 테다.

"힘드시겠지만 따님에 대해 들려주시겠어요?"

"우리 애에 대해 말하는 게 사혼화를 찾는 데 도움이 되는 일인가요?"

"고인에 대한 정보는 사혼화를 찾는 데 기초적인 자료가 됩니다. 또한 대화를 나누다보면 감정을 덜어낼 수 있어 기존과 다른 새로운 접근법을 시도해볼 단서를 주기도 하거든요. 부탁드리겠습니다."

문재가 예의 바르게 고개를 숙였다. 아주머니가 머뭇거리다 마음을 굳힌 듯 자세를 바로 했다. 조곤조곤한 목소리가 상담실을 채워갔다.

✽ ✽ ✽

결혼 후 아이가 들어서지 않아 시험관 시술을 시도하던 중 어렵게 딸을 얻었다. 난산 끝에 태어난 딸은 체중이 평균에 못 미쳤고, 그게 내 탓인 것만 같아 산후조리 기간에도 마음을 놓지 못했다. 미안한 마음을 알아준 건지 딸은 밤에 잘 잤고 보채는 일 없이 순했다. 우려했던 것과 달리 커갈수록 건강해져 활동 반경도 넓어졌다. 딸은 음악을 틀어놓고 춤추는 걸 좋아했다. 동네 언니들을 따라 문화센터에서 발레를 배우더니 커서 발레리나가 될 거라고 말하던 사랑스러운 아이였다.

사고를 당한 날은 평소와 다를 바 없었다. 늘 그렇듯 신나게 놀다가 사소한 일에 삐치고, 몇 번쯤 달래다가 결국 화를 내고, 그러다 다시 웃고 마는 일상적인 보통의 날. 평범한 하루가 꼬인 건 나 때문이었다.

그날따라 딸이 떼쓰며 양념치킨을 만들어달라고 계속 졸라댔다. 남편과 나는 치킨집을 운영하기에 종종 딸에게 맵지 않고 달콤한 양념치킨을 간식으로 만들어주고는 했었다. 딸은 치킨이 물리지도 않는지 내가 만든 양념치킨을 앞에 두고 매번 최고라고 환호성을 지르고는 했다. 그날 딸에게 양념치킨을 만들어줬으면 좋았을 걸. 혼내지 않고 실컷 먹도록 해줬더라면 좋았을걸.

그땐 바쁘니까 가만히 있으라고 으름장만 놓고 말았다. 투정이 심해지더니 급기야 크레파스를 던지며 딸이 울기 시작했다. 결국 나도 화가 폭발해 가게에서 당장 나가 집으로 가라고 소리를 질렀다. 가지 않으려고 야단스레 버티는 모습에 더 성이 나 억지로 가게 밖으로 내

보냈다.

가게와 집까지는 불과 500미터 거리. 킥보드를 타고 늘 다니던 길이라 잘못될 일은 없을 줄 알았다. 차량이 신호를 지키지 않고 돌진하기 전까지는.

교통사고가 났다는 연락을 받고 병원으로 달려갔을 때 딸은 긴급 수술 준비를 마친 상태였다. 수술 동의서에 서명한 후 열 시간 넘게 수술실 밖에서 기다렸다. 수술 후에 딸은 중환자실로 옮겨졌다. 의사는 생존을 장담하지 못한다는 말만 남기고는 곧 사라졌다. 억장이 무너지는 듯했다. 중환자실에 있는 동안 우리 딸은 분명 고통을 이겨내고 다시 건강해질 거라 생각했다. 좋은 생각으로 나쁜 기운을 몰아내려고 입엣말로 끊임없이 되뇌었다. 반드시 우리 딸은 살 거라고.

딸이 잠시 깨어난 적도 있었다. 의사가 떠나보낼 준비를 해야 한다고 말한 직후였다. 산소호흡기를 쓰고 있는데도 깨어난 뒤에 숨 쉬는 걸 힘들어했다.

"퇴원하면 매일 양념치킨 만들어줄게. 학교 갈 때 메고 갈 예쁜 가방도 봐뒀어. 발레 학원 다니고 싶다고 했잖아. 병원에서 나가면 정식으로 발레도 시작하자. 우리 딸, 발레복 입으면 진짜 공주님 같을 거야. 엄마가 아직 해주고 싶은 게 많아. 원하는 건 다 해줄게. 그러니까 엄마 옆에 계속 같이 있자. 응? 같이 있어."

같이 있자는 말 뒤로는 미안하다는 말밖에 나오지 않았다. 산소호흡기에 희미하게 입김이 서렸다. 딸의 손을 잡고 기도를 드렸다. 하늘에 누군가 있다면 기도를 들어 달라고 간절히 빌었다. 우리 딸이 아니라 대신 나를 데려가라고. 내 목숨을 기꺼이 내어놓을 테니 제발 우리 딸을 살려달라고. 빌고 또 빌었으나 하늘은 기도를 들어주지 않았다.

딸은 눈을 몇 번 깜박이다가 스륵 감았고 영원히 뜨지 않았다.

"가지 마. 제발, 가지 마. 엄마는 아직 준비가 안 됐어. 제발, 이러지 마. 엄마가 잘못했어. 엄마가 이렇게 빌게. 한 번만 용서해줘. 한 번만 눈을 떠 봐. 한 번만, 제발. 제발. 엄마가 미안하다고 빌게. 엄마가 미안해. 미안해."

잠시 뒤에 맥박이 멈춘 딸의 얼굴 위로 흰 천이 덮였다.

"내 새끼. 내 새끼, 어떡해. 어떡해. 내 새끼 살려내. 살

려내. 살려내."

나는 결국 혼절하고 말았다.

너무 짧았던 우리 딸의 삶. 딸의 죽음 이후 우리 가족의 삶도 철저하게 망가졌다. 자식의 죽음에 영향을 가장 많이 받은 사람은 남편이었다. 딸이 죽은 후 남편은 다리를 절었고 심할 땐 걷지 못했다. 병원에서는 딸의 죽음으로 감당 못 할 스트레스를 받아 남편이 스스로 신체적인 질병을 만들어내는 거라고 했다. 어쩌면 남편은 딸을 죽게 한 사람이 엄마라는 아이러니를 인정할 수 없었던 건지도 모른다. 자식을 죽였다는 책임을 따져 물으며 원망하고, 미워하고, 증오해야 하는데, 그 상대가 아내이다 보니 상처가 덧나도록 자꾸만 다시 베는 거였다. 상처를 스스로 벨 수밖에 없는 남편이 가여웠다. 하지만 위로를 건네기에는 나 역시 같은 상처를 안고 있었다.

"대체 왜 이래? 당신만 자식을 보낸 건 아니잖아. 나도 똑같이 아프다고. 나도 아파. 근데 왜 당신만 아픈 척하는 거야? 대체, 왜? 왜 당신까지 힘들게 해."

나는 자식을 끝까지 지키지 못하고 먼저 떠나보낸 자책감을 남편에게 풀었다. 우리 딸이 죽은 건 내 탓이라는 말을 남편 입에서 끌어내지 않으면 내가 먼저 미쳐버릴 것 같았다. 싸움이 시작됐다. 싸우기라도 하지 않으면 지쳐버린 마음을 일으킬 힘이 생기지 않았다.

딸의 죽음을 애도하는 일과 별개로 시간은 흘러갔다. 가게를 꾸려 생활비와 남편 병원비로 쓸 돈을 벌어야 했다. 그래서 딸이 죽고 한동안 살아있는 닭을 손수 잡아 치킨을 만들었다. 내 손에서 닭이 차례차례 죽어갔다. 닭을 잡는 모습에 남편은 진저리를 쳤다. 나는 그에 아랑곳하지 않고 닭 모가지를 자를 때 튄 피를 씻어내기 위해 마당에 물을 뿌렸다. 그리고 남편이 내게 질려 집을 곧 떠날 거라는 것을 알았다.

딸이 죽고, 닭이 죽고, 닭이 죽고, 죽고, 죽고…….

어쩌면 나는 닭의 죽음을 생활에 편입시켜 죽음이 아무것도 아니라는 것을 보려고 했는지도 모르겠다. 그걸 의도했든, 의도하지 않았든 그렇게 수십 일이 지나자 삶과 죽음이 하나로 보였다. 운명의 뒤틀림을 견딜 수 있을 것 같은 기분마저 들었다. 이웃들도 닭 잡는 모습에 익숙해졌을 때, 다시 계육을 주문했다. '이상한 치킨집'이라는 소문이 나기 전 기행은 끝이 났다. 그러나 그 이후 예상대로 남편은 집을 떠났다.

남편은 떠나기 직전, 아직도 우리 딸이 죽은 것이 믿기지 않는다고 말했다. 딸을 잃었다는 걸 쉽게 인정한 듯 살림하고 돈 버는 내게 지쳤다고도 했다.

자식이 죽었는데 어떻게 가만히 죽음을 받아들일 수 있을까. 하루에도 수십 번씩 뒤따라가고 싶은 마음이 나라고 없었을까. 하지만 산 사람은 또 살아야 한다. 속이 썩다가 문드러져 도려내버리지 않으면 살아갈 도리가 없기에 나름의 내 방식으로 발버둥 친 거다. 그런데 남편은 내 가슴에 한가득 고인 눈물을 알아봐주지 않았다. 내가 무섭다고 했다.

남편이 떠나자 간신히 붙잡고 있던 마음이 무너졌다. 무너진 곳으로 공허함이 덮쳐왔다. 나는 가게 문을 닫고 사혼화를 찾아다녔다. 때마침 벚꽃이 한창 피어나기 시작했다. 병원에도 벚나무가 있었다. 사혼화는 나무 한 그루에 피어나는 게 아니라 꽃 한 송이로 피어난다는 걸 텔레비전 프로그램에서 본 적이 있었다. 수천 개의 작은 꽃송이가 달린 벚나무에 우리 딸의 사혼화가 있을까 봐 가벼운 현기증이 느껴졌다. 이동식 사다리를 가지고 와서 벚나무를 샅샅이 훑었다. 벚꽃이 바람에 흩날려 하늘로 사라질 때마다 소리쳐 꽃들을 붙잡고 싶었다. 제발 날아가지 마. 우리 딸의 영혼이 깃든 사혼화가 날아갔을까 봐 겁나. 제발 사라지지 말고 남아 있어줘.

벚꽃이 진 뒤에는 병원 화단을 매일 관찰하며 새로운 꽃이 피었는지를 확인했다. 병원 외부 화단에 못 보던 풀이라도 한 포기 났을라치면 허리를 숙이고 앉아 꽃이 피었는지를 점검했다. 계절이 세 번 바뀌어 겨울이 올 때까지 딸의 영혼이 깃든 사혼화는 찾을 수 없었다. 그래서 귀화서를 방문하게 된 것이다.

❀❀❀

"우리 딸 사혼화는 어디에 피어 있는 걸까요? 제가 아니라 남편이 우리 딸 사혼화를 볼 수 있는 사람이라 이제껏 찾을 수 없었던 걸까요?"

그럴 가능성도 충분히 있다. 딸이 만날 상대로 누구를
선택했는지는 사혼화를 찾을 때까지 알 길이 없다. 그게
사혼화를 찾기 힘든 이유 가운데 하나다.

"분명 어딘가에 따님의 사혼화가 피었을 거예요. 용기
잃지 마셔요."

문재는 딸이 마지막을 보낸 병원 주변에 아파트 단지
가 조성되어 있는지를 묻고는 답사 후 의뢰 여부를 결
정하는 게 좋겠다고 설명했다. 아주머니가 돌아간 뒤 문
재가 어울리지 않게 한숨을 쉬었다. 그만큼 쉽지 않은
의뢰라는 의미일 터였다.

돌연사가 아닌 이상 과거에 비해 집에서 임종을 맞는
사례는 드물어졌다. 요즘은 대부분 병원이나 요양원에
서 끝까지 치료받다가 임종에 이른다. 그렇기에 사망한
장소를 기준점으로 하여 주변부터 사혼화를 찾다 보면
병원 화단부터 찾게 된다. 문제는 병원이나 요양원에 아
예 화단이 없거나, 있더라도 규모가 작고 방치된 경우가
많다는 것이다. 그나마 열악한 환경의 화단이라도 있으
면 다행이었다.

병원 주변 반경 3킬로미터 내에 아파트 단지가 있으면 사혼화를 찾을 길은 사실상 없다고 봐야 했다. 사혼화가 아파트 가구 내에서 키우는 꽃에 깃들 수도 있기 때문이다.

"답사를 다녀와야 확실히 결론 내릴 수 있겠지만 만약 아파트 단지가 크게 조성되어 있으면 의뢰는 포기하기로 해요."

"하지만 어린아이의 영혼이 걸린 일이잖아요. 엄마가 자길 찾아주길 외롭게 기다리고 있을 거예요."

"근 1년간 의뢰인은 병원 화단과 주변에 핀 꽃을 들여다보는 방법을 고수해왔어요. 내내 세심하게 살폈는데도 찾지 못했다면 아파트 세대 내에 사혼화가 피었을 확률이 높아요."

"아직 피어나지 않은 걸 수도 있잖아요."

"사혼화가 피어나는 시기도 잘 맞아야 기적을 만날 수 있는 건 맞아요. 다만 통계적으로 사혼화가 피어나는 시기는 60퍼센트 이상 1년 안쪽이에요. 핀 후에는 피었다가 지는 걸 반복하죠. 나머지 30퍼센트는 계절을 타지 못한 꽃이 해를 넘기는 거예요. 10퍼센트는 필 때까지 3년 이상 걸린다고 봐요. 의뢰인은 사계절에 피는 꽃들을 쭉 살펴봤으니, 모든 꽃을 다 훑었다고 할 수 있을 거예요."

사혼화를 연구하는 문재의 말이니 통계치는 정확할 것이었다. 마리는 무력한 기분에 짓눌려 어깨를 내려뜨렸다.

"그럼 아파트 세대에서 사혼화를 찾아낼 기적의 확률은 얼마나 되는데요?"

"99퍼센트는 찾지 못해요. 가정에서 키우는 꽃은 특히 환경에 취약해 쉽게 죽기도 하고, 우리가 세대마다 방문해서 확인할 방법도 없으니까요."

마리도 몇 번이나 꽃을 키우겠다고 사 왔다가 말려 죽인 경험이 있었다. 자신이라면 사혼화를 바로 알아보고 후속 조치할 수 있겠지만 일반인은 그럴 수 없다. 사혼화를 볼 수 없으니 키우고 있는 꽃이 사혼화인 줄도 모른 채 소홀히 대할 수밖에 없는 것이다.

"하늘은 어째서 앞날이 창창한 아이들을 죽게 하는 걸까요?"

"죽음 앞에서는 모두 평등하니까요."

"그게 평등이라면 너무 불공평해요."

마리의 입매가 아래로 처졌다. 창밖에는 눈이 어지럽게 날리고 있다.

다음 날에는 칼바람이 불어 겨울용 작업복을 걸치고 답사를 갔다. 병원 담장을 따라 걷다보니 아주머니 말대로 화단과 벚나무가 보였다. 아주머니는 벚나무 꽃송이 하나에 영혼이 깃들었을까 봐 걱정했다고 했으나, 사실 뿌리가 하나인 꽃나무에 영혼이 깃들면 나무에 핀 꽃송이 전체가 빛난다. 딸의 사혼화가 벚나무로 피었다면 쉽게 알아볼 수 있겠지만 꽃나무는 클 때까지 오랜 시간이 걸리는 만큼 딸의 사망 시기를 대입하면 맞지 않는 조건이 된다. 그래도 혹시 몰라 잎이 떨어진 벚나무를 찬찬히 돌아봤다.

초겨울이라 화단에도 마른 줄기만 남아 있었다. 벚나무처럼 꽃줄기들에도 빛은 없었다. 다행인 건 병원에 꽃화분을 들일 수 없다는 점이었다. 반대로 걱정인 건 병원 주변에 아파트 대단지가 조성되어 있다는 것. 적어도 아파트 열다섯 개 동은 사혼화가 피어나는 범위에 포함

된 듯 보였다.

문재를 설득하려면 1퍼센트의 가능성을 현실로 바꿀 필요가 있었다. 효율적으로 사혼화를 찾을 방법을 제시해야 했다. 귀화서로 돌아와서도 마리는 방안을 고민했다. 저녁 식사 자리에서도 자기만의 생각에 빠져 젓가락으로 반찬을 들었다 놨다 했다. 양하가 마리의 젓가락을 자기 젓가락으로 누르며 인상을 썼다.

"먹을 걸로 장난치지 마요."

날이 추워지면서 양하의 건강도 덩달아 나빠졌다. 학교에 며칠째 나가지 못할 정도로 앓다가 오랜만에 컨디션을 회복해 다 같이 저녁을 먹는 거였다. 마리가 미안하다고 사과하며 양하의 머리를 쓰다듬으려는데 양하가 손을 쳐내며 거부했다. 민망해진 손을 어쩔 줄 모르고 있는 마리를 대신해 고본이 양하의 태도를 나무랐다.

"사과받았으면 너도 예의 있게 행동해야지."

양하가 젓가락을 탁, 하고 내려놨다.

"저 그만 먹을래요."

"한 소리 했다고 심통 부리는 거냐?"

"밥 먹으면 뭐 해요. 어차피 죽을 텐데."

고본의 표정이 험악해졌다.

"죽는다는 말 함부로 하는 거 아니라고 했지?"

"함부로 말하는 게 아니라 사실대로 말하는 거잖아요."

"죽지 않을 거야. 그러니 사실이 아니지."

"왜 제가 아프다는 걸 인정하지 않으세요?"

"아픈 것과 죽는 건 달라."

"아프니까 죽음에 더 가까운 건 맞잖아요. 그러니 죽을 거라고 말한 거고요. 제가 잘못한 거 아니에요."

고본은 평소 언성을 높일 줄도 모르면서 양하가 안쓰러워 화를 냈다. 모두가 그걸 알고 있는 상황이라, 고본이 입을 다물어버리자 분위기가 급격히 어색해지며 식사 자리를 일찍 파하고 말았다. 마리는 중간에서 이러지도 저러지도 못하고 있었는데, 문재가 먼저 마리에게 잠깐 걷자고 제안했다. 저녁 자리를 엉망으로 만들어 죄송하다고 사과하자 문재가 어이없어하는 웃음을 흘렸다.

"전 서기보님을 혼내는 사람인가 보네요."

"네?"

"저녁 자리 때문에 부른 거 아니에요. 소화도 시키고

답사 얘기도 할 겸 검사겸사. 답사 어땠어요?"

갑작스러운 질문에 마리는 머릿속이 복잡했다. 이건 혼내는 것을 다른 이름으로 푼 압박이 아닌가. 시간을 벌어볼 요량으로 저녁 내내 문재와 시선을 마주치지 않으려고 노력했는데 이런 식으로 숙제 검사를 맡다니. 마리는 당황한 티를 내지 않으려고 노력하며 머릿속으로 열심히 답을 찾아 헤맸다.

"아파트가 대단지였죠?"

"어, 어떻게 아셨어요?"

"요즘은 인터넷 지도에 주소만 쳐도 주변 환경이 다 파악되잖아요. 지도 확인해봤어요. 속았다는 표정이네요. 지도와 실제적 확인은 다르기도 해서 물은 거니까 기분 풀어요. 직접 살펴보니 사혼화를 찾을 수 있을 것 같던가요?"

이렇게 된 이상, 마리는 되도록 객관적으로 주변 환경을 보고했다. 마음속에서는 치킨을 먹을 때마다 의뢰인이 생각날 것 같아 의뢰를 맡고 싶다는 말이 튀어나오고 싶어 아우성쳤으나 그간 배운 게 있어 마음을 다잡았다. 그건 바로 기회비용. 일의 완수 기간을 정확하게 가늠하지 못하면 구성원이 적은 귀화서에서는 새로운 의뢰가 들어왔을 때 진행하지 못한다. 문재는 시종일관 마리의 분석을 진지하게 들었다. 마리가 반은 자포자기한 채 의뢰를 맡는 게 가능할 것 같냐고 물었다.

"예전에 우리 동전 신을 만난 날 있잖아요. 그때 어머니가 좋아하는 음식 해줄 테니 오라고 했는데 여전히 가질 못했어요. 제가 집안과 앙금이 있거든요."

마리의 질문에 문재가 꺼낸 건 뜻밖에도 여름에 살짝 보여줬던 비밀의 자락이었다. 마리는 문재가 이제야 비밀을 말할 용기를 낸 거라고 생각해 잠자코 다음 말을 기다렸다.

"저는 사혼화를 본다는 이유로 어릴 적부터 집안에서 배척당하곤 했어요. 그나마 공부를 잘해서 그럭저럭 버텼는데 사혼화를 연구하겠다고 선언하자 아버지가 화가 많이 나셨어요. 제가 의사인 누나나 검사인 동생처럼 되길 바라셨거든요. 그래도 저는 제 꿈을 포기할 수 없어 귀화서로 왔고 집안과는 데면데면한 사이가 되었어요. 가끔 어머니나 누나에게 연락이 오지만 잘 받지 않아요. 어떤 대화가 오갈지 아니까 피하는 거예요. 그날 어머니에게 공중전화로 연락드린 건 가진 동전이 적으면 짧은 통화만 할 수 있기 때문이었어요.

그런데 어제 의뢰인을 뵙고 나니 어머니 생각이 나더라고요. 의뢰인처럼 우리 어머니도 제가 좋아하는 음식을 해줄 날을 기다리고 계시겠다 싶었어요. 그게 어머니들 마음일 테니까요. 해를 넘기기 전에 어머니 마음의 앙금을 풀어드려야겠다 싶어서 조만간 집에 가려고요. 이게 서기보님이 종일 스스로에게 했을 질문에 대한 제 대답이에요."

마리는 아주머니를 만나러 치킨집으로 향했다. 어제 문재와 대화한 이후 내내 기분이 좋았다. 자신의 진심이 통한 것 같고, 인정받은 것도 같아 의욕이 넘쳤다. 그래서 불 꺼진 치킨집에 들어서서 우두커니 앉아 있는 아주머니를 향해 힘차게 의뢰 소식을 전했다.

"의뢰를 맡겠습니다. 아주 감동적인 허락도 받은 참입니다."

"사혼화를 찾아달라는 의뢰를 할 때는 자기 인생도 걸고 하는 거라지요. 제가 뭘 하면 되나요? 우리 딸의 사혼화를 같이 찾으러 다니면 될까요?"

"우선 장사를 시작해주세요. 삶을 이어가는 노력을 해
주시는 것도 의뢰에 포함되는 거니까요."

"우리 아이가 떠난 이후로 저는 치킨을 못 먹겠어요.
웃기죠? 치킨도 못 먹으면서 치킨집을 한다는 게. 음식
에 이런 제 마음이 담길까 봐 계속 치킨집을 해도 될지
모르겠어요."

여름내 마리는 밀짚모자 할아버지와 다니면서 매미
에 관해 들었다. 수컷 매미는 구애를 위해 울고 암컷 매
미는 알을 낳기 때문에 울지 않는다고. 매미는 7년 정도
땅속에서 애벌레로 지낸 뒤에 땅 밖으로 나와 나무를
타고 올라가 2주 정도 어른벌레로 살다가 죽는다. 애벌
레는 땅속에 살고 어른벌레는 나무 위에 살기에 애벌레
와 어른벌레는 살아있는 동안 만나고 싶어도 만나지를
못한다. 마리의 눈앞에 자식을 먼저 땅속에 묻은 엄마가
있다. 애벌레가 된 자식이 사혼화로 피어나기 위해 땅
속에 살고, 어른벌레로 살아가는 엄마가 땅 위에서 울지
도 못한 채 살아가고 있다. 위로도 필요하겠지만 그보다
귀화서 사람으로서 마리가 할 일은 따로 있었다. 마리가

의자를 끌어다가 아주머니 앞에 앉았다.

"당연히 치킨집을 계속 하셔야죠. 따님이 좋아하던 음식이잖아요. 따님처럼 의뢰인님 치킨을 좋아할 고객들을 위해 맛있게 만들어주세요. 저도 제 할 일을 충실히 할 테니까요."

아주머니가 눈에 어린 눈물을 손등으로 쓱 닦았다. 마리가 아주머니에게 힘을 더욱 실어주고자 계획을 차근히 설명했다.

"제가 고민을 좀 해봤는데요. 사혼화를 찾는 반경을 넓혀야 할 것 같아요. 병원으로부터 대략 반경 3킬로미터 안까지 필 가능성이 있어서요. 그 기준으로 보자면 햇살 아파트 열일곱 개 동이 포함돼요. 아파트 단지를 둘러보는 방식으로 가보려고요."

"아파트 화단을 조사한다는 말씀이세요?"

"물론 화단은 기본적으로 살펴볼 거예요. 하지만 중점을 두고 살펴볼 것은 아파트 세대 내예요. 집집마다 키우고 있는 화분을 확인해야 해요. 화분에 사혼화가 자라날 수도 있거든요."

"그런 경우도 있어요?"

"제법 있는 것 같아요. 아파트에 화단을 조성하는 운동을 한 것도 그런 이유거든요. 사혼화가 피어날 수 있는 최소한의 환경을 만들자고요."

"이제 어쩌죠. 집마다 찾아다니며 사혼화가 있냐고 물을 수도 없잖아요."

마리가 하려던 현실적인 방법이 바로 그거였다. 마리는 그 방식이 별일 아니라는 듯 호언장담했다.

"저는 사혼화를 찾아내는 사람이에요. 이번 일은 저를 믿고, 전적으로 맡겨주세요."

그렇게 마리의 고행이 시작되었다. 마리는 아파트 단지 내 집마다 사정을 말하고 방문하여 사혼화가 있는지 확인한다는 계획이 얼마나 터무니없는 것이었는지 하루를 다 보내기도 전에 깨달았다. 낮은 한창 일할 시간이라 대부분 빈 집이었다. 설혹 집에 누군가 있다고 해도 문을 열어주지 않았다.

"당연한 거 아니야? 요즘처럼 범죄가 넘쳐나는 세상에 뭘 믿고 널 냉큼 집으로 들이겠어. 너무 순진한 발상으로 일에 홀랑 뛰어들었어."

귀화서 내 휴게실에서 마리의 하소연을 들은 시호가 마리의 속을 찰지게 긁었다. 방문 판매 아니고, 종교 입회 권유 아니라는 걸 먼저 확실하게 알려주겠다고 말하자, 귀찮은 일에 휘말리기 싫은 현대인들의 심리를 우습게 보지 말라며 시호가 응수했다. 둘이서 티격태격하다가 하마터면 서로 반말하는 걸 마침 휴게실로 들어온 순채에게 들킬 뻔했다.

다음 날에는 시간대를 달리해보고자 퇴근 시간에 맞춰 단지를 다시 돌았다. 몇몇 집이 고맙게도 안으로 들여보내주었지만, 수확이라고 할 만한 건 없었다. 다음 날에는 다시 이른 시간부터 아파트 단지를 돌다가 겨울바람에 꽁꽁 언 몸을 잠시나마 녹일 겸 치킨집으로 갔다. 다시 장사를 시작한 아주머니가 크리스피 파우더를 물에 개다가 고생했다며 뜨끈한 김치찌개를 끓여주었다. 이른 점심을 아주머니와 함께 먹고 아파트 동마다 두 번씩 더 돌았다. 퇴근 시간에 세대마다 초인종을 누르고 소득도 없이 다시 치킨집으로 돌아갔다. 아주머니가 대형 냉장고에서 염지계육을 꺼냈다. 계육을 튀기고 소스를 배합하는 동안 마리는 치킨상자를 접고 유산지를 깔며 배달 준비를 도왔다. 아주머니가 아무것도 묻지 않아서 오히려 호기롭게 장담한 게 후회스러웠다.

마리는 늦은 밤이 되어서야 차가운 바람을 몰고 귀화 서로 돌아왔다. 춥고 피곤해 뜨끈한 온돌방에 대자로 눕 자마자 입에서 절로 앓는 소리가 흘러나왔다. 그때 방문 을 두드리는 소리가 들려왔다.

"구세주 등장."

시호가 방으로 들어와 A4용지와 펜을 내밀었다.

"아무리 초인종을 눌러봐도 답 없어. 머리를 써야지."

시호가 제안한 방법은 안내지를 로비 게시판에 붙여 사람들이 제 손으로 참여하게 유도하자는 것이었다.

"사진으로 사혼화를 식별할 수 있잖아. 그걸 이용해야 해. 사람들에게 사정을 알리고 집에 있는 화분을 사진으 로 찍어 보내달라고 부탁하는 거야. 그렇게 하면 일일이 찾아다니지 않아도 정보를 모을 수 있어."

합리적인 방법이었다. 사혼화를 SNS에 올리는 게 아 니니 귀화서 방침에도 어긋나지 않았다. 마리는 당장 안 내지를 만들자며 종이 뭉치를 끌어 왔다. 우선 각자 문 구를 몇 개씩 만들어보기로 했다. 옆에 앉은 시호의 팔꿈치와 마리의 팔꿈치가 자꾸 스쳤다. 팔이 스칠 때마다 마리의 얼굴이 발그레해졌다. 발그레해진 마리의 얼굴을 보면서 시호가 사과했다.

"아! 미안. 왼손잡이라서."

"왼손잡이인 게 왜 미안해할 일이야? 그럼 내가 오른손잡이인 것도 미안한 거지."

덤덤하게 말한 것과 달리 팔꿈치가 스칠 때마다 얼굴이 계속 화끈거렸다. 아무래도 날이 너무 추워 그런 모양이라고 마리는 생각했다. 완성된 문구를 서로 공유한 뒤 좋은 것들만 추려 최종본을 만들었다. 그림이 있으면 눈에 더 띌 것 같아 마리가 캐리커처 아르바이트 경험을 바탕으로 꽃의 사진을 찍는 여자아이를 그려 넣었다. 안내지를 인쇄하러 갔다가 옛 문서를 연구하고 있는 문재와 마주쳤다. 문재가 아파트 관리 사무소에 게시물 기재 허가를 받아주기로 했다.

허가 도장을 받은 안내지를 아파트 로비 게시판에 부착한 건 이틀이 지난 뒤였다. 낮부터 간간이 핸드폰으로 사진이 도착하더니 밤이 되자 문자 수가 급격히 늘었다.

"아직 인정이 남아 있군요. 살 만한 가치가 있는 세상이에요."

고본이 문자를 보며 감탄했다. 시호는 자기 아이디어라 호응이 좋은 거라면서 생색을 냈다. 마리는 어림없다고 응수하려다가 고본이 있어 참고 넘어갔다. 대신 한 장 한 장 세심하게 꽃을 관찰하고 사진을 보내주셔서 감사하다고 답장을 보냈다. 핸드폰을 손에서 내려놓지 못한 채 새 문자가 도착할 때마다 눈을 반짝이며 확인했다.

방금 새로 도착한 문자를 보던 마리는 "어?" 하고 외마디를 외친 후 눈을 비볐다. 사진에는 희고 짧은 솜털들이 꽃대부터 노랑 꽃잎에까지 나 있는 귀여운 꽃이 별빛처럼 빛나고 있었다.

"아! 찾은 것 같아요."

"진짜요?"

고본과 시호가 동시에 마리를 보고 소리 지르듯 물었다. 마리는 함박웃음으로 대답을 대신하며 사진을 보여 줬다. 사진을 보자마자 시호가 환호성을 질렀다. 고본은 사혼화 실물을 볼 때까지 신중히 접근해야 한다고 자중하자면서도 입가를 씰룩씰룩 움직이며 웃었다. 고본의 말대로 사혼화를 언제 찍은 건지, 다른 영혼이 아닌 딸의 사혼화가 맞는 건지, 이 꽃을 지금도 키우고 있는 건지 등 아무런 정보가 없다. 마리는 사진을 보내준 사람에게 전화를 걸어 찾아뵙겠다고 했다. 상대는 직접 치킨집으로 화분을 가져가겠다고 맞받았다. 사진을 보내주긴 했으나 안내지에 적힌 말을 완전히 믿지는 못하겠다고 솔직한 속내를 드러냈다.

마리는 가만히 기다리는 것보다 당장이라도 달려 나가는 편이 성미에 맞았지만 어디에 사는 분인지 알 길이 없기도 하거니와 조급하면 일을 망칠 것 같았다. 그래서 의뢰인에게 사진을 보내 빛이 보이는지를 먼저 물었다. 답이 없어서 마리가 전화를 걸자 아주머니는 아무 말도 하지 못하고 한참을 울었다.

"우리 딸이 이렇게 노랗고 앙증맞은 꽃이 된 거군요."

그 말을 들은 마리는 가슴 언저리에 먹먹함이 감도는 것을 느꼈다. 딸의 사혼화가 맞다는 걸 확인한 아주머니가 어떤 기분인지 알기 때문이다. 억지로 울음을 참느라고 힘주어 말하려니 목이 잠겨왔다.

"내일이면 만나실 수 있을 거예요. 오늘은 다른 생각

말고 푹 주무세요."

그렇게 말해놓고 정작 마리는 밤새 뒤척였다. 아침이
될 때쯤 겨우 마음을 진정하고 파리한 얼굴로 치킨집에
도착했다. 치킨집 안에는 아주머니와 남편이 있었다. 다
리를 여전히 저는 것으로 보아 아직 남편의 몸이 회복
되지 않은 듯했다.

"정말 이 사진에서 꽃이 빛나나요?"

남편은 딸의 사혼화에게 선택받지 않았기에 이 사진
에서 빛을 볼 수 없다. 당연히 이 상황이 의아하기만 할
것이다. 그 질문에 마리는 그렇다고 대답했다. 아주머니
는 긴장한 채 사진을 손으로 쓰다듬으며 계속 눈시울을
붉혔다.

약속 시간 10분 전, 치킨집 앞에 승용차가 섰다. 코트
를 입은 여성이 쇼핑백을 들고 차에서 내렸다.

"기다리실 것 같아 일찍 왔어요."

꼼꼼하게 여민 완충재를 풀어 화분을 내놓자 노란색
꽃에서 환한 빛이 쏟아졌다. 달콤한 향기가 나는 아기자
기한 꽃이었다. 아주머니가 떨리는 손으로 꽃을 어루만
지며 딸의 이름을 불렀다.

"정말 사혼화가 맞아요?"

여성의 물음에 아주머니가 허리 숙여 고맙다고 몇 번이나 인사했다.

"우리 딸을 찾아주셔서 정말 감사합니다. 감사합니다. 이 은혜는 죽어도 잊지 않을게요. 정말 너무나 감사합니다."

여성이 사례를 거절하며 딸의 사혼화를 찾아 정말 다행이라고, 정성 들여 키운 보람이 있다고 말했다. 여성이 돌아간 뒤 마리와 부모는 곧장 귀화서로 향했다. 마리의 연락을 받고 기다리고 있던 시호가 화분을 받아들고 유리 온실로 가 증류 작업에 들어갔다. 그 사이 부모는 문재와 의식 날짜를 정했다. 길한 날을 잡아 의식을 치르고 싶다는 의뢰인의 뜻에 따라 의식일은 열흘 뒤로 결정되었다. 사혼수는 부모가 가지고 갔다가 의식일에 맞춰 들고 오기로 했다.

그날 이후 귀화서 사람들은 연말 분위기에 휩쓸리지 않고 묵묵하게 의식 준비를 해나갔다. 의식일에는 기온이 영하로 내려가 몹시 추웠다. 귀화서 사람들 모두 상복을 갖춰 입고 상담실에서 부부를 맞았다.

"우리 아이가 성한 모습으로 나타날까요?"

교통사고를 당한 딸의 모습이 가슴 깊이 아픈 상처로 남아 있을 것이다. 혹시라도 아이가 하늘에서도 아플까 노심초사했을 것이다. 그런 마음이 부모의 마음일 거라고 마리는 생각했다.

"건강한 모습으로 나타날 거예요. 걱정하지 마세요."

마리는 최대한 안심시켜주고 싶었지만, 표현의 한계에 부딪혀 이렇게밖에 말할 수 없었다. 마침내 하늘이 핏빛으로 물들어가고 있었다. 마리와 부모가 사당으로 들어가 백선을 마주했다. 백선이 노란빛의 사혼수 시약병을 바라보고는 마리에게 고개를 끄덕였다. 어린 영혼을 부를 생각에 백선도 착잡해 보였다. 절차대로 의식이 시작되었고, 서늘한 기운이 가운데 문을 총총히 넘어왔다. 아주머니가 노란빛 사혼수를 받아들이자 몸의 윤곽이 점점 흐려지더니 곧 빛에 둘러싸였다. 노란빛이 파도처럼 사당 한가득 넘실거려 눈이 부셨다.

그때 아이의 웃음소리가 들려왔다. 어느새 나타난 건지 부부의 바로 앞에 여자아이가 서 있었다. 엄마가 입을 벌리려다가 황급히 손으로 막았다. 대신 아빠가 아이

의 이름을 부르며 걸음을 옮기려다가 주저앉았다. 딸이
춤을 추듯 움직여 아빠의 손을 잡고 부드럽게 일으켰다.
딸의 손을 잡자 아빠의 몸에도 빛이 흐르기 시작했다.
딸이 아빠의 손을 이끌어 엄마에게로 갔다. 엄마는 눈물
을 흘리면서 딸을 끌어안았다. 딸의 죽음을 겪은 이후
로 숨을 쉬는 매 초마다 아이를 다시 품에 안는 이 순간
만을 애타게 기다려왔을 것이다. 딸도 울고 있는 엄마의
목에 장난스럽게 매달리듯 안겼다. 아빠가 그런 두 사람
을 두 팔로 감싸 안았다.

엄마가 자신도 눈물을 흘리고 있으면서 딸의 뺨 위로
흐르는 눈물을 닦아주었다. 엄마의 손길이 닿자 딸이 방
긋 웃었다. 사랑스러운 웃음이다.

"다음 세상에서도 엄마랑 아빠 딸로 태어나줘."

엄마가 딸의 얼굴을 쓰다듬으며 사랑한다고, 사랑한
다고, 세상에서 제일 사랑한다고 읊조렸다. 아이는 들
리지 않는 엄마의 목소리를 끝까지 들으려는 듯 엄마의
입술을 계속 쳐다보았다.

"엄마, 그럼 나 엄마가 만든 양념치킨 또 먹을래!"

딸의 말에 엄마가 눈물을 왈칵 쏟아냈다. 다음 생에도

부모의 딸로 태어나겠다는 약속의 말이니까. 딸에게는 최고의 부모라는 인정의 말이니까.

딸이 아빠의 손을 끌어다가 엄마의 손 위에 살포시 얹었다. 한 가족이 빛에 휩싸인 채로 서로 손을 잡고 있었다. 비록 눈은 울고 있지만, 서로를 바라보는 마음은 웃고 있다는 것이 멀리서도 느껴졌다.

마리는 사혼수의 기운이 조금 더 오래가길 기도했다. 시간이 조금이라도 늦춰져 세 사람의 눈동자에 서로의 모습이 더 짙게 새겨지길 바랐다. 그러나 시간은 누구에게나 공평하게 흘러가는 법. 딸의 윤곽이 점점 희미해지고 있었다. 백선이 위패를 제단에 내려놓고 소지를 잡자 딸이 작은 손으로 엄마와 아빠의 손을 다시 한번 포개어놓고는 뒤로 한 걸음 물러났다. 부부가 손을 맞잡은 채 멀어지는 딸을 바라보았다. 마리는 가까스로 울음을 삼키며 종을 울렸다.

"영가시여! 땅에 뿌리내렸던 자여! 우리가 당신을 영원히 기억하겠습니다. 그러니 이제 현세는 잊고 그만 하늘로 돌아가십시오."

불을 붙인 소지와 함께 딸의 영혼이 연기 속으로 뛰

어들 듯 한순간에 사라졌다. 대신 사당에 딸의 웃음소리가 다시 들려왔다. 아픔 없이 무사히 떠났다는 걸 해맑은 웃음으로 알려주고 있었다. 곧 빛도 다 사라지고 사당에 어둠이 내려앉았다. 부부는 여전히 손을 잡고 있었다. 백선이 위패를 제단에서 내려 부부에게 건네었다.

"따님은 이곳보다 더 좋은 곳에서 건강히 살 겁니다."

"건강히 잘 살까요?"

"물론이죠. 잘 살 겁니다. 하늘에서는 어린아이들을 특별히 귀히 여기니까요. 그러니 부모님도 좋은 마음으로 잘 살아가십시오."

"자식을 지켜내지도 못한 부모인데 그래도 될는지……"

"두 분이 잘 사는 게 따님이 원하는 바니까요. 하늘에서 행복하지 않은 부모를 보면 다음 생에도 부모님의 딸로 태어나게 해달라고 빌 수는 없을 테니까요. 그러니 따님을 위해서라도 마음을 다잡고 인생이 제대로 굴러가도록 만들어야지요. 따님이 잘 사는 부모에게로 다시 오고 싶도록요."

백선이 힘주어 말했다. 아주머니가 감사하다고 허리를 굽혀 인사했다.

"이제 위문 상 의식을 진행하러 이동하시겠습니다."

마리가 먼저 걸음을 옮겨 서문을 막 열었을 때, 뒤에서 "앗!" 하는 소리가 들렸다. 무슨 일이 생겼나 싶어 재빠르게 돌아보니 아주머니가 넋이 나간 표정으로 남편을 바라보고 있다. 남편이 다리를 절지 않고 똑바로 걷고 있었다. 남편도 적잖이 당황한 듯 다리를 접었다가 펴면서 괜찮은지를 여러 번 확인한다.

"다리가 아프질 않아."

남편의 말에 아주머니가 무릎을 꿇고 앉았다. 그러고는 두 손을 깍지 끼고 고개를 숙였다.

"고맙습니다. 고맙습니다. 고맙습니다."

딸의 영혼이 일으킨 기적이었을까. 아니면 딸의 영혼을 만난 후 마음이 편해진 아버지가 스스로를 죄책감에서 해방시킨 것일까. 어느 쪽이든 좋은 쪽으로 변화가 일어난 것만은 분명했다.

한동안 사당에서 아이 아버지의 다리가 정말 나은 건지 확인하느라 예정 시간보다 더 늦게 객청에 도착했다. 부엌으로 들어가니 대기하고 있던 순채가 이제 오셨냐면서 그제야 초벌해두었던 치킨을 튀김기계에 넣었다.

기다리고 있었던 걸로 봐서는 가장 바삭할 때 치킨을 대접하고 싶었던 모양이다.

양념치킨을 접시에 담아 객청으로 들어서니 모두 모여 위문 상이 차려지길 기다리고 있었다. 순채가 가장 먹음직스러운 양념치킨을 아주머니와 남편 앞에 내려 놓았다.

"치킨집을 운영하시는 분들께 내드리려니 송구하네요. 그래도 정성껏 만들었으니 맛있게 드세요."

"우리 딸이 제 엄마가 만든 치킨을 좋아해서 치킨집도 차리게 된 거거든요. 감사히 잘 먹겠습니다."

남편이 먼저 치킨을 먹는데도 아주머니는 멍한 눈길로 양념치킨을 내려다보고만 있었다. 그 모습이 깊은 생각에 잠겨 있는 듯하기도, 기도를 올리는 듯 보이기도 했다.

"여보."

남편이 아내를 불렀다. 자신을 바라보고 있는 사람들을 마주 바라본 아주머니가 서둘러 치킨 조각을 집었다. 아주머니는 딸이 죽은 뒤로 치킨을 먹을 수가 없다고 했었다. 마리는 걱정이 되어서 초조하게 바라보았다.

바삭한 튀김가루를 떨어뜨리며 치킨을 한 입 베어 문 아주머니가 결국 감정을 주체하지 못한 듯 울음을 터뜨렸다.

순채가 "울고 나면 괜찮아질 테니 실컷 울어요." 하고 위로했다. 아주머니가 남편이 건넨 손수건으로 눈가를 누르며 입술을 깨물었다.

"저는요, 자식이 저보다 먼저 죽었으니 제가 행복해져선 안 된다고 생각했어요. 어째서 우리 딸만 빨리 죽은 건지 지금도 이해하지 못하겠고, 아마 앞으로도 그럴 거예요. 그런데 조금 전에 우리 딸을 만나고 나서 비로소 깨달았어요. 내 목숨을 내놓고 우리 아이를 살릴 수 있다면 천만번도 더 목숨을 내놓을 수 있는데, 이제 그럴 수 없다는 걸요. 우리 딸은 이미 죽어서 다시 살아날 수 없으니까, 제 목숨은 아이에게 더는 필요하지 않은 거예요. 그래서 여기 들어선 순간부터 앞으로 우리 딸을 위해 할 수 있는 일이 뭔지 계속 생각해봤거든요."

"그게 뭐라고 생각하시는데요?"

"조금 전 국장님께서 말씀하셨듯이 우리 아이 몫까지 제대로 사는 거요. 제 삶이 아이를 잃으며 행복이 부족해진 거라면 그 부분을 채우기 위해서 다른 사람을 도우며 살 거예요. 누군가의 마음을 채우는 건 사실은 자신의 부족한 부분을 채우는 거니까요. 그렇게 다른 사람을 돕고 살기로 마음먹었어요. 그러다보면 저도 언젠가 행복해지겠죠. 우리 아이가 다음 생에 다시 찾아오고 싶은 행복한 엄마가 되어 있겠죠."

소중한 사람을 잃는다는 건 자신의 한 부분을 같이 잃는 것이다. 부모님의 죽음과 함께 마리도 행복을 영영 잃어버렸다고 생각했다. 그러나 소중한 사람이 떠났다 해도, 그와 함께 행복까지 사라진 건 아니다. 떠난 사람은 남은 사람이 전보다 더 행복하길 바라고, 그 행복 속에서 앞으로 나아갈 길을 찾길 원할 것이다.

마리는 울고 있는 아주머니를 보면서 훗날 오늘을 되돌아봤을 때 그저 열심히 살아있다는 사실만으로도 위안받기를 바랐다. 사람은 오늘이 끝이 아니라는 사실을 계속 생각하며 살기에 하루하루 위안받으며 살 수 있다. 집으로 돌아가는 어두운 길을 밝혀주는 등불이 언제나 존재한다는 것을 믿듯 말이다.

아주머니가 치킨을 한 입 베어 물고 맛있다고, 행복

하다고 말했다. 어디선가 아이의 웃음소리가 들려온 것 같았다. 아직 지신이 활발히 활동하는 시간. 아주머니의 딸은 지신과 숨바꼭질하듯 마당을 몰래 돌아다니며 우리가 하는 말을 듣고 있었던 건 아닐까. 아마도 그 웃음은 엄마의 앞날에 대한 응원이었을 거라고 마리는 생각했다.

파란색 사혼화, 그리고 약속

　사회든, 가정이든, 인간관계든 어디에나 금기어가 하나씩은 있다. 건드리지 않으려고 조심해야 하는 말들 말이다. 귀화서의 금기어는 '죽을 것이다.'라는 말이다. 한 번 더 소중한 이를 만나기 위해 긴긴 시간을 기다리는 영혼을 애도하는 곳에서 죽겠다는 말을 내뱉는 건 불경하기 때문이다. 귀화서에서 유일하게 이 금기어를 뱉어내는 사람은 아이러니하게도 가장 어린 양하다.

　늦가을 이후 양하는 귀화서에서 지냈다. 보육원에는 마지막 소원이라며 허락을 구했다. 양하는 고본과 같은 방을 썼다. 둘은 평소에 잘 지내다가도 양하가 자신은 곧 죽을 거라고 종종 말해버려서 고본의 심기를 상하게 만들고는 했다. 평소 어른스러운 태도를 보이는 양하가 자신을 가장 예뻐하는 고본을 배려하지 않는 게 이상해 마리는 언젠가 둘만 있던 날에 양하에게 물어본 적이 있다. 왜 고본이 싫어하는데도 죽는다는 말을 계속 내뱉는지를. 양하가 무심하게 한 대답을 마리는 지금도 잊을 수가 없다.

"제 몸을 제일 잘 아는 건 저예요. 저는 그리 오래 살지 못할 거예요. 아저씨가 원하지 않는다고 죽지 않을 수 있는 게 아니에요. 당장은 기분이 상해도 제가 죽을 거라는 걸 계속 상기시켜줘야 해요. 그래야 나중에 아저씨가 충격을 덜 받을 테니까요."

마리는 양하의 논리가 옳다고 생각하지 않았다. 치료를 꾸준히 받으면 호전될 텐데 죽는다고 우기는 건 어린아이의 자기중심적 비약이 아닐까 하고 생각했다. 하지만 그 대화에서 섣불리 충고하지 않은 이유는 한창 뛰어놀 나이에 매일 죽음을 생각하며 산다는 게 어떤 건지 마리로서는 상상조차 되지 않기 때문이다. 분명 괴로울 거라는 사실만 어렴풋하게나마 느낄 수 있을 뿐이었다.

오늘 아침 양하가 화장실에서 실신해 고본이 업고 나왔을 때에서야 마리는 비로소 무언가 단단히 잘못되었다는 생각이 들었다. 양하는 구급차에 실려 종합병원 응급실로 갔다. 구급차에 함께 탄 고본과 픽업트럭으로 뒤따라간 문재에게 연락이 올 때까지 다들 초조하게 기다리고 있을 수밖에 없었다.

문재에게 연락이 온 건 점심 무렵이었다. 오전 내내 검사가 진행되었고 지금은 입원한 상태로 검진 결과를 기다리는 중이라고 했다. 입원이 길어질 것 같다고 하여 마리는 양하가 병원에서 쓸 물건들을 챙겨 택시를 타고 병원으로 갔다. 양하가 좋아하는 간식과 점심 도시락을 싸주며 순채가 억지로라도 두 사람에게 먹이라고 당부했다.

거리가 있어 조금 늦게 도착한 탓에 이미 문재는 점심을 먹으러 간 뒤였다. 고본이 등 떠밀어 보냈다고 했다. 양하는 잠을 자는지 눈을 감고 있었다. 그새 얼굴과 몸이 통통 붓고 가냘픈 팔에는 링거액 바늘이 꽂혀 있었다. 고본이 가습기를 가지러 나가자마자 양하가 눈을 떴다.

"나한테만 몰래 할 말이 있구나?"

짐짓 아무렇지 않게 말하려고 했으나 마리의 목소리
가 갈라져서 나왔다. 양하가 고개를 끄덕였다. 머리를
흐트러뜨리는 마리의 손길에 양하가 기대듯 고개를 묻
었다. 볼이 뜨거웠다.

"누나! 여기가 쓰라릴 수도 있어요?"

양하가 여기, 라고 가리킨 곳은 왼쪽 가슴이다.

"심장이 아파? 얼마나?"

양하가 고개를 가로저었다.

"심장이 아니라 마음이요."

마리는 양하의 부은 손을 잡고 어떤 말을 해줘야 할
지 생각했다. 하지만 어떤 말도 할 수 없을 것 같아 한동
안 양하의 눈만 바라봤다. 양하가 시무룩한 표정으로 마
리를 마주 보았다.

"마음이 힘들면 쓰라릴 수도 있어. 지금 쓰라린
거야?"

"아니요."

"언제 쓰라렸던 건데?"

"기절했다가 눈을 뜨니까 고본 아저씨가 있었어요. 아저씨를 보니까 마음이 아팠어요."

마리가 짐작한 것보다 고본과 양하의 마음이 서로에게 훨씬 더 가까운 모양이었다. 어쩌면 눈치 빠른 양하라면 입양될 뻔했었던 사실을 알고 있을지도 모른다. 마리도 부모님이 돌아가신 후 자신의 보호자가 누가 될지 친척들 명단을 훑어보며 가슴 졸였던 적이 있다. 하물며 보육원에 있다면 양부모가 누가 될지 더욱 민감할 수밖에 없으리라.

고본이 예전부터 양하를 입양하려고 했었다는 건 순채에게 들었다. 독신자인 고본은 입양 조건에 부합하지 않았고, 보육원 원장이 백방으로 노력했음에도 성사되지 않았다고 했다. 원칙적인 절차에서는 성사되지 않았지만, 보육원 원장도 양하를 가장 잘 돌봐줄 사람으로 고본을 인정했기에 귀화서에서 지낼 수 있었던 것이다. 그 사실을 양하가 알고 있다면 생떼를 쓰면서까지 고본과 지낸 이유가 설명된다. 양하는 이미 고본을 가족이라고 생각하고 있는 것이다.

"과장님 보면 마음이 아파서 자리를 비울 때까지 기

다렸다가 말하는 거구나?"

"아저씨 얼굴에 난 흉터요. 그거 저 때문에 생긴 거예
요. 원장님 전화 통화를 들었거든요. 아저씨를 보증할
테니 제발 입양 신청을 통과시켜달라고요. 결국 통과가
안 됐다는 말을 듣고 방에 들어가서 울었어요. 아저씨가
달래주려고 왔는데, 아저씨 잘못인 것만 같아서 내가 막
무가내로 덤볐어요. 화가 나서 아저씨가 선물해준 나무
칼을 휘둘렀는데, 정신을 차리니까 아저씨 얼굴에서 피
가 나고 있었어요. 근데 그때 아저씨가 저한테 뭐라고
했는지 아세요? 아저씨 얼굴에 이제야 개성이 생겨서
좋다면서 웃었어요. 그러면서 미안하다고 절 안아주셨
어요."

고본의 얼굴에 세로로 길게 난 흉터가 양하 때문에
생긴 건지는 몰랐다. 고본이 딱히 신경 쓰는 눈치가 아
니었기에 마리도 왜 생긴 건지 물어본 적이 없었다. 물
었다고 하더라도 고본의 성격이라면 이 흉터는 좋은 추
억 덕에 생긴 거라고 대답했을 것이다. 고본에게는 양하
와의 모든 순간이 행복이었을 테니까.

"누나, 저 부탁이 있는데요. 들어줄래요?"

"뭐든지. 말해 봐."

"저는 고본 아저씨가 웃는 게 좋아요. 계속 웃었으면 좋겠어요. 그러니까 만약에 내가 죽게 되면요. 아저씨는 여기, 마음이 아프지 않게 계속 옆에 있어주세요. 막 웃겨서 배꼽 잡고 웃을 수 있도록 해주세요."

양하가 울먹이며 작은 손가락으로 가슴을 가리켰다. 그 울먹임에 담긴 마음이 마리에게도 고스란히 전해져 양하가 가리키고 있는 심장을 쓰다듬어주고 싶었다. 하지만 그렇게 하려고 손 내미는 순간 덜컥 눈물을 쏟을 것 같아 입술만 깨물었다. 마리가 할 수 있는 건 고개를 끄덕여 알겠다고 약속하는 것뿐이었다.

"누나가 약속할게. 근데 우리 지난번에 한 약속도 잊지 않았지? 누나는 양하를 꼭 지켜낼 거라고. 누나랑 한 약속도 잊지 마."

때마침 고본이 가습기를 들고 병실로 들어왔다. 양하가 깨어난 걸 본 고본이 불편한 곳은 없는지 물었다. 양하는 괜찮다면서 다시 눈을 감았다.

과장님이 마음 아파하는 걸 차마 마주 볼 수 없나 보구나.

마리는 조금 전 들은 말들이 목에 걸린 듯 가슴이 먹먹했다. 마리가 어떻게 하면 좋을지 몰라 괜히 도시락 가방만 만지고 있을 때 문재가 돌아왔다. 문재가 도시락을 들려주며 고본과 같이 먹고 오라고 하지 않았다면 마리는 먼저 울어버렸을지도 모른다.

마리는 휴게실 의자에 고본과 나란히 앉아 도시락을 먹었다. 고본은 한숨을 쉬며 눈발이 날리기 시작한 창밖을 자주 바라보았다. 순채의 부탁도 있고 해서 마리는 고본이 좋아하는 반찬을 숟가락에 얹어주었다. 멍하니 반찬을 내려다보던 고본이 고맙다며 한술 떴다.

두 사람은 다 먹지 못한 도시락을 정리하고 병실로 돌아왔다. 안경 쓴 의사가 문재와 이야기 나누는 모습이 문틈으로 보였다. 양하는 잠든 듯했다. 두 사람이 상당히 심각해 보여 마리는 자신도 모르게 병실로 들어서려던 발길을 멈췄지만 고본은 양하가 왜 실신한 건지 의사의 소견을 듣고 싶어 할 것 같았다. 문을 열려고 할 때 고본이 마리의 어깨를 붙잡더니 집게손가락을 입술에 대고 조용히 하라는 제스처를 취했다. 그러고는 병실 옆 벽에 기대어 쪼그리고 앉았다. 마리가 옆에 앉자 고본이 바닥에 손가락으로 글자를 썼다.

여기서 들어요.

안쪽에서 의사 목소리가 들려왔다. 의사는 오전 검진 결과 양하는 소아 폐동맥고혈압이 의심된다며 국부 마취 후 플라스틱 튜브를 삽입해 폐동맥의 압력을 측정하는 심도자 검사로 정확한 진단을 해야 한다고 했다. 폐동맥고혈압은 폐동맥의 혈압이 상승하는 질환이다. 일반 고혈압에 비해 희귀하나 양하처럼 선천성 심장 결손이 있는 아이들이 주의해야 할 병이라는 설명이 이어졌다.

심도자 검사 자체는 위험하지 않은지 묻는 문재의 목소리에 이어 의사의 목소리가 들렸다. 검사에 대한 우려보다는, 폐동맥고혈압은 심각할 경우 급사할 수도 있으므로 빠른 검진이 필요하다고 했다. 다른 검진을 하느라 양하가 몇 시간 동안 먹거나 마시지 못했으니 바로 검사를 진행하자고도 했다. 의사가 병실을 나서기 전에 마리와 고본은 함께 자리를 벗어났다.

엘리베이터를 타고 병원 밖으로 나왔을 땐 함박눈이 내리고 있었다. 마리는 짐짓 밝은 톤으로 고본에게 말을 걸었다.

"검사하고 제대로 치료받으면 좋아질 거예요."

"당연하죠."

고본이 눈물이 그렁그렁한 눈으로 마리를 돌아봤다. 그러고는 희뿌연 하늘을 보며 심호흡한 후 들어가자고 했다. 문재를 병실 밖으로 불러낸 고본은 평소의 모습으로 돌아와 있었다. 문재와 상의해 심도자 검사에 동의하는 서명할 때도 평정심을 유지했다. 병실로 돌아온 고본이 잠든 양하의 볼을 쓰다듬었다.

"이렇게 아픈데 아무것도 해주지 못해서 미안해."

그게 고본이 할 수 있는 최선의 말이라는 걸 누구보다 마리가 잘 알았다. 의사에게 안 좋을 말을 들을까 봐 무서워 병실로 들어가지도 못했었으니까.

검사를 받으러 가기 직전에 백선과 순채, 시호, 보육원 원장이 병원에 도착했다. 그때쯤 양하도 잠에서 깨어 일어나 있었다.

"내 얼굴 퉁퉁해서 못생겨졌죠?"

양하가 억지로 웃으며 장난스럽게 말했다. 순채가 토실토실해져서 더 귀여워졌다고 마주 웃어주었다. 양하가 검사실로 이동한 뒤 백선이 불안해하는 고본의 어깨를 두드리며 걱정하지 말라고 다독여주었다. 다들 긍정적인 분위기에서 좋은 결과가 나오기를 바라며 양하에 관한 에피소드를 쏟아내기 시작했다. 양하는 애어른 같이 말은 하는데 젓가락질은 아직 못한다거나, 산타클로스는 유치하다고 안 믿는데 이가 빠진 날에는 꼭 이빨 요정에게 금을 받겠다며 베개 밑에 이를 놓아둔다거나, 유리 온실에 들어가 사혼화를 넋 놓고 보는 취미가 있다거나 하는 사소한 이야기들이었다. 양화는 일곱 살 때도 논리정연하게 말해 그때 벌써 고본을 말싸움으로 이겼었다는 말에는 다 같이 와하하 웃기도 했다. 하지만 웃음 뒤에는 적막한 침묵이 찾아왔다.

"박양하 환자 보호자님 계세요?"

침묵의 시간이 30분쯤 지난 뒤, 검사실 문을 열고 간호사가 황급히 나왔다. 뒤이어 나온 의사가 치료적 시술을 병행하려고 했는데, 그보다 심장 내부에 구멍을 내 심장에 가해지는 압력을 경감시키는 수술을 먼저 진행하는 게 나을 것 같다며 동의하는지를 물었다. 갑자기 위급해진 상황에 다들 서로 얼굴만 쳐다보고 있을 때 백선이 나서서 보육원 원장을 앞에 서도록 했다. 원칙적으로 보호자는 원장이었으므로 동의서를 쓰기 위해 급히 간호사를 따라갔다.

양하가 수술하는 동안 그 누구도 말을 하지 않았다. 모두 각자 믿고 있는 신에게 기도를 올렸다. 마리는 초조한 나머지 입술이 바짝 탔다. 양하는 죽기에는 아직 어리다. 그리고 살고 싶은 간절한 마음을 가지고 있다. 그러니 죽지 않아야만 한다. 마리는 누구에게 기도를 올려야 할지 모르겠기에 계속 같은 말을 속으로 되풀이했다.

양하는 괜찮을 거야.

화장실에 다녀온다던 백선이 치킨집 아주머니와 함께 돌아왔다. 아주머니는 퇴근 후 병원에서 아픈 아이들을 위해 봉사활동을 하고 있다고 했다. 보호자들은 아이가 아프기에 정작 그 자신도 물 한 모금 안 마시고 결과를 기다린다면서 손수 탄 커피를 건네주고는 필요하면 언제든 불러달라며 돌아갔다. 뜨거운 김이 오르는 커피를 마시자 온기가 배 속까지 데워주었다.

네 시간 후 수술을 끝마친 양하는 중환자실로 옮겨졌

다. 의사는 어두운 표정으로 오늘 밤을 넘기기 어려울 수도 있다는 믿기 힘든 소식을 전했다. 순채가 어제까지 밥도 잘 먹었다며, 한 번 더 잘 봐달라고 애원했다. 의사는 고개를 숙였고 문재가 비틀대는 순채를 부축했다. 고본은 세상이 무너진 것 같은 표정으로 중환자실을 바라보았다. 마리는 더는 괜찮을 거라는 위안의 말이 나오지 않았다.

중환자실에 들어간 고본이 계속 양하의 이름을 불렀다.

양하야. 양하야. 양하야.

아마도 이름을 부를 때마다 양하가 세상을 더 살아주길, 아직 남은 미래를 누려주길 부탁하고 있을 터였다. 고본이 휘청거려 간호사가 고본을 밖으로 데리고 나왔다. 중환자실에서 나온 고본이 한참을 벽에 기댄 채 고개를 숙이고 있었는데, 어깨를 들썩거리며 숨죽여 울고 있는 거였다. 그 옆에서 백선과 순채는 기도를 드리고 있고, 문재는 바닥을, 시호는 창밖만 바라보고 있었다.

우리가 할 수 있는 게 이것밖에 없을까. 양하를 도울 방법이 정말 없을까.

그때 마리의 머릿속에 어떤 생각이 스쳐 지나갔다. 마리는 고개를 들고 모두를 둘러보았다.

"귀화서에 가야겠어요."

무슨 뜻으로 하는 말인지 영문을 몰라 다들 어리둥절한 채 마리를 쳐다보았다.

"귀화서에 부모님의 사혼수가 있어요. 저희 부모님의 영혼이 깃든 사혼화는 파란색 꽃이었어요. 소원을 들어주는 파란색 사혼화요. 엄마, 아빠에게 양하를 도와달라고, 살려달라고 부탁드려야겠어요."

사혼화는 죽은 자의 의지가 담긴 꽃. 산 사람의 의지와 만나면 상황을 변화시킬 수도 있다. 더욱이 파란색 사혼화가 소원을 들어준다는 말이 사실이라면 시도를 해보지 않을 이유가 없었다. 누가 어떤 의견을 내기도 전에 마리가 다녀오겠다면서 복도를 달려갔다. 백선이 멍하니 서 있는 시호를 다그치듯이 불렀다.

"서기님, 어서 가서 도와주세요."

그제야 정신이 든 시호가 곧바로 마리를 따라 뛰었다. 마리가 엘리베이터 앞에 없다는 걸 확인한 시호는 계단을 이용해 1층 로비로 내려갔고, 마침 정문을 통과하는 마리를 겨우 따라잡았다.

"같이 가. 내가 부모님을 만날 수 있도록 도울 테니까."

"어쩌지. 눈이 너무 많이 와."

눈은 어느새 발목 높이까지 쌓여 있었다. 병원으로 들어오는 택시가 없어 거리로 나가봤지만, 상황은 비슷했다. 택시마다 대부분 승객이 탑승해 있거나 죄다 운행 종료 표시등을 켠 채 달리고 있었다. 눈을 제대로 뜨지 못할 만큼 눈발이 거세져 마리가 눈을 찡그리며 시호를 돌아봤다.

"차가 더 늦을 수도 있어."

눈보라에 시호의 머리카락이 휘날렸다. 이대로 가만히 동동거리고 있을 수만은 없어 둘은 걸어서 이동하는 사람들 틈에 끼었다. 핸드폰으로 안전안내문자가 계속 수신됐다. 마리는 손가락이 시려서 더는 핸드폰을 들여다보지 않았다.

그때 픽업트럭이 미끄러지듯 두 사람 앞에 섰다.

"어서 타요."

운전석에 앉은 문재가 상체를 기울여 차 문을 열어젖

혔다. 마리와 시호가 올라타자 픽업트럭이 속력을 올렸
다. 안도감이 밀려든 것도 잠시, 갑작스러운 폭설에 도
로가 마비 상태였다. 눈에 미끄러지는 차들로 인해 도로
가 주차장으로 변해버린 것이다. 걸어가는 사람들이 자
동차를 앞지르는 수준이라 이대로라면 그저 도로에 시
간을 버리는 꼴이었다.

"하늘을 타 넘더라도 귀화서에 데려다줄게요."

갑자기 문재가 교통혼잡을 뚫고 픽업트럭을 유턴했
다. 도로에서 골목으로 꺾어 들어선 후에는 서행하며 달
렸고, 신호를 받으려고 골목 끝에 가서 섰다. 한 바퀴를
빙 돌아서 왔던 길로 다시 돌아온 형국이 되었다.

설마 재진입하려는 건 아니겠지.

마리가 불안감에 막 입을 떼려던 때 신호가 바뀌었다.
좌회전 신호를 받은 픽업트럭이 곡선을 그리지 않고 그
대로 직진하더니 쿵쾅대며 보도로 올라섰다.

"꽉들 잡아요."

픽업트럭이 보도를 넘어 경사가 급한 비탈을 빠르게
내려갔다. 엉덩이가 튀어 오를 만큼 심하게 픽업트럭이
요동쳤다. 마리가 손잡이를 잡고 비명을 질렀다. 시호는

가운데 자리에 앉은 탓에 잡을 게 마땅하지 않아 안전띠만 부여잡고 마리보다 더 크게 비명을 질렀다. 픽업트럭은 이제 비탈을 내려와 계속 앞으로만 내달렸다. 앞에는 살얼음이 얼기 시작한 하천이 있었다. 문재가 브레이크를 밟아 속도를 갑자기 줄였다. 그 바람에 눈길에 미끄러진 픽업트럭이 원을 그리듯 한 바퀴 돌았다. 마리가 질끈 감았던 눈을 뜨자 하천 바로 앞에 픽업트럭이 멈춰 서 있었다.

문재의 표정을 보니 역시 놀란 듯 숨을 크게 들이마시고 있었다. 하지만 다친 곳은 없는지 두 사람을 확인하자마자 곧바로 다시 출발했다. 길을 새로 창조해가듯 하천 옆 산책로를 달려갔다. 눈이 쌓인 탓에 속도는 빠르지 않았지만 앞을 막는 차가 없어 더 거침이 없었다.

"으악! 사무관님, 스피드광이었어요?"

"저도 저한테 놀라고 있어요."

마침내 주변 풍경이 익숙한 경관으로 변한 순간, 순찰차가 경광등을 번쩍이며 따라붙었다. 경찰에게 붙잡힌다면 계획이 수포로 돌아갈 수밖에 없다는 판단이 세 사람의 머릿속을 동시에 장악했다.

"잡힐 줄 알고."

문재가 액셀러레이터를 밟아 속력을 높였다. 그러나 순찰차를 모는 경찰도 운전 솜씨가 좋아서 금세 픽업트럭 뒤에 바싹 붙었다. 문재가 다시 꽉 잡으라고 경고하더니 방향을 틀어 비탈로 올라갔다. 기세 좋게 오르나 싶더니 픽업트럭이 순식간에 눈에 파묻히며 더 이상 올라갈 수 없는 상태가 되고 말았다.

"두 분은 걸어서 귀화서로 가세요. 여기는 제가 맡을 게요."

문재가 안전띠를 풀며 다급하게 말했다. 뒤를 돌아본 시호 역시 급박한 상황에 책임을 지려고 했다.

"제가 남을게요. 마리가 의식을 치르려면 사무관님께서 가시는 게 더 도움이 될 테니까요."

하지만 문재는 들은 척도 않고 백선과 순채가 준 거라면서 장갑과 목도리를 건넸다. 두 사람이 병원에 올 때 착용하고 있던 것들이었다.

"저는 두 분 책임자예요. 책임을 지는 자리에 있다고요. 그러니까 두 분은 무사히 제시간에 가는 것에만 집중해주세요. 저도 여기 마무리되는 대로 귀화서로 출발

할 테니까요."

"알겠습니다, 사무관님."

비장한 표정으로 픽업트럭에서 내린 시호가 먼저 비탈을 기다시피 걸어 올라갔다. 뒤에서는 경찰이 다가오고 있었다. 마리가 시호를 뒤따라가려고 할 때 문재가 말을 걸었다.

"서기보님, 지신이 서기보님의 부모님을 파란색 사혼화로 피도록 한 건 분명 이유가 있을 거예요. 양하를 지켜낼 거라고 믿고 있을게요."

문재와 눈을 맞춘 마리가 고개를 힘차게 끄덕였다.

"꼭 살릴게요."

마리와 시호는 눈보라를 헤치며 비탈을 올라갔다. 그새 종아리까지 쌓인 눈 때문에 걸음을 옮길 때마다 푹푹 발이 빠지며 몸이 휘청거렸다. 뜨거운 입김을 손에 불어가며 걸었다. 바지와 운동화가 젖어 발끝의 감각이 점차 사라지고 있었다. 눈이 습기를 머금고 있어 조금만 몸에 쌓여도 묵직했다. 몇 걸음 안 가 금세 체력이 바닥났다. 점점 넘어지는 횟수가 늘어났지만, 두 사람은 손을 맞잡고 서로를 끌어주었다. 마리가 지쳐버려 나중에는 시호가 마리를 안아 옮기듯 이동했다. 어둠이 짙어졌다. 어딘가에서 까악, 까악, 까만 새의 불길한 울음소리가 들려왔다.

귀화서에 도착하지 못한 채 이대로 얼어 죽는 건가 싶었을 때, 저 멀리 맞배지붕이 보였다. 마리는 그 풍경이 눈물이 날 정도로 반가워 시호의 손을 잡고 위아래로 흔들었다. 마침내 귀화서에 도착한 두 사람은 눈을 털어내고 곧장 유리 온실로 들어갔다. 머리에 쌓였던 눈이 녹아 물방울이 되어 이마를 타고 흘렀다. 증류실에서 마리 부모님의 사혼수를 꺼내는 동안 온실의 온기 덕에 한기가 차츰 사라졌다.

유리 온실에서 나온 시호가 위패로 쓸 만한 게 있는지 살피며 창고를 뒤졌다. 다행스럽게도 고본이 밤나무로 기본 위패를 여러 개 만들어두어서 그중 하나를 집어 들었다. 그 사이 마리는 텅 빈 귀화서에 불을 밝혔다.

부모님의 영혼을 10년 만에 만나는지라 되도록 정갈하게 맞이하고자 부정을 씻어내고 싶었지만, 한시가 급한 상황이라 목욕 시간이라도 줄이기로 했다. 젖은 옷만 급하게 갈아입은 마리가 사혼수가 담긴 시약병을 패딩

양쪽 주머니에 넣고 숙소를 나왔다.

먼저 마당에 나와 있던 시호가 마리가 나오는 것을 보고는 발을 옮겼다. 함께 국장실로 들어가서 기원문을 쓸 소지를 찾았다. 기원문은 백선이 직접 적기에 국장실에 있을 줄 알았는데, 없었다. 마리가 소지를 찾아 서랍을 뒤지는 사이 시호가 위패에 마리의 부모님 성함을 적으려다 위패를 하나밖에 챙기지 않았다는 사실을 깨달았다. 창고로 다시 가려는 시호를 마리가 붙잡았다.

"시간 없어. 그냥 위패 하나에 두 분 성함을 다 적어. 어차피 기원문 적을 소지도 없어. 기원문도 생략할 거야."

"조급한 건 알겠는데 잠깐 여유 좀 갖자. 황혼의 시간은 이미 지났으니까 내일 의식을 치뤄야 할 수도 있어. 그러니까 위패에 어머님, 아버님 성함은 제대로 각각 쓰고, 국장님께 연락드려 소지 보관 위치랑 기원문 문구도 여쭤보자."

"내일까지 기다릴 순 없어. 양하는 지금 한시가 급한 상황이잖아. 나 양하랑 약속했단 말이야. 그러니까 의식 때 간절하게 부르면 부모님도 외면하지 않으실 거야."

사혼수는 1년 안에 받아들이는 게 영혼과의 만남 시간을 지키는 규칙이라고들 했다. 마리가 부모님의 사혼수를 제조한 지는 10년이나 되었다. 사실 마리는 부모님의 영혼이 과연 나타날지부터가 걱정이었다. 불안하고 초조하게 하는 생각들을 머리에서 떨쳐내려고 마리는 고개를 흔들었다. 지금은 오직 만날 수 있다는, 해낼 거라는 믿음에만 집중하기로 했다.

"가자."

사당 앞에는 아무도 밟지 않은 눈이 수북하게 쌓여 있었다. 넘어지지 않으려고 조심하며 동문을 열었다. 사당은 난방 시설이 없어 숨 쉴 때마다 입김이 나왔다. 마리가 촛불을 켜고 부모님 이름이 나란히 적힌 위패 하나를 제단에 올려두었다. 그러고는 새 향초를 꺼내 향로에 꽂았다.

시호는 입사 후 의식을 치러본 적이 있긴 하나 관리직인 탓에 딱 한 번뿐이었다. 시간이 촉박하고 마리의 부모님과 양하가 엮인 상황이라서인지 평소 잘 알고 있던 절차들도 기억나지 않았다. 시호가 제구를 꺼내다가 종을 떨어뜨렸다. 적막한 사당에 종이 바닥을 구르는 소리가 요란하게 났다.

"죄송합니다. 죄송합니다. 제가 서툴러 실수를 저지르고 말았습니다. 제 부덕의 탓이니 절 벌하시고 오늘의 의식을 치르는 고마리, 아니 의뢰자님에게는 아무런 해도 내리지 말아주십시오. 부탁드립니다."

시호가 지신 신위를 향해 머리를 조아리며 사죄했다. 쩔쩔매는 모습에 마리는 자기도 모르게 웃고 말았다. 막상 주관자이자 의뢰 당사자가 되어 의식을 치르려고 보니 목덜미가 다 뻣뻣해졌는데 시호 덕에 경직됐던 어깨가 풀리는 것 같았다. 마리도 고개를 숙이고 시호 옆에 서서 지신에게 기도를 드렸다.

제발 양하를 살려주세요.

간곡한 마음으로 짧은 기도를 드리고 시호를 돌아보았다. 시호가 마음을 다잡은 듯 비장한 표정으로 서 있었다. 마리와 시호는 서로에게 고개를 숙여 예를 갖췄다. 이제 마리 부모님을 만날 의식을 치러내야 한다.

시호가 제단 측면으로 가서 제구들을 내려놓았다. 마리는 향에 불을 붙였다. 그러고는 위패를 들어 올렸다. 시호가 왼손으로 오른손을 받쳐 종을 울렸다.

딸랑-.

"땅을 다스려 우리를 보살피는 지신이시여! 미천한 이 몸이 마음을 다해 현세에 미련이 남은 넋을 이곳에 부르고자 합니다. 부디 길을 열어주십시오."

마리가 위패를 가슴 앞으로 끌어당기며 엄마와 아빠 이름을 차례로 세 번씩 불렀다. 다시 종소리가 사당에 울려 퍼졌다. 다른 때보다 강렬하면서도 서늘한 기운이 가운데 문을 넘어왔다. 마리는 위패를 제단에 다시 올려둔 뒤 사당 중앙으로 걸어갔다.

도와주세요. 지신님!

마리가 시약병을 패딩에서 꺼내자 몸 전체에 꽃 그림자가 지면서 엄마의 기억이 머릿속을 스쳐 지나갔다. 곧이어 마개를 열고 파란빛 사혼수를 천천히 받아들이자 알록달록한 빛이 사당에 퍼지기 시작했다. 마리가 아빠의 사혼수까지 받아들이고 나자 사당 중앙에서 빛의 회오리가 일기 시작했다. 얼마 후 회오리가 잦아들면서 두 사람의 형체가 나타났다. 마리의 엄마와 아빠였다.

엄마! 아빠!

마리가 울음을 터뜨렸다. 그토록 보고 싶었던 엄마와

아빠가 정말 눈앞에 있었다. 마리는 생각할 새도 없이 몸이 저절로 달려가 두 팔을 벌리고 있는 부모님에게 안겼다. 부모님이 울고 있는 마리의 얼굴을 구석구석 쓰다듬으며 미소를 지었다. 엄마와 아빠는 아파 보이지 않았다. 힘들어 보이지 않았다. 괴로워 보이지도 않았다. 화재 사고로 고통스러운 죽음을 맞았으나 지금의 부모님은 더할 나위 없이 밝고 온전한 모습이었다. 정말 다행이었다. 안심이 되었다.

마리는 꿈에서라도 뵙길 바라던 부모님을 번갈아가며 안았다. 보고 싶었다고, 매일 그리웠다고, 다시 만나서 행복하다고, 사랑한다고, 난 잘 지낼 테니 걱정하지 말라고……. 건네고 싶은 말도, 묻고 싶은 말도 너무나 많았다. 그러나 건넬 수 있는 말은 딱 한 문장뿐이었다. 한 문장으로 온 마음을 전해야 했다.

마리가 부모님의 손을 잡고 두 사람을 마주 보았다. 마리는 부모님과 자신이 서로 같은 마음이라는 걸 알고 있었다. 두 분도 자신에게 전하고 싶은 말은 다르지 않을 것이다. 그런 믿음이 있기에 사랑한다고 굳이 말하지 않아도 괜찮았다. 모든 말들을 생략해도 괜찮다고 생각했다.

부모님 이야기만 나와도 눈물부터 흘리던 마리가 밝게 웃으며 두 분의 손을 꽉 잡았다. 눈물은 가슴 아래로 꾹꾹 밀어내고 대신 그 자리에 부모님의 환한 얼굴을 깊게 새길 수 있도록 다정하게 바라보았다. 두 사람은 하고 싶은 말을 다 들어줄 테니 어서 말하라는 듯한 표정으로 마리를 바라보았다. 마리는 그 모습에 위안을 얻어 마음으로부터 울려오는 말을 외치듯 말했다.

"두 분의 힘으로 양하가 살 수 있도록 도와주세요."

마리가 말을 마친 순간, 부모님의 영혼으로부터 빛이 퍼져나갔다. 빛이 허공으로 뻗어나가는가 싶더니 갑자기 사방에서 돌풍이 불었다. 향탁이 흔들리고 문이 요동쳤다. 시호는 넘어지지 않으려고 제단을 붙잡았다. 빛이 점차 소용돌이를 이루면서 바람은 더욱 거세어졌고, 급기야 사당 문이 부서져 날아갔다. 바람과 함께 빛이 사방으로 흘러넘치더니 사당을 넘어 하늘을 향해 용오름으로 솟아오르기 시작했다. 부모님의 영혼이 마리에게 손을 뻗었다. 마리가 눈을 제대로 뜨지 못한 채 힘겹게 손을 뻗어 두 분의 손을 맞잡았다.

그 순간 세상의 모든 사혼화가 빛났다. 이미 피어나 있던 사혼화는 물론 땅속에서 피어날 준비를 하고 있던 사혼화, 심지어 뿌리가 뽑혀 말라죽은 사혼화까지도 허공에서 빛났다. 마리는 모든 사혼화가 강렬한 빛으로 세상을 향해 만발하는 걸 오롯이 느꼈다. 아름답고 찬란했다. 빛의 용오름이 점점 더 강하게 퍼져나갔다. 하늘에서 빛과 눈이 뒤엉켰다. 마리는 용오름의 빛 속으로 삼켜지는가 싶더니 자리에서 쓰러졌다.

시호도 빛의 용오름에 휘말리며 향탁과 함께 굴렀다. 정신을 잃기 전, 마리의 부모님이 마리의 머리를 쓰다듬으며 귓가에 무언가 말하는 게 보였다. 말소리는 들리지 않았다. 한 가족의 마지막 상봉을 끝까지 지켜보기 위해 버텼으나 시호도 곧 정신을 잃고 말았다.

시호가 정신을 차렸을 땐 모든 빛이 사라진 뒤였다. 사당 천장과 문은 부서졌고 마리는 바닥에 쓰러져 있었다. 시호는 다리가 후들거려 거의 기다시피 해 마리에게로 갔다. 겉으로 살펴봐서는 다친 곳은 없어 보였다. 어깨를 흔들자 마리가 눈을 몇 번 껌벅였다.

"정신이 들어?"

마리가 벌떡 일어나 주변을 두리번거렸다. 사당 안은 텅 비어 있었다. 부모님의 영혼은 승천했다. 마치 따뜻하고 포근한 꿈을 꾸다가 깬 것 같은 느낌이었다. 마리는 입술을 꼭 깨물고 울지 않겠다고 다시 한번 다짐했다. 어딘가에서 부모님이 바라보고 계실 것을 알기에 씩씩하고 의연한 모습을 보이겠다고 주먹을 꼭 쥐면서.

마리가 먹먹하게 깔린 어둠을 밀쳐내며 바닥을 짚고 일어섰다. 바닥에 떨어진 시약병을 주워 들고 제단으로 가서 넘어진 위패를 제대로 세워두었다. 지신의 신위는 제자리를 벗어나지도, 쓰러지지도 않았다.

이 모든 광경을 땅의 신이 보고 있었을까.

마리는 자신의 간곡한 외침을 부디 지신이 들었기를 바랐다. 그렇지만 시간만이 똑딱이며 흐르는 세상에서 변한 건 아무것도 없는 것처럼 느껴졌다. 마리는 시호와 함께 부서진 잔해들을 치우고 바닥을 쓸었다. 그러고 나서도 무언가 더 할 것이 없는지 고개를 빼고 주변을 둘러보았다. 날아간 문짝마저 찾으러 갈 것 같은 기세에 시호가 성큼성큼 다가가 마리의 손을 붙잡았다.

"그만하고 나가자. 이제 끝났어."

마리가 방금 자신이 들은 말을 믿지 못하겠다는 듯한 얼굴로 되물었다.

"끝나다니? 포기했다는 말이야? 이렇게 양하를 보내 주라고?"

"더는 사당에 있어봤자 의미가 없어. 나가서 결과를 기다리자."

마리가 자리에 스르륵 주저앉았다.

"이렇게 끝내면 안 되잖아."

할 수 있는 일은 다 했다. 양하의 상태가 바뀐다면 병원에서 연락이 올 것이다. 시호가 고개를 숙인 마리를 일으켜 세웠다. 일어설 힘도 없는 듯 마리가 도로 주저앉았다. 시호가 무릎을 꿇고 마리에게 등을 보였다.

"업혀."

잠깐 머뭇거리던 마리가 "여기 다 부서져서 더 못 있어."라며 재촉하는 시호의 목에 팔을 둘렀다. "웃차." 하고 일어난 시호가 생각보다 마리가 무겁다고 투덜거렸다.

밖으로 나오니 눈은 그쳤지만 온통 하얀 세상이 되어 있었다. 시호는 마리를 업고 눈길을 한 발 한 발 내디뎠다. 신중히 걸음을 옮겼는데도 그만 발이 미끄러지며 앞으로 고꾸라졌다. 업고 있던 마리가 눈에 파묻혔다. 엎어지면서 마리가 들고 있던 시약병을 놓쳐 눈밭으로 흩어졌다.

"괜찮아?"

시호의 걱정에 마리가 몸을 일으켰다가 괜찮다며 도로 눈 위에 드러누웠다.

"별 떴다. 눈보라에 얼어 죽을 뻔했던 게 진짜 거짓말 같네."

시호도 눈밭에 누워 밤하늘을 바라보았다. 눈이 그치고 별이 뜬 하늘은 반짝반짝한 소원들이 총총히 박혀 있는 것처럼 보였다.

그때 시호의 핸드폰이 울렸다. 순채였다. 울먹이는 목소리로 양하가 방금 깨어났다고, 경과는 지켜봐야겠지만 고비는 넘긴 것 같다는 소식을 전해주었다.

"양하가 깨어났대."

시호가 눈가를 훔치며 양하의 소식을 마리에게 전했다. 미처 닦아내지 못한 눈물이 시호의 뺨을 타고 흘러내렸다. 마리의 눈에도 눈물이 그렁그렁하게 고였다. 하지만 울지 않으려고 하늘을 쳐다보았다. 온통 까만 세상에 반짝이는 것만 남아 있는 듯 수많은 별이 힘차게 빛나고 있다. 손을 뻗으면 별이 닿을 것만 같은 밤하늘 아래에서 마리는 지금까지 미처 몰랐던 존재를 처음 마주하고 그 무게감을 체감한 듯한 기분이 들었다. 그건 바로 생명이 살고자 하는 의지, 그 의지의 무게였다.

"고마리!"

시호가 밤하늘을 올려다보고 있던 마리를 불렀다. 마리가 고개를 돌려 시호를 바라봤다.

"하나 물어봐도 돼?"

"뭔데?"

"부모님의 영혼에게 어떤 말씀을 들었어?"

마리가 누운 채로 잔뜩 긴장한 시호를 보다가 배를 잡고 웃었다.

"왜 웃어?"

"너 서기잖아. 영혼이 하는 말을 당연히 들었어야 하는 거 아니야?"

"여태껏 들어왔어. 근데 아까는 사당 문이 부서질 정도로 거센 용오름이 불어닥쳤잖아. 정신이 없었단 말이야. 그래서 미처 못 들었어."

마리가 진지한 표정이 되어서는 다시 밤하늘을 올려다보았다.

"엄마랑 아빠가 그러셨어. 언제나 지켜보고 있겠다고. 잘 해낼 거라 믿는다고 하셨어."

죽음이 들이닥쳤다고 하여, 사혼수를 받아들였다고 하여 관계의 끈이 끊어진 게 아니라는 의미였다. 부모님이 돌아가신 이후 마리는 엄마, 아빠에게 종종 말을 걸었다. 좋은 일이든 슬픈 일이든, 오늘 하루 있었던 일상적인 일을 조잘조잘 이야기하듯. 부모님이 어디선가 듣고 계실 거라 믿으며 자신이 느끼는 것들을 말하곤 했었다. 지금도 그때와 다르지 않았다. 아니, 다르다면 부모님이 자신의 말을 듣고 계신다는 확신이 생겼다는 것이다. 마리는 눈물이 핑 도는 걸 들키고 싶지 않아 자리에서 일어났다. 그러고는 시호에게 손을 내밀며 빙그레 웃었다. 시호가 마리의 손을 잡고 일어났다.

"양하도 깨어났겠다. 부모님이 지켜보고 계신 것도 알게 되었겠다. 모두 해피엔딩이네. 그나저나 소원을 들어주는 파란색 사혼화라는 거 전설이 아니었네."

"나 깨달은 게 있는데, 파란색 사혼화가 소원을 들어 준다는 전설 말이야. 그거 사실은 진짜 전설 아닐까?"

"무슨 말이야?"

"우리 부모님이 양하가 살 수 있도록 무언가를 도왔 다면, 그건 우리 귀화서 사람들이 양하가 아프지 않기를 바라고 기도한 것처럼, 그저 살기를 바라는 마음을 품었 을 뿐일 거야. 양하가 깨어난 진짜 이유는 양하 스스로 가 살고자 했기 때문이 아닐까? 분명 양하의 의지가 죽 음의 고비를 넘긴 걸 거야. 그러니까 소원을 들어주는 파란색 사혼화는 그냥 전설이라고 해두고 싶어."

우리는 있는 힘을 다해 매시간 죽음과 맞서고, 때론 가까운 곳에서 죽음을 목격하기도 하고, 죽음으로부터 살아남은 이들을 위로하며 살아간다. 결국에 남은 이들 은 힘들게 죽음을 받아들이면서 살 수밖에 없다. 그럼에 도 나름의 방식으로 상처를 극복해나가며, 소중한 사람 과의 평범한 일상에서 얻는 기쁨들을 바라보며 산다. 누 군가의 깨달음과 간절한 꿈이 삶을 밝히는 등불로 바뀌 어가는 것을 바라보면서, 그 등불이 꺼지지 않도록 애쓰 기도 하며 오늘을 살아간다.

마리는 앞으로 수많은 시간이 지나더라도 사당으로 뛰어든 오늘만큼은 절대 잊지 않을 거라고 다짐했다. 누구에게든 살겠다는 의지가 힘을 발휘할 거라는 믿음을 가지고.

十.
귀화서의 봄

"조심해주시겠어요?"

나긋한 태도로 말했지만, 목소리의 주인공인 고본을 힐끗 본 설비업자들 얼굴에는 긴장감이 감돌았다. 고본은 두 다리에 힘을 준 채 유리 온실 앞에 꼿꼿하게 서 있었다. 설비업자들은 아마도 눈치채지 못했을 테지만 내성적인 고본이 험악해 보일 정도로 인상을 쓰고 있는 건 다리가 후들거리기 때문이었다. 설비업자들이 지나가다가 사혼화 화분을 떨어뜨리기라도 하면 어쩌나 걱정되어 나와봤으나 막상 감시하기보다는 주로 긴장을 하고 있었다.

"과장님! 너무 심각하신 거 아니에요?"

마리는 전기 공사를 최종 점검하는 설비업자들 사이를 비집고 나아가 고본 옆을 지나쳐 가며 말했다. 감시를 더 하다가는 올 것 같았지만, 말려도 달라질 건 없으리라. 마리가 그렇듯 고본도 가만히 앉아만 있을 수 없기에 어울리지 않는 역할을 자청해 떠맡은 것이다.

귀화서는 지금 대대적인 변화를 앞두고 있다.

기존에는 사혼화를 관리하는 유리 온실과 사혼화 증류실이 한곳에 모여 있었다면, 이번 리모델링으로 유리 온실과 사혼화 증류실을 분리하고, 증류실에 사혼수 보관 설비를 갖추기로 했다. 마리처럼 사혼화를 증류한 뒤에도 피치 못할 사정으로 받아들이길 망설이는 의뢰인들을 위해 마련된 공간이다. 다만 사혼수가 점차 증발될 수 있으므로 1년 이상 장기 보관은 하지 않는다는 방침을 세웠다.

유리 온실은 유리 화원이라고 이름을 바꾸고, 밖에서도 사혼화들을 볼 수 있는 공간을 만들었다. 전국에서 찾은 사혼화를 지역별로 보관하여 의뢰인들이 유리문 밖에서 볼 수 있도록 했다. 만질 수는 없으나 자신이 찾

고 있는 사혼화가 맞는지 눈으로 확인할 수 있는 시스
템을 갖춘 것이다.

유리 화원을 일반인에게 개방하기로 한 계기는 귀화
서로 돌아온 양하와 자운영 주무관의 의지 덕이다.

양하는 겨우내 입원했으나 건강을 회복하고 무사히
귀화서로 돌아왔다. 그날 사당에서 솟아오른 빛의 용오
름은 중환자실에 있던 양하에게 무사히 도달한 게 분명
했다. 양하는 죽음 바로 앞에서 위기를 극복한 이후 사
혼화를 보기 시작했기 때문이다.

"사혼화가 묘한 힘을 가진 거지."

백선의 말대로 사혼화는 죽은 영혼만이 아닌, 산 인간
의 삶 역시 바꾸고 있었다. 양하는 산책을 나왔다가 병
원 화단에서 빛나는 사혼화를 본 뒤 고본이 볼을 꼬집
는 것도 의식하지 못한 채 꽃만 바라봤다고 한다. 사혼
화를 보고 싶다는 소원이 이루어진 순간이니 그럴 만도
했다. 양하가 사혼화를 본다는 건 일반 사람도 어떤 계
기로 인해 새로운 능력을 얻을 수 있다는 걸 의미했다.

양하의 새로운 능력에 다들 들떠 있을 때 장기 출장
을 갔던 자운영 주무관이 돌아왔다. 꽃 배송 트럭을 타

고 돌아온 운영은 커트 머리에 키가 큰, 얼핏 미소년처럼 보이는 사람이었다. 전국을 돌다 1년 만에 돌아왔는데도 어제까지 귀화서에 있었던 사람처럼 금세 대화에 끼어들며 분위기를 주도했다. 특히 처음 만나는 마리에게도 시원스러운 태도를 보였다.

"귀화서 에이스라더니 사당도 직접 수리했다면서요?"

마리는 운영의 호기심 가득한 눈빛에 지난 한 달간의 일상을 떠올렸다. 부모님의 영혼을 맞이한 다음 날, 귀화서에 돌아온 사람들은 모두 입을 딱 벌렸다. 사당이 엉망진창으로 부서진 채 사람들을 맞이했기 때문이다. 당황하여 할 말을 잃은 문재와 순채. 의외로 백선은 수리하면 된다며 덤덤하게 넘겼다. 유예 기간을 두고 있던 마리는 내심 긴장하고 있던 터라 백선의 말에 한시름 놓았다. 뜻밖에도 절망적인 얼굴을 한 건 고본이다. 올해 예산에 포함된 예비비로는 수리비를 모두 충당하기 어려울 거라고 우는소리를 했다. 그래서 인건비라도 줄이고자 마리와 시호가 사당 수리에 참여하게 된 것이었다.

마리는 도배장판 시공 업체에서 아르바이트했던 경

험으로 내부 수리 보조를 담당했고 시호는 손재주가 워낙 좋아 첫날 외관 공사의 고정 멤버가 되었다. 칼바람에 코를 훌쩍이며 일하는 시호를 보면서 마리는 자신이 손재주가 없는 걸 다행으로 여겼다. 그만큼 한겨울의 외부 공사는 고되었다. 그때의 추위가 떠올라 마리는 어깨를 부르르 떨었다.

"아무래도 귀화서에 폐를 끼쳤으니까요."

마리는 의연하게 말하면서도 유예 기간을 두겠다는 백선의 말이 불쑥 떠올라 어깨에 힘이 빠졌다. 운영은 문재와 시선을 주고받더니 마리와 상의하고 싶은 일이 있다고 했다.

"윤시호 서기님도 함께요."

연구실 회의 협탁에 둘러앉은 네 명은 귀화서 운영 방침이라고 적힌 문서를 앞에 두고 있었다. 귀화서로 돌아온 뒤 매일 연구실에서 문재와 몇 시간씩 회의하여 내린 결론이라고 운영이 서두를 열었다.

"서기보님이 면접 때 사혼화 사진을 SNS에 업로드해서 많은 사람이 사혼화를 쉽게 찾을 수 있도록 하자는 의견을 냈다면서요? 좋은 아이디어 같아요. 사실 저도

사혼화를 찾아 전국을 다니며 안내 팻말로는 사혼화의
행방을 알리는 데 한계가 있다는 생각을 줄곧 해왔거
든요."

안내 팻말은 사혼화의 행방을 알리는 표지다. 혹시 소
중한 이의 사혼화를 찾는 누군가가 있다면 이 근방에서
찾은 사혼화는 귀화서에서 보관하고 있으니 방문해 확
인해달라는 안내가 적혀 있었다. 그러나 안내 팻말은 눈
에 잘 띄지 않는다는 것이 큰 단점이었다.

"개인적으로는 기존 귀화서 방침과 국장님 철학을 존
중해요. 하지만 시대가 바뀌었잖아요. 삼년상을 치르며
사혼화를 찾을 기회가 많았던 조선 시대와는 달리 장례
도 휴가를 내고 치르는 시대에 사혼화를 찾을 시간이
어딨겠어요. 사혼화를 찾고 싶어도 막막한 사람들이 있
고 미신으로 치부되는 문화도 있어요. 그렇기에 우리도
시대 변화에 발맞춰 대응해 유족을 도와야 하는 건 아
닐지 사무관님과 계속 상의해왔거든요."

운영이 잠시 숨을 고르고 말을 이었다.

"사무관님과 저는 SNS에 사혼화 사진을 올리는 걸 찬
성해요. 소중한 이를 찾고 싶은 사람들이 가족 중에 누

가 사혼화를 볼 수 있는 건지 몰라 우왕좌왕하지 않고 다 같이 모여 사진 한 장 보는 시간을 내는 것만으로도 명확하게 확인할 수 있는 시스템이니까요. 시간을 들여 고인의 영혼이 담긴 사혼화를 찾는 것도 의미 있는 일이지만 시간을 헛되이 쓰지 않고 고인에 대해, 죽음에 대해, 사혼화에 대해 생각해볼 계기를 마련해주는 것도 뜻깊다고 봐요."

문재도 같은 생각이라고 했다. 고인에 대한 예의와 의뢰인의 편의를 봐주는 간극을 영혼이 소중한 사람을 더 많이 만날 수 있도록 도와주는 서비스로 채우고 싶다고 했다. 백선을 만나 설득하기 전 마리와 시호에게 먼저 말한 것은 이 서비스를 도입하면 실무자들의 일이 늘어날 예정이기 때문이다. 사실상 전국을 다니며 사혼화를 찾아내는 일은 앞으로 마리와 운영이 도맡아야 한다. 시호는 관리해야 할 사혼화가 늘어난다. 덩달아 몸이 고되고 힘든 일이 생길 수밖에 없었다.

"저는 사혼화가 쓸쓸한 건 싫어요. 차라리 제 몸이 힘든 게 나아요."

"저도 가만히 앉아 의뢰인이 찾아올 때까지 기다리는

것보다 나가서 찾는 게 성미에 맞아요."

"맞아요. 얘는 자유롭게 움직이……."

시호가 거기까지 말하고 입을 틀어막았다. 마리가 눈을 가늘게 뜨고 시호를 흘겨봤다. 운영이 흥미롭다는 표정으로 마리와 시호를 번갈아 쳐다봤다.

"얘? 두 분이 서로 말을 놓는 사이가 된 건가요?"

마리가 손사래를 쳤다.

"아니에요. 그냥 둘이 동갑이라 친구 하기로 해서. 죄송합니다."

"어머! 저한테 죄송할 필요는 없죠. 귀화서 방침에 반드시 존대를 하라는 규정이 있는 것도 아니고. 그렇죠, 사무관님?"

문재가 복잡한 표정으로 앉아 있다가 운영의 시선을 느끼고 "네? 뭐, 그렇죠." 하고 말을 얼버무렸다. 그 모습을 지켜보는 운영 또한 표정이 미묘하게 어두워졌다. 네 사람이 서로 눈치를 살피다가 그날의 회의는 어영부영 끝나고 말았다.

다음 회의에는 고본이 참석했다. 계획을 들은 고본은 취지는 찬성하지만, 죽은 영혼에 대한 예의를 지켜내는 작업은 힘들 거라고 우려를 표시했다. 또한 환각 카페인을 만들기 위해 사혼화가 보이지 않음에도 빛이 보인다고 거짓말하는 사람이 생길 수도 있다고 내다봤다. 거짓말에 대비해 사혼화가 선택한 사람이 맞는지 확인할 다른 방법이 있어야 했다. 그게 없다면 찬성할 수 없다고 강하게 말했다.

연륜에서 나온 지적이다. 거짓말하는 사람을 걸러내는 방법은 거짓말을 꿰뚫어 보는 것밖에 없었다. 다들 고개를 내리깔고 생각에 빠져있을 때 어느 순간 마리와 시호, 문재의 시선이 부딪쳤다.

내가 거짓말을 가려낼 대안이 될 수 있다고 생각해주는구나.

하지만 비밀을 먼저 털어놓을 수 있는 건 비밀을 가진 사람뿐. 비밀을 아는 사람은 섣불리 나설 수 없기에 마리가 조심스럽게 손을 들었다.

"제가 사혼화와 의뢰인의 관계를 알아볼 수 있어요."

의아해하는 고본과 운영에게 사혼화와 사념의 이야기를 들을 수 있다는 사실을 밝혔다. 마리가 사혼화의 이야기를 듣고 의뢰자가 진실을 말하는지 확인하면 거짓말에 대한 우려가 해소될 것이었다. 사정을 알게 된 고본과 운영은 놀라면서도 귀화서에서 오래 근무한 베테랑들답게 그동안 외로웠겠다며 마리를 우선 위로해 줬다. 고본은 국장님을 설득하는 데 나서주겠다며 팔을 걷어붙였다.

"그나저나 진짜 대단하네요. 귀한 능력으로 부모님의 사혼화를 찾은 거잖아요. 난 소중한 사람의 사혼화를 단념해야 하나 고민했는데. 이제 제 고민도 서기보님이 있으면 해결이네요. 잘 부탁해요."

사혼화를 보는 사람들은 정작 자신의 소중한 사람은 알아보지 못하기에 마리는 귀화서 사람들에게도 힘이 되어주고 싶다고 생각해왔다. 드디어 자신의 능력으로 귀화서에 도움 될 만한 일을 할 수 있게 되었다고 생각하니 마음 깊은 곳이 따뜻해지는 기분이었다.

귀화서 변화를 주제로 한 계획서를 다듬은 뒤 국장실에서 회의가 열렸다. 운영이 시대적 흐름의 변화와 사혼화를 찾으면서 느꼈던 문제점과 해결 방안을 제안했다.

1. 의뢰인들이 사혼화를 좀 더 쉽게 찾을 수 있도록 귀화서 SNS 공식 계정에 사혼화를 찍은 사진을 업로드하고 사혼화를 찾은 곳의 간략한 정보도 함께 올린다.
2. SNS를 하지 않는 사람들을 위해 사혼화를 찾은 곳에 안내 팻말을 세워두는 것도 병행한다.

시호가 치킨집 아주머니의 의뢰를 통해 사혼화 사진에서 빛이 보이는지를 확인했다고 덧붙였다. 아주머니에게도 보이는 만큼 의뢰인들도 사진으로 사혼화를 알아볼 수 있을 거라고.

뒤이어 문재가 경제적인 측면을 강조해 귀화서가 앞으로 존속되기 위해 연간 몇 건의 의뢰를 처리해야 하는지와 의뢰인의 기회비용을 설명하자 백선이 향후 방안을 물었다. 고본이 사혼화를 확인할 유리 온실 확장 및 보안 계획과 사혼수 보관 설비 추가에 필요한 예산에 대해 발표했다. 예산은 귀화서 시설 관리비에서 충당할 수 있을 것 같다고 하자 백선이 볼펜으로 예산비에 동그라미를 쳤다. 마지막으로 마리가 환각 카페인 대응안을 밝히자 마침내 백선이 백기를 들었다.

"다 같이 귀화서가 발전할 방법을 연구해왔군요. 제가 할 말은 이것뿐일 것 같네요. 책임은 제가 질 테니 여러분은 각자 본분에 맡도록 일을 진행해주세요."

그렇게 모두 하나가 되어 귀화서의 변화를 위해 노력해왔다. 그간 분투하며 이뤄낸 결실을 드디어 외부에 공개하기로 한 날이다.

"에이그, 머리가 이게 뭐예요. 얼추 마무리 되어가는데 거긴 과장님께 맡기고 서기보님은 의뢰인 맞이하기 전에 머리나 다시 묶어요. 지저분해."

순채가 유리 화원에서 마리에게 잔소리를 했다. 마리가 화분을 내려놓고 머리카락을 만져보았다.

머리가 지저분해졌나? 뭐, 아무럼 어때. 직장에서 외모가 중요한가. 능력이 중요하지.

마리가 목장갑을 벗고 머리를 다시 질끈 묶었다가 혀를 차는 순채에게 이끌려 밖으로 나왔다. 머리를 빗는 김에 보자기를 두르고 밑 부분을 다듬었다. 순채가 손수 잘라주었다. 1년 전이었다면 미용실이 아닌 곳에서는 머리를 자를 엄두도 내지 못했을 것이다. 그러나 지금은

달라졌다. 조금 삐뚤빼뚤하더라도 다시 기르면 되니 괜찮다.

숙소를 지나던 문재가 서기보님이 드디어 단정한 모습이 되겠다며 순채에게 감사하다고 인사했다. 왜 두 사람이 내 머리를 가지고 왈가왈부하냐고 마리가 툴툴대자 '서기보님이 곧 우리'라는 말이 돌아왔다. 심성 좋게 사람을 대하는 두 사람의 모습이 보기 좋아 마리가 웃었다. 그걸 보고 두 사람도 따라 웃어주니 더 좋았다.

"열 시 오픈이니 상담실에서 10분 전에 만나요."

문재가 가고 순채도 집중해 머리를 마무리해주었다. 거울에 비춰보자 말끔해진 머리가 상쾌하게 보였다. 실력이 너무 좋다고 칭찬하자 순채가 엄지손가락을 치켜세우며 기뻐한다.

"아참, 밀짚모자 할아버지도 오늘 오신댔죠?"

"개업 떡 들고 오신다고 했는데 아마도 오후에 오실 것 같아요."

"개업 떡이요? 할아버지답네요. 하긴, 서기보님께 고마운 마음을 그렇게라도 표현하고 싶으신 거겠죠. 서기보님이 범인 잡아준 거에 대해서 아무 보답도 안 받겠다고 한사코 거절했으니까."

귀화서 변화가 결정된 뒤에 마리는 백선에게 재가를 얻어 밀짚모자 할아버지를 찾아뵈었다. 아내를 살해한 범인의 단서를 찾기 위해서였다. 밀짚모자 할아버지가 아내의 사혼화를 찾은 후 평온한 생활을 보내고 있고 범인을 찾는 일에 관심을 보이지 않았던 터라 마리는 이제 와서 범인을 찾는 게 도움이 될지 백선에게 고민을 상담했다.

"사혼화를 찾아 의뢰인에게 알릴 때처럼 세심한 접근이 필요하겠네요. 안부 차 찾아뵙는 것으로 하죠. 아내의 사혼화에서 어떤 정보를 얻을지 지금은 알 수 없는 거니까요. 만약 범인을 특정할 수 있는 기억을 듣게 된다면 그때 털어놓으세요. 그땐 의뢰인께서 결단을 내리시는 방향대로 가고요. 그 전에 서기보님은 이 일을 진행할지 며칠 더 심사숙고하세요. 살해될 때의 기억을 보는 건 본인에게도 트라우마를 남길 수 있어요. 자기 자신을 먼저 지켜낼 수 있다면 이 일은 허락하도록 할게요."

마리가 사혼화의 이야기를 듣는 능력을 공식적으로

발휘하기 전이었다. 이 능력으로 귀화서와 자신에게 어려움이 닥칠 수도 있다. 그러나 의뢰인에게 최선을 다하고 싶다는 마음이 더 컸다. 밀짚모자 할아버지에게 자신이 할 수 있는 모든 일을 해드리고 싶었다.

며칠 뒤 마리는 문재와 함께 밀짚모자 할아버지를 찾아뵙고 사혼화를 만져보았다. 마리가 사혼화에 깃든 영혼이 들려주는 이야기를 가만히 듣는 동안 마리에게 나타난 꽃 그림자를 할아버지는 모른 체 해주었다.

할머니는 젊은 시절 할아버지와 만나고 결혼하고 아이들을 낳은 뒤 평범하게 살아가던 일상부터 들려주었고, 마지막으로 할머니를 살해한 범인의 얼굴이 보였다. 만약 일면식이 없는 사람이었다면 오래전에 발생한 사건이니 범인을 찾을 수 없었을 것이다. 마리가 본 외모만으로 몽타주를 만들 수도 없고 DNA를 조사해볼 수도 없었을 테니까. 하지만 마리가 본 장면에서 할머니가 범인의 이름을 부르는 소리가 들렸다. 이웃에 사는 사람. 왕래가 잦았던 사람. 그래서 할머니가 의심 없이 집으로 들였던 사람이 범인이었다.

마리의 말을 들은 할아버지는 비통한 표정이 되어 주

먹으로 가슴을 탁탁 쳤다. 믿었던 이웃에게, 심지어 조문까지 온 사람이 범인이라는 걸 인정하는 게 힘들어 보였다. 그날은 가족과 함께 의논해 보겠다고 해서 문재와 마리는 귀화서로 돌아왔다. 그 뒤의 일들은 할아버지를 대신해 자식들이 처리했다. 경찰에 마리가 진술한 것을 토대로 이웃의 집에서 할머니를 살해할 때 사용한 흉기를 찾아냈다. 자백도 받아냈다. 살인죄는 공소시효가 없기에 범인은 죗값을 받게 되었다.

그게 불과 얼마 전의 일이다. 마리는 울분을 터뜨리던 자식들의 모습과 처음에 적반하장으로 나오던 범인 사이에서 간신히 평정심을 유지할 수 있었다. 할머니의 사혼화를 어루만졌을 때 머릿속으로 들어온 과거 기억이 평화로웠기에, 그 기억이 마리의 버팀목이 되어주었다. 앞으로도 마리는 좋고, 행복한 기억을 제일 먼저 들려주는 사혼화들의 이야기를 들으며 영혼이 생전에 어떤 삶을 살았는지 헤아릴 것이다. 그게 마리의 성장통이자 버팀대가 될 것이다.

마리는 순채의 부탁으로 시호를 찾으러 갔다. 사당으로 가는 길목에서 시호가 모종삽을 들고 하늘을 보고 있었다. 요즘 시호는 시간 나는 대로 사당으로 가는 길에 빛을 잃은 사혼화들을 심고 있었다. 마리도 옆에 나란히 서서 하늘을 올려다보았다. 흘러가는 구름 한 점이 사혼화를 닮았다고 말했더니 시호가 같은 구름을 보며 하트가 보인다고 말했다.

바람이 불어 모래가 날리고 모래에 섞여 작고 마른 풀잎들이 하늘로 솟구쳤다. 눈을 비빈 시호가 뒤늦게 마리의 머리를 보고 "오오!" 하면서 감탄사를 흘렸다. 괜히 쑥스러워져 마리가 순채의 전갈을 전하며 그만 가려는데 시호가 주머니에서 작은 상자를 꺼내 내밀었다. 뭐냐고 물었더니 선물이라는 답이 돌아왔다.

"귀화서 입사한 지 1년 됐잖아. 귀화서에 와준 거 고마워서."

고인의 영혼과 유족과 살아있는 모든 이들을 먼저 생각하는 따뜻한 직장에 마리가 들어온 지 벌써 1년이 되었다. 마리는 까맣게 잊고 있었던 탓에 하마터면 눈물이 나올 뻔했다.

"너 또 울려고 하지? 완전 울보네. 그래도 지금은 쪼금 울어도 되지 않을까. 1년 동안 고생했다, 고마리."

평소처럼 장난치면서 들까불어주길 바라는 건 아니지만 선배 같은 시호가 어색해 마리는 "하늘 같은 선배님이 주신 거니 잘 간직할게." 하며 놀렸다. 시호가 민망한지 모종삽을 집어 들면서 "이제 공양주님을 도와주러 가볼까나." 하고 등을 돌렸다.

"시호야!"

"왜?"

시호가 마리를 돌아보았다.

"고마워!"

시호가 처음 만난 날처럼 환하게 웃었다.

시호가 상기시켜준 덕분에 마리는 국장실로 들어가 백선을 만날 수 있었다. 백선이 꽃 모양으로 테두리를 만든 나무 상에 찻잔을 내려놓고 있었다.

"정확하게 맞춰 왔군요."

백선이 찻잔에 차를 따라주었다. 귀화서에 제대로 자리 잡아야 한다는 압박감을 느꼈던 면접 때와 달리 마리는 이제 국장실에서 아무 말 하지 않은 채 앉아 있어도 부담스럽지 않았다. 전해지는 소리가 없는 게 오히려 공간을 자신의 존재로 채우는 기분이 들어 살짝 좋기도

했다.

"이제 1년이 지났는데 깨달은 바가 있나요?"

마리는 사혼화를 찾으며 인연이 닿았던 사람들이 한 명씩 머릿속에 떠올랐다. 상을 치르고도 죽은 이를 잊지 못하던 사람들. 귀하고 소중한 인연. 그 모든 만남이 가슴에 차곡차곡 쌓여 있었다.

"저는 앞으로도 사혼화의 미련을 보는 사람이 될 거예요. 사혼화를 찾고, 지키고, 마지막으로 함께하는 시간을 도와주고 싶어요. 그리고 사념에 관해서도 계속 공부하겠습니다. 아직은 국장님께서 말씀하셨던 사념에 대한 정의를 스스로 내릴 수는 없을 것 같아요. 사념의 이야기를 듣다보면 그들이 가진 원한을 어떻게 풀 수 있을지도 알게 되지 않을까 싶어요."

"그래요. 서기보님 생각이 그렇다면 그러도록 해야죠. 아직 서기보님에게는 1년의 시간이 더 남아 있으니까요. 1년 뒤에는 답을 찾으면 좋겠네요. 우리 차담은 여기까지 하고 이제 예비 의뢰인들을 마중 나가보세요."

드디어 약속한 시간이 되었다. 마리는 심장이 두근거리는 걸 느끼며 상담실로 들어갔다. 마리를 기다리고 있던 문재 뒤에서 양하가 떨린다면서 안절부절못했다. 솟을대문 앞에서 의뢰인을 마중하기로 해서 같이 걸어가다가 마리가 양하를 불러세웠다.

"근데 가만, 너 학교는 어쩌고?"

"체험학습신청서 냈어요. 이것도 일종의 직업 체험이잖아요. 앞으로 분발해서 사혼화를 연구하려면 이제부터 이 정도는 해야죠. 그렇죠?"

양하가 문재에게 사혼화 꽃잎이 빛날 때 잎새 색은 변하지 않는지, 향기가 얼마나 다른지 계속 물어보았기에 문재는 "대단한 후계자가 생길 것 같아요." 하며 마리를 보고 웃었다. 그러다 주머니에서 슬쩍 선물을 꺼내 마리에게 건네었다.

"입사한 지 1년 되었잖아요. 사수가 안 챙기면 섭섭할 테니까요."

말하면서 문재의 볼이 점점 빨개졌다. 비밀이라도 엿본 것처럼 마리는 어색하게 "고맙습니다." 대답하고는 주머니에 선물을 얼른 넣었다. 주머니 양쪽에 문재와 시호가 준 선물이 불룩하게 나와 있었다.

그때 마리의 핸드폰이 울렸다. 정혜의 메시지였다. 할

머니 사혼화가 있는지 보러 귀화서에 오는 도중에 감사 인사를 전하러 이곳에 간다는 어떤 남자가 자신을 태워 줬단다. 그 사람이 자기가 좋아하는 타입이라는 내용의 메세지가 하트 이모티콘이 잔뜩 섞인 채 연달아 도착했다. '그 남자가 지금 자기 옆에 있다'는 부분에서는 마리 역시 민망한 현 상황도 잊고 답문을 후다닥 보냈다. 정혜에게 남자친구가 생길 수 있는 긴급 상황이다. 정신없이 답문을 보내는 마리의 옷자락을 양하가 잡아끌어 현실로 돌아왔다. 정혜의 사랑도 중요하지만 지금은 이럴 때가 아니었다. 마리가 헛기침하며 양하에게 짐짓 허세를 부렸다.

"앞으로 귀화서 후배가 될 박양하 군. 귀화서의 에이스인 이 선배님이 특별히 의뢰인들을 한눈에 볼 수 있도록 해줄 테니 눈 감고 가 봐. 이 에이스 선배님이 잡아줄게."

마리의 제안에 양하가 긴장되는지 어깨를 흔들었다. 어깨를 흔들면서 윗니로 아랫입술을 깨물고는 마리를 보다가 눈을 꽉 감자 눈 주위 근육에 주름이 졌다. 마리는 양하의 눈을 가린 채 손을 잡고 한발씩 이동했다. 솟

을대문 앞에 귀화서 사람들이 대기하고 있었다. 세 사람
이 도착하자 고본과 운영이 의뢰인들을 맞이하기 위해
솟을대문을 양쪽에서 열어젖혔다. 마리가 양하의 귀에
대고 속삭였다.

"자! 이제 하나둘셋 하고 나서 눈 뜨는 거야. 준비됐
지? 하나! 둘! 셋! 짠!"

양하가 한 쪽씩 눈을 뜨며 눈앞에 나타난 얼굴들을
어리둥절한 표정으로 쳐다보다가 이내 명랑하게 환호
성을 질렀다.

솟을대문 앞에는 사혼화를 찾으려고 온 사람들이 줄
을 길게 서 있었다. 줄 가장 뒤에서 정혜가 손을 힘차게
흔들었다. 정혜 옆에는 형의 사혼화를 찾았던 마리의 첫
번째 의뢰인이 서 있었다. 말끔하게 차려입은 모습이 근
사했다.

정혜를 비롯해 줄을 선 사람들의 얼굴에는 호기심이
아닌 간절함이 가득했다. 이로써 사혼화를 찾을 수 없다
고 포기했던 사람들에게 희망이 생겼을까. 그건 아직 모
르겠다. 그저 소중한 사람과 마지막으로 만나는 시간이
아름답도록 도와주자는 다짐만이 마리의 머릿속에 떠

오를 뿐이었다.

"봄이니까 우리도 희망을 피워내볼까."

마리의 엄마는 말했었다. 살고 죽는 게 애처롭다고. 애처로운 것을 바라보고 사는 삶은 힘들다고. 하지만 마리는 이제야 사혼화를 알아보는 능력이 왜 자신에게 생긴 것인지 어렴풋하게 알 것 같았다. 사혼화에 깃든 영혼을 정면으로 바라보고 영혼이 품은 이야기를 듣다보면 삶은 자체만으로도 가치가 있다는 걸 마리가 깨닫길 바라서가 아닐까. 마리는 줄을 선 사람들을 바라보며 사혼화와 어쩌면 사념이 들려줄 이야기들을 조금 더 들어보고 싶다는 생각을 했다.

마리는 눈이 시리도록 맑은 하늘을 올려다보며 눈을 감지 않으려고 애를 썼다. 햇살이 귀화서 지붕 위로 쏟아졌다. 눈이 부셨다.

할머니가 돌아가신 건 2020년 11월이다. 병원에 오래 계시지 않았고 아흔다섯 살로 영면하셨으니 호상이었던 셈이다. 어릴 적 할머니와 살았기에 무척 슬펐지만 담담하게 받아들였다. 장례식이 끝나고 4개월 정도 지난 뒤였던가. 집으로 족발을 배달시킨 뒤 아버지를 모셨는데 식탁에 앉은 아버지가 드시지를 못했다. 족발을 할머니가 좋아하셨단다. 그때 그 식탁 위에 옅게 깔린 먹먹함이 여전히 기억에 남는다.

누구나 소중한 사람을 잃을 수 있다. 사랑하는 사람의

죽음은 어떤 식으로든 삶에 균열을 만들고 남은 사람들은 그 균열을 메운 척하며 하루하루를 살아간다. 만약 사랑했던 사람의 영혼을 다시 만날 기회가 생긴다면 우리는 그 기회를 잡기 위해 어떤 노력을, 어디까지 할 수 있을까. 사혼화는 그런 고민에서 탄생했다. 찾고 싶다는 간절한 마음이 있다고 해도 이 작품에서처럼 여러 제약이 있으면 선뜻 나서긴 힘들 것이다. 그럼에도 누군가는 찾을 테지. 그 애타는 마음을 이해하는 모든 이들이 이 책을 읽어주면 좋겠다. 그리고 소중했던 사람을 더는 만날 수 없고, 더는 목소리조차 들을 수 없어 상실감에 힘든 사람들에게 이 책이 작은 위로가 되었으면 한다.

귀화서는 장례 물품을 공급하던 조선 시대 관청인 귀후서를 모티프로 만들어졌다. 죽은 사람에게 후하게 하면 백성의 덕이 후한 데로 돌아간다는 마음으로 운영되던 곳이었다. 장례와 관련된 일을 하므로 심성이 좋은 사람을 뽑았다고 한다. 이런 부분을 작품에 차용한 걸 미리 밝혀둔다.

언제나 그렇듯 늘 지지해주는 부모님과 동생에게 감사 인사를 전한다. 이 작품의 시놉시스를 듣는 것만으로도 눈물을 글썽여준 이은 편집자님. 출중한 능력으로 작품을 매끄럽게 다듬어주셔서 너무나 감사드린다. 이 작품에 나오는 고마리, 나문재, 시호, 백선, 고본, 순채, 자운영, 양하의 이름은 모두 꽃 이름에서 따왔다. 어떻게 생긴 꽃인지 찾아보시는 것도 하나의 재미가 되리라. 정혜는 강의 때 본인 이름을 소설에 넣어달라고 부탁한 이정혜 학생의 이름인데, 약속 지켰다는 걸 꼭 확인했으면 좋겠다.

죽은 자의 영혼이 깃든 꽃을 지키는 귀화서가 읽는 이의 마음에 닿았길 바라며, 마리처럼 취업난에 힘든 취준생과 고군분투하는 모든 직장인에게도 응원을 보낸다.

2025년 첫 꽃이 피는 날, 김선미

귀화서,
마지막 꽃을
지킵니다

1판 1쇄 인쇄 2025년 4월 3일
1판 2쇄 발행 2025년 4월 14일

지은이 김선미
발행인 박현진

본부장 김태형
책임편집 고혜원
기획편집 이은
기획팀 이지향 김진호 박지수 이민해 한미리
책임마케팅 이유림
마케팅팀 이인석 김수현
디자인 context
일러스트 mmmeari(메아리)
제작 세걸음
펴낸 곳 ㈜kt 밀리의서재

출판등록 2017년 1월 5일(제2017-000008호)
주소 서울특별시 마포구 양화로45, 16층(서교동 메세나폴리스 세아타워)
메일 contents@millie.town
홈페이지 http://www.millie.co.kr

ISBN 979-11-6908-436-9 (03810)